とむらい機関車

私が何故鉄道を退職《やめ》たか，何故毎年三月十八日にH市へ出掛けるか，これには少しばかり風変りな事情があるんですよ。元鉄道員が語る，七日ごとの不可解な轢死事件の顛末とは。数々の変奏を生み出した名作「とむらい機関車」を劈頭に，シャーロック・ホームズばりの叡智で謎を解く名探偵，青山喬介の全活躍譚，金鉱探しに取り憑かれた男が辿る狂惑の過程を容赦なく描く「雪解」と，海底炭坑という舞台を得て物された，最高傑作との呼び声も高い本格中篇「坑鬼」——以上九篇に併せて「連続短篇回顧」などのエッセイを収録。戦前探偵文壇にあって本格派の孤高を持し，惜しくも戦地に歿した大阪圭吉のベスト・コレクション。

とむらい機関車

大 阪 圭 吉

創元推理文庫

THE MOURNING TRAIN

AND OTHER DETECTIVE STORIES

by

Keikichi Osaka

1932, 1933, 1934, 1935, 1936, 1937

目次

*

随想鈔録

とむらい機関車

資料提供　小林　眞
編集協力　藤原編集室
挿絵　内藤　賛（デパートの絞刑吏・白鮫号の殺人事件・気狂い機関車）
吉田貫三郎（カンカン虫殺人事件）
坪内節太郎（石塀幽霊）
清水　崑（あやつり裁判）

とむらい機関車

——いや、全く左様ですよ。こう時候がよくなりますと、こうして汽車の旅をするのも、大変楽ですな……時に、貴下《あなた》はどちら迄?……ああ東京ですか。やはり大学も東京の方で……ああ左様ですか。いや結構な事ですな……え、私? ああ私は、ついこの先方《さき》のH市迄参ります。ええそうです。あの機関庫のあるところですよ。

——これでも私は、二年前迄は従業員でしてな。あのH駅の機関庫に、永い間勤めていたんです……いやその、一寸訳がありましてな、退職したんですが、でも毎年、今日——つまり三月の十八日には、きまってこうしてH市迄、或る一人の可哀想な女の為めに、大変因果な用事で出掛けるんですよ……え? 私が何故鉄道を退職《やめ》たのかですって?……いや、不思議なもんですなあ。恰度一年前の三月十八日にも、私はH市へ行く車中で、やはり貴下の様な立派な大学生と道連れになりましてな、そして貴下

と同じ様に、その事に就いて訊ねて頂きましたよ……これと言うのも、屹度《きつと》ホトケ様のお思召《ぼしめし》なんでしょう……いや、兎に角喜んでお話いたしましょう。全く、学生さんは、皆んなサッパリしていられるから……。

――私が何故鉄道を退職《やめ》たか、そして何故毎年三月十八日にH市へ出掛けるか、と言いますと実はこれには、少しばかり風変りな事情があるんですよ。でも、その事情と言うのが、見様《みよう》に依っては、大変因縁咄めいておりましてな、貴下方の様に新しい学問を修められた方には、少々ムキが悪いかも知れませんが、でもまあ、車中の徒然《つれづれ》に――とでもお思いになって、聞いて頂きましょう。

――話、と言うのは数年前に遡《さかのぼ》りますが、私の勤めていたH駅のあの扇形をした機関庫に……あれは普通にラウンド・ハウスと言われていますが……其処に、大勢の係員達から「葬式《とむらい》機関車」と呼ばれている、黒々と燻《すす》けた、古い、大きな姿体の機関車があります。形式、番号は、D50・444号で、碾臼《ひきうす》の様に頑固で逞しい四対《よんつい》の聯結《れんけつ》主働輪の上に、まるで妊婦《みもちおんな》のオナカみたいな太った鑵《かま》を乗《のっ》けその又上に茶釜の様な煙突や、福助頭の様な蒸汽貯蔵鑵《ドオム》を頂いた、堂々たる貨物列車用の炭水車《テンダー》付機関車なんです。

　ところが、妙な事にこの機関車は、H駅の機関庫に所属している沢山の機関車の中でも、ま、偶然と言うんでしょうが、一番轢殺《れきさつ》事故をよく起す粗忽屋《そこつや》でして、大正十二年に川崎で製作され、直《ただち》に東海道線の貨物列車用として運転に就いて以来、当時迄に、どうです実に二十数件と言う轢殺事故を惹起《ひきおこ》して、いまではもう押しも押されもせぬ最大の、何んと言いますか……記録保持者《レコード・ホルダー》？　として、H機関庫に前科者の覇権を握っていると言う、なかなかやかましい代物です。

　ところで茲《ここ》にもうひとつ妙な事には、この因果なテンダー機関車にまことに運が悪いと言いますか、宿命とでも言うのですか、十年近くもの永い歳月に亙って、機関車が事故を起す度毎に、運転乗務員として必ず乗込んでいた二人の気の毒な男があったんです。

　一人は機関手で長田泉三《おさだせんぞう》と言いましてな、N鉄道局教習所の古い卒業生で、当時年齢三十七歳、鼻の下の贋物《にせもの》のチョビ髭を取って了えば何処となく菊五郎《おとわや》張りの、デップリした歳よりはずっと若く見える大男で、機関庫の人々の間ではもろに「オサ泉《せん》」で通用《とお》っていました。で、後の一人は、機関助手の杉本福太郎《すぎもとふくたろう》と言うまだ三十に手の届かぬ小男でして、色が生白く体が痩せていて、いつも鼻の下にまるで「オサ泉」の髭の様に、煤《すす》をコビリ着かせている奴なんです。

　二人共呑気屋《のんき》で、お人好で、酒など飲んだ後などは只わけもなく女共に挑み掛っては躁《はしゃ》ぎ廻る程の男なんですが、それでもD50・444号の無気味な経歴に対しては少からず敬遠――とでも言いますか、内心よんどころない恐怖を抱いていたんです。で二人共最初の内はそんな恐怖など互いにオクビにも出さない様にしていたんですが、そうした余りオ気持のよくない事故が度重なるに従って、追々にやり切れなくなって来たんです。そして到頭、当時より三年前の或る秋の夜――恰度その夜は冷たい時雨《しぐれ》がソボソボと降っておりましたがな――H駅の近くの陸橋《ブリツジ》の下で、気の狂った四十女の肉体を轢潰《ひきつぶ》して了った時から、「オサ泉」の主張で彼等の間に、ひとつの風変りな自慰が取上げられたんです。と言うのは、つまり被害者の霊に対するささやかな供養の意味で、小さな安物《やすもん》の花環を操縦室《キャップ》の天井へ、七七日《しちしちにち》の間ブラ下げて疾走《はし》ると言う訳なんです。二人は早速それを実行に移しました。

　この一寸した催しは、間もなく同じ職場の仲間達の間に俄然いい反響を惹起しました。そして人々は、この髭男の感傷に対して、一様に真面目な好感を抱く様になって来たんです。さあそうなると可笑《おか》しなものでしてな、「オサ泉」も助手の杉本も、追々に心から自分達の思い付きが如何にも張合のある有意義な営みの様に思われて来て、その後も相変らず事故の起った度毎に、新しい花環を操縦室《キャップ》の天井へ四十九日間ブラ下げる事を殊勝にも忘れようとはしなかったんです。そして何日《いつ》の頃からとなく人々は、D50・444号を、「葬式機関車《とむらいきかんしゃ》」と呼ぶ様になっていたんです。

いや、学生さん。

ところが茲《ここ》二年前の冬に到って、このD50・444号が、実に奇妙な事故に、而《しか》も数回に亙って見舞われたんです。

それは二月に這入って間もない頃の、霜《しも》の烈しい或る朝の事でした。

当時一昼夜一往復でY――N間の貨物列車運転に従事していたD50・444号は、定刻の午前五時三十分に、霜よりも白い廃汽《エキゾースト》を吐き出しながら、上り列車として、H駅の貨物ホームに到着しました。

で、早速ホームでは車掌、貨物係等の指揮に従って貨物の積降《つみおろし》が開始され、駅助役は手提燈《ランプ》で列車の点検に出掛けます――。一方、機関助手の杉本は、ゴールデン・バットに炉口《ファネス》の火を点けてそ奴《いつ》を横ッちょに銜《くわ》えると、油差を片手に鼻唄を唄いながら鉄梯子《タラップ》を降りて行ったんです。

が、間もなく杉本は顔色を変えて物も言わずに操縦室《キャップ》へ馳け戻ると、圧力計《ゲージ》と睨めッくらをしていた「オサ泉」の前へ腰を降ろし、妙に落着いて帽子と手袋を脱り《と》痩せた掌《て》の甲へ息を吹掛けると、そ奴で鼻の下の煤を綺麗に拭き取ったんです――これが、機関車の車輪に轢死者の肉片が引ッ掛っていた場合の、杉本の一種の合図、と言いますか、まあ、癖なんです。一寸断って置きますが、あの巨大な機関車が、夜中に人間の一匹や二匹を轢殺《ひきころ》したかって、乗務員が知らン顔をしている様な事はいくらもあるんですよ。

で、「オサ泉」は気を悪くして立上りました。そして黄色い声で駅員達を呼び寄せるのです。

——間もなく助役の指図で機関車は臨時に交換され、D50・444号は二人の乗務員と共に機関庫へ入院させられました。

ここで二三名の機関庫係員に手伝われて、機関車の一寸した掃除が始まるんですが、およそ従業員にとってこの掃除程厄介な気持の悪いものは、そうザラにはありませんよ。例えば轢死者が腕を千切られたとか、両脚を切断されたとか、或は胴体と首が真ッ二つに別れたとか、ま、そう言う風に割に整ったまるで刃物で傷付けられた時の様な、サッパリした殺され方をした場合には、機関車の車輪には時たまひからびた霜降りの牛肉みたいな奴が二切三切引ッ掛っている位のもので、後は只処々に黒い染《しみ》がボンヤリ着いて見えるだけなんです。で、そんな場合には少し神経の春めいた男でしたなら、なんの事はないまるで肉屋の賄板《まないた》を掃除するだけの誠意さえあれば事は足りるんですが、一旦轢死者が、機関車の車台《トラック》のど真ン中へ絡まり込んで、首ッ玉を車軸の中へ吸い込まれたり、輪心《ホイル・センター》や連結桿《コンネクチング・ロッド》に手足を引掛けられて全速力で全身の物凄い分解をさせられた場合なんぞは、機関車の下ッ腹はメチャメチャに赤黒いミソを吹き着けられて、夥しい血の匂いを発散するんです。そして又そんな時には、きまって被害者の衣服はそれが男の洋服であろうと女のキモノであろうと着ぐるみすっかり剝《は》ぎ千切られて、機関車の下ッ腹の何処かへ引ッ掛って了うんです。こんな場合の車の掃除が所謂《いわゆる》「ミソになる轢死者」でして、機関庫の人々をクサらせるんです。

ところで、いま、転車台でクルリと一廻りして扇形機関庫《ラウンド・ハウス》へ連れ込まれたD50・444号ですが、一寸調べて見ると、何処でいつの間に轢潰《ひきつぶ》して来たのか、こ奴がその「ミソ」の部類に属する奴なんです。

杉本は顔を顰《しか》めてタオルに安香水を振り蒔き、そ奴をマスクにして頭の後でキリッと結ぶとゴムの水管《ホース》の先端《さき》を持って、恰度機関車の真下の軌間《きかん》にパックリ口を開いている深さ三尺余りの細長い灰坑の中へ這入って行きました――。

ところが、茲《ここ》で奇妙な事が発見されたんです。と言うのは、こんな場合いつでもする様に、杉本は機関車の下ッ腹へ水を引ッ掛けながら、さて何処やらに若い娘のキモノでも絡まり込んでいないかなと注意して見たんです。が、轢死者の衣類と思われる様なものは、襦袢《じゅばん》の袖ひとつすらも発見《みつ》からなかったんです。けれどもその代りに、杉本は、妙な毛の生えた小さな肉片を、まるでジグソー・パズルでもする様な意気込んだ調子で鉄火《かねひ》箸《ばし》の先に挟んで持出して来ました。で、早速皆んなで突廻して鑑定している内に、検車係の平田と言う男が、人間の肉片にしては毛が硬くて太過ぎる、と主張し始めたんです。で、騒ぎ始めた一同は、二三の年寄連中を連れて来て再び調べ始めたんです。そしてその結果、どうです。意外にも黒豚の下腹部の皮膚であろう、と言う事に決定したんです。

いやところが、この意外にも奇妙な決定を裏書する報告が、それから二時間程後にH駅所属の線路工手に依って齎《もたら》されました。と言うのはですな、H駅を去る西方約六哩《マイル》、B駅近くの曲線《カーブ》になっている上り線路上に、相当成熟し切ったものらしい大きな黒豚の無惨なバラバラ屍体が発見されたんです。B駅と言うのは、多分御承知の事とは思いますが、県立農蚕学校の所在地として知られた同じ名の一寸した町にありましてな、その町の近郊の農家では副業としての養豚が非常に盛んなんです。で、多分、何かの拍子で豚舎の柵を飛び出した黒豚が、気儘にカーブ附近の線路を散歩中不慮の災難に出合ったものに違いない――とまあ、そんな風に機関庫の人々は片附けて、軈《やが》てこの事件も割合簡単にケリがついたんです。そして人の好い飽迄《あくまで》親切な「オサ泉」は、粗末ながらも新調の花環を操縦室《キャップ》の天井へブラ下げて、再び仕事に就き始めました。

すると、それから数日を経た或る朝、やはりH駅へ午前五時三十分着のD50・444号の車輪に、再び新しい黒豚のミソがくっ着いて来たんです。調査の結果、轢死地点は前回と同じB駅に程近いカーブの上り線路上である事が判りました。不思議と言えば不思議ですが、偶然――と言って了えばそれ迄です。で、「オサ泉」も助手の杉本も、四十九日どころかまだ初七日にしかならない前の黒豚の花環の横ッちょへ、もうひとつの新しい奴を並べなければならなかったんです。

ところが、学生さん。

故意か、偶然か、又しても数日後の或る朝、同じD50・444号の車輪に、今度はさだめし柔かそうな白豚のミソがくっ着いて来たんです。助手の杉本は、早速鼻の下の煤を拭き取りました。正に三度目です。時刻も場所も前二回と全く同じです。機関庫主任の岩瀬さんは到頭B町の巡査派出所へワタリをつけました。

派出所の安藤巡査からの報告に依りますと、三匹の豚は、やはりB町附近のそれぞれ別々の所有者から、それぞれの時日に盗まれたものである事が判りました。が、何者の悪戯《わるさ》かサッパリ判りません。ただ「葬式《とむらい》機関車」D50・444号は、まるで彼岸会《ひがんえ》の坊主みたいに忙しかったんです。

でも、茲《ここ》で私は、もう一度……いや、学生さん。全く冗談じゃあないんですよ。本当にもういちど、同じ様な轢殺事件がもちあがったんです。――凡《すべ》ての条件は、前三回と殆ど同じでした。轢殺《ひきころ》された豚は白豚で、トンネルの洞門みたいな猪鼻《ししばな》が……どうです、主働輪の曲柄《クランク》にチヨコナンと引ッ掛って、機関車が走る度毎に風車《かざぐるま》の様にクルリクルリと廻ってるじゃあ有りませんか。

岩瀬機関庫、七原《ななはら》検車所の両主任は、カンカンに怒って了いましたよ。――全く、悪戯にしては少し度が過ぎるんですからな。で、早速機関庫助役の片山さんを指揮者とする三名の調査委員を選抜して、B町へ出張調査させる事になったんです。

さて、これから、片山助役を大将とする連中の、奇妙な事件に対する所謂探偵譚――になる訳なんですがな、これが又なかなか面白いんです。で、まあ兎に角、事件後その探偵連中から聞かされた知識の範囲内で、ひと通りお話いたしましょう。

この片山機関庫助役と言う人は帝大出身のパリパリでしてな、まだ鉄道としては新人の方なんですが、頭もいいし人格もあるし、それになかなか機智に富んだ敏腕家でして、いまではもう出世して本省の監督局におさまっていられますが、この人が当時の部下であるこの機関庫係員を連れ、既にひと通りの下調べを済ました保線課の係員を案内役として、翌日の午後二時発の下り列車で、早速B町へやって来たんです。

現場の曲線線路《カーブ》と言うのは、B駅から一哩《マイル》足らずのH駅寄りにあってカーブの内側は上り線に沿って松林、外側は下り線に沿って一面の桑畑なんです。で、一同が数字の書かれたコンクリートの里程標《マイル・ポスト》の立っている処迄やって来ますと、案内役の保線課員は片山助役へ、四遍目の事故があったのは昨日の事だからもう後片附けは綺麗に済んでいる旨を断って、現場に関する一通りの説明を始めたんです。それに依りますと事故の現場は四遍共全く同じその地点であって、その度毎に、そこに立っている里程標《マイル・ポスト》と、それから枕木の四頭釘《よつあたまくぎ》――これはカーブに於ける線路の匐進《ふくしん》を防ぐ為めに、軌条《レール》に接して枕木の上へ止木《チョヨツク》を固定させる頑固な釘なんですが、その頭は、どの止木《チョヨツク》のそれもそうである様に、普通五分位《ぶ》飛び出ているんです――で、つまりその釘の頭と里程標《マイル・ポスト》の両方に、それぞれ普通の藁縄の切れ端が着けられたままで残っておりました。

と保線課員が最後に附加えました。

「……つまり犯人は、軌条《レール》の外側の止木《チョツク》の釘と、反対側にある里程標《マイル・ポスト》との間へ縄を渡し、その軌条《レール》の中心に当る部分へ豚を縛りつけて轢殺したものであろう、と私達は思うのですが――」

すると片山助役がこう言いました。

「じゃあ、どの豚公《ぶたこう》も皆殺される前迄は生きてたんだね。でもそうとすると、よくも縄で縛ってあった位の事で、逃げなかったものだ――犯人がカーブの地点を利用したのは、成る程、縛ってある豚を機関車に発見されて停車されるのを恐れたからだろうが、それでも、豚公の方では近附く轟音に驚いて、そんな藁縄位切って了いそうなものだ――」

と、それから助役は、もうこの現場にはこれ以上の収穫がないと思ったのか、案内役へ、豚を盗まれた農家を訪ねたい旨を申出ました。

軈《やが》て一行は桑畑の中の野道を通り越して、間もなく静かなB町の派出所へやって来ました。そこで厳《いかめ》しい八字髭の安藤巡査に案内を頼んで、四遍目の犠牲者を出した農家を訪ねる事が出来たんです。

その家の主人と言うのは、五十がらみの体の大きなアバタ面の農夫ですが、一行を迎えると、臆病そうに幾度か頭を下げながら穢《きたな》いムッとする様な杉皮葺《ぶき》の豚舎へ案内しました。そしてそこで、盗まれた白豚は自分の家の豚の中でも最も大切にしていたヨークシャー系の大白種《だいはくしゅ》で六十貫もある大牝だとか、あんなにムザムザ機関車に喰われて了ったんでは泣くに泣けんと言う様な事を、鼻声で愚痴り始めたんです。

そこで片山助役は、安藤巡査へ、

「盗まれたのは、勿論轢かれた朝の夜中の事でしょうね?」

と訊ねました。

「四件ともそうです」

安藤巡査が答えました。

「一体どうやって盗み出すのですか?」

すると安藤巡査は、

「この低い柵の開き扉《ど》を開けると、眠っていても直ぐ起きて来ますからそ奴へ干菓子《ひがし》を呉れてやるんです。喜んで従《つ》いて来ます」

と、そこで助役が訊ねました。

「四遍共調査なさった結果、そうして盗まれたと言う事が判ったんですね?」

「そうです。四人の被害者の陳述は、大体そう言う風に一致しておりますからな」

すると助役が言いました。

「一寸ご面倒ですが、前後四件の、それぞれの日附を聞かして下さいませんか?」

「正確な日附ですか?……ええと」安藤巡査はポケットからノートを取出して、「ええ最初は、二月の十一日……次が、ええ二月十八日……それから、二月二十五日。そして昨日の三月四日

――と、それぞれの午前五時頃迄の真夜中です」

「……はははあ、じゃあ矢ッ張り……いや、すると七日目毎に盗《と》られたと言う事になるじゃあないですか⁉　とすると、今日は月曜日ですから、日月《にちげつ》……と、つまり日曜日の朝毎に盗られたんですね」と助役は暫く考えていましたが、軈《やが》て「……いま、この町で、日曜日、いや日曜以外の日でもいいんですが、兎に角一週間に一度ずつ定期的に繰返される一切の変化――それはどんなに一寸したつまらないものでもいいのですが、例えば、会社、学校が毎日曜日に休むとか床屋、銭湯が何曜日に休業するとか、或は又何かの市《いち》が毎週何曜日に立つとか、どんな事でもいいんですから、兎に角この町で七日目毎に起る事を、全部一度聞かせて見て呉れませんか？」

　この質問には流石《さすが》に安藤巡査も呆れたと見えまして、暫く眉根を顰《しか》めながら考えを絞っていましたが、軈《やが》て顔を挙げると、

「……会社、と言ってもH銀行の支店ですが、町役場、信用組合事務所、農蚕学校、小学校、まあ日曜日に休むのはそんなものです。製糸工場は、確か一日《ついたち》と十五日。床屋は七のつく日で月に二回、銭湯は五のつく日でやはり月に二回、それだけが公休で毎週ではありません……えぇと、それから繭市《まゆいち》はまだ出ませんが、卵市《たまごいち》なら五日置きにあります……まあ、その他には……そうそう、農蚕学校で毎週土曜日の午後に農科の一寸したバザーがある位のものです」

「ははあ、その農蚕学校のバザーでは何を売るんですか？」

そこで安藤巡査はこう答えました。

「農科の方ですから、主として学生達の栽培した野菜や果実、草花などです。……仲々繁昌します」

するとと片山助役は、その答弁にどうやら元気をつけられたらしく今度は話題を変えて、

「犯人がまだ挙げられないとしますと、捜査や、事後の警戒はどうなっていましょうか？」

すると安藤巡査は昂然として、

「勿論処置は取ってあります。然《しか》しどうも、手不足でしてな」

「いや、何分お願いします。でも、却って余り騒がない方がいいと思います。じゃあ、もうこれ位で……」

助役はそう言って、部下の機関庫係員や案内役を促しました。そして一行は、間もなく静かな夕暮のB町を引挙げたんです。

――一体、機関庫助役の片山と言う人は、もう部下達も相当期間交際《つきあ》ってたんですが、どうもまだ、時々人を不審がらせる様な変な態度に出るのが、彼等には甚だ遺憾に思われてたんです。何故って、例えばB町を引挙げた助役は、H機関庫に帰って来ると、直《ただち》に翌日からまるで「葬式《とむらい》機関車」の奇妙な事件なぞはもう忘れて了った様に、イケ洒蛙洒蛙《しゃあしゃあ》と平常《ふだん》の仕事を続け出したんです。二日経っても、三日経っても依然としてそのままなんです。で、堪えかねた部下の一人が五日目の朝になってその事を詰問？　すると、その又返事が実に人を喰っとるんで

す。「だって君、何もする事がなければ仕方がないじゃあないか」——てんですよ。

でも、その日の真夜中になって、助役のこの態度はガラリと一変しました。

それは多分、夜中の三時頃でしたでしょうか、助役は部下の一人——吉岡と言う男ですが——を叩き起して外出の支度をすると、眠《ね》不足でフラフラしている彼を引張る様にして、自動車に乗り込んだのです。

何処をどう疾《はし》ったのか吉岡には一向に判りませんでしたが、兎に角半時間近くも闇の中を飛ばし続けた片山助役は、と或る野原で自動車を降りると、自動車《くるま》は其処へ待たして置いて、吉岡へ静かに従《つ》いて来る様目配せして傍らの松林へ這入って行ったんです。吉岡は段々眼が覚めて来ました。そして間もなく灌木の間の闇の中へ助役と二人でどっかと腰を下ろした時には、彼等の前方十間《けん》位の処が松林の外れになっていて、その直ぐ向うはあのB駅に近いカーブの鉄道線路である事が判ったんです。夜露で、寒くなって来るにつれて、吉岡の頭は少しずつハッキリして来ました。そして追々に助役のしている事が判って来たんです。助役の腕の夜光時計は四時三十分を指しています。成る程考えて見ればいまは正に三月十一日——日曜日の早朝です。あの奇怪な豚盗人が、五度《いったび》ここへやって来るものと助役は睨んでいるに違いない——そう思うと吉岡は一層身内が引緊《ひきしま》る様な寒気を覚えて、外套の襟に顔を埋《うず》めながら助役の側へ小さくなって了います。

恰度四時四十二分に夜行の旅客列車が物凄い唸《うな》りを立てて、直ぐ眼の前の上り線路を驀進《ばくしん》して行きました。そして辺《あたり》は再び元の静寂《しじま》に返ったのです。が、それからものの五分と経たない内に、助役が急にキッとなって吉岡の肩先をしたたかにこ突いたんです。

吉岡は思わず固唾を飲みました。

――成る程、桑畑の間の野道の方から、極めて遠くではあるが、小さな、低い、それでいて何となく満足そうな豚の鳴声が夢の様に聞えて来ます。

二分もする内に追々にその声は近附き、間もなく道床の砂利を踏む跫音《あしおと》が聞えて、線路の上へ真ッ黒い人影が現れました。星明りにすかして見れば、どうやら外套らしいものの裾にズボンをはいた足が見えます。そしてその足の向側を、今度は何処の農家から盗まれて来たのか大きな白豚が、ヴイ、ヴイ、と鳴きながら縄らしいもので引かれて来るんです。男は時々腰を屈めては何か餌らしいものを呉れてやりながら、下り線を越えて彼等の真ン前から少しばかり西へ寄った上り線路の上へ立止ると、白豚へ再び餌を与えてそれからクルリと周囲を見廻したんです。――どんな男だか、暗くてサッパリ判りません。

軈《やが》て豚盗人は仕事に掛りました。五日前に此処で案内役の保線課員が彼等に話した推定は全く正しく、その通りに黒い男は豚を縛って、そしてその哀れな犠牲者の前へ沢山餌をバラ蒔いているんです。二人は静かに立上りました。そしてソロリソロリ歩き始めました。

だが、ナンと言う事でしょう。ものの二十歩も進まない内に、吉岡の靴の下の闇の中で枯枝らしい奴が大きな音を立てたんです。吉岡はハッとなると、もう夢中で線路めがけて馳け出しました。

瞬間——豚盗人は、一寸松林の方を振向いて、何でもこう鳥の鳴く様な異様な叫びを挙げると、いきなり円《まる》くなって線路伝いに馳け出したんです。吉岡は直ぐに線路に飛び出してその黒い影を追跡しました。けれども二丁と走らない内に、もう彼はその影を見失って了ったんです。

軈《やが》て、

「おー—い!」

と、助役の呼んでいる声が聞えました。

で、吉岡は、何だか責任みたいなものを感じながらも、ま、仕方なしにカーブの処迄戻って来ました。

すると、「なに、構わないよ」と片山助役が呼び掛けました。「急《あせ》る事はないさ。それよりも、まず、この豚公を御覧よ……どうも僕は、只縄で縛って置くだけではそう何度もうまい工合に轢かれる筈はない、と最初から睨んでいたんだ」

見ると、成る程豚は少し変です。四足を妙な恰好に踏ン張って時々頭を前後に動かしながら、苦しそうに喉を鳴らして盛んに何かを吐出しているんです。

「毒を飲まされたのさ」

そう言って助役は、結んである縄を解き始めました。そして間もなく二人は可哀想な豚を引摺る様にして、自動車《くるま》の待たしてある方角へ松林の中を歩き出しました。けれども途中幾度か激しい吐瀉《としゃ》に見舞われた豚は、自動車《くるま》のある処迄来ると到頭動かなくなってしまいました。痙攣《けいれん》を起したんです。で、仕方なく側の立木へ縛って置いて、驚いている運転手へ彼等だけB町の派出所へ遣《や》る様に命じました。そして恰度二人が自動車へ乗った時に松林の向うを疾《はし》る汽車の音が聞えて来ると、

「あれがD50・444号の貨物列車だよ」

と、助役が言いました。

それから彼等はB町へ出掛けて安藤巡査に豚の処置を依頼すると、そのまま自動車《くるま》で、もうすっかり明け放れたすがすがしい朝の郊外を、H駅迄疾《はし》る事になったんです。

車中で、吉岡は助役に訊ねました。

「あの豚は殺して解剖するんですか？」

すると助役は、

「ううん。もう豚公には用はないよ。僕は、彼奴《あいつ》が食余《くいあま》した餌と毒を、手に入れたからね」と

そう言って外套《オーバー》のポケットから、三四枚の花の様な煎餅《せんべい》を出して見せました。それは斑《まだら》に赤や青の着色があって、その表面には小豆《あずき》を二つに割った位の小さな木の実みたいなものが一面に貼り着けてあるんです。

「先刻《さっき》の冒険の」と助役が言いました。「一番主《おも》だった僕の目的と言うのは、始めからこ奴《いつ》にあったのさ。尤もこんな煎餅を手に入れようとは思わなかったがね。つまり僕は、——盗んだ

豚を殺してからではとても一人では持てないから、生かした儘で線路迄連れて来て、さてそこで上手に汽車に轢かせる様にする為めには、単に縄を枕木の端の止木《チヨツク》の釘と、反対側に立っている里程標《マイル・ポスト》との間へ渡して、その真ン中へ豚を縛った位では到底三遍も四遍も成功する事は出来まい。だから当然、盗んだ男は、線路の上へ縛りつけてから、豚を殺すか、動けなくする必要がある。と僕は思ったんだ。ところが鈍器で殴り殺すとか、又は刃物で突殺すとか、或は劇毒で殺すとか、兎に角そうした手段で即死させるんだったら、なにもあんなに縛り着けて置く必要はない。殺して、そのまま線路の上へ投げ出して置けばいい筈だ。それにも不拘《かかわらず》犯人はそうしていない。で、僕はいまこう考える——この干菓子の中にある毒は急激な反応を持ったものではなくて、犯人は途々《みちみち》毒の入った餌で豚を釣りながら線路の上迄連れて来ると、それから軌条《レール》の間へ動かない様に縛って尚幾何《いくら》かの毒餌《どくえ》を与える。次第に毒の作用が始まる。D50・444号がやって来る——とまあ大体そんな風にね。……だがそれにしても、この干菓子は一体何だろう？　僕はこんな玩具《おもちゃ》みたいな煎餅は始めて見る。君、知ってるかい？」

と、そこで吉岡は早速首を横に振りました。そして間もなくH駅へ帰り着いた二人は、機関庫の事務室を根拠地にして、あの冒険で獲得した妙な手掛りに対する研究を始めたんです。

最初の日は、助役は一日中落着いて室内で例の干菓子を相手にあれやこれやと考え廻していた様でしたが、二日目には到頭外出して調べ始めました。そして夕方に帰って来て仕出しの料理で晩飯を終えると、早速吉岡ともう一人の調査員を捕えて、こんな事を言ったんです。

「君達、明朝でいいから一寸B町迄行って呉れ給え。外《ほか》でもないんだが……ま、兎に角一応説明しよう」そう言って例の干菓子を二人の前に並べながら、「僕は今迄かかって調べた結果、やっとこの煎餅の正体が判ったよ。この奇妙な子供の玩具の小さな風車みたいな、如何にも不《ま》味《ず》そうな煎餅は、普通に食用に供するものではなく、干菓子の中でも一番下等な焼物の一種で、所謂飾菓子《かざりがし》と言う奴だ。そしてこの地方では、而《しか》も一般にこの菓子を『貼菓子《はりがし》』と呼んで……ほら、見た事があるだろう？……葬儀用専門の飾菓子になってるんだ。ところで、この煎餅の表面の、後から糊で貼り着けたらしい小さな小豆を砕いた様な木の実だが、色々調べた結果、学名は日本産大茴香《だいういきょう》、普通に莽草《しきみ》又はハナシバなぞと呼ばれる木蘭《もくらん》科の常緑小喬木の果実であってな。シキミン酸と呼ぶ有毒成分を持っているんだ。シキミン酸と言うのは、ピクロトキシン属の痙攣毒とか言う奴で、一寸専門的になるが、その生理化学的な反応は、延髄の痙攣中枢って奴を刺戟する事に依って、恰度癲癇《てんかん》の様な痙攣を起し、その痙攣中に一時意識を失うのだ。時としてはそのまま死ぬ事もあるが、ま、猛毒ではないそうだ。日本内地でも中部以南の山野にいくらも自生しているものだよ。ところで、もうひとつこの莽草《しきみ》の樹の用途なんだがね……こ奴《いつ》が実に面白いんだ……と言うのは、昔から仏前用として墓地に植えたり、又地方に依っては、その枝葉を、棺桶の中へ死人と一緒に詰めたりする外、一般には、その葉を乾《かわか》したり樹皮を砕いたりして、仏前や墓前で燻《た》く、あの抹香《まっこう》を製造する原料にされているんだ。判るかい。つまりこの煎餅と言い、莽草《しきみ》の実と言い、二つながら手掛としては非常に特殊な代物である事に注意し給え。ところで、話はあの豚公に戻るんだが、若《も》しも僕があの場合の犯人であったなら、なにもこんな風変りな品物を使わなくったって、例えば、人蔘《にんじん》でもいい、ごくありふれた餌で豚公を連れ出し、さて線路上へ来て、縄で縛るなんて面倒な事はせず、玄翁《げんのう》か何かで一度に叩ッ殺し、そのまま線路上へ投げ出して置く——が、而《しか》し、この場合の犯人は、既に僕等も見て来た様に、実に不自然な、寧《むし》ろ芝居染《じみ》た道具立をしている。ね。ここんとこだよ。こんな風変りな特殊な品物を、而《しか》も毎々利用するのは、それ等の品物が、犯人が何よりも簡単に入手出来る様な手近なところに、つまり犯人が、それ等の品物を商売している事を意味するんだ。で、僕のお願いと言うのはB町及びB町附近に、あの葬儀用の『貼菓子』と、抹香の製造販売をしている葬具屋が、有るか無いか君達二人に調べて貰いたいんだ」

とまあそんな訳で、翌朝二人はB町へ出掛けたんです。

ところが、小さな田舎町の事ですから、巡査派出所、町役場等で問い合せた結果、間もなく片山助役の註文に符合する様な葬具屋の無い事が判りました。

で、二人の部下は力を落してH駅へ引返すと、助役にその旨を報告しました。すると助役は、意外にも嬉しそうな調子で、こう言うんです。

「多分そうだろうと思っていたよ。いや、それでいいんだ。君達の留守中に、僕は機関庫へ行って、あの『葬式機関車《とむらいきかんしゃ》』の『オサ泉』が、いつも花環を買う店は何処だと訊いて見たら、直ぐ機関庫の裏手附近の、H市の裏町にある十方舎《じっぽうしゃ》と呼ぶ葬具屋である事が判ったんだ。そして而《しか》もその店では、『貼菓子』は勿論、抹香の製造販売もしているらしい事が判ったんだ。これから直ぐに出掛けよう。そして直接当って調べた結果、十方舎と、B町の何か――との間に、一週に一度ずつ何等かの関係の有る事さえ判れば、もう事件は、最も合理的に一躍解決へ進む事になるんだ」

と、そこで早速彼等は出掛けました。

そして機関庫の裏を廻って、間もなく薄穢《うすぎたな》い二階建の葬具屋――十方舎へやって来ました。

助役は先に立って這入ると、早速馴れた調子で小さな花環を一つ註文しました。

成る程、その店の主人らしい、頸の太い、禿頭の先端《さき》の尖《と》ンがった、赭《あか》ら顔の五十男が、恐ろしく憂鬱な表情《かお》をしながら、盛んに木の葉を乾かした奴を薬研《やげん》でゴリゴリこなしていましたが、助役の註文を受けると、早速緑色のテープを巻いた小さな円い花環の藁台へ、白っぽい造花を差し始めたんです。そこで片山助役はギロリと室内を見廻しました。

――その仕事場の後には、成る程「貼菓子」らしい品物を並べた大きな硝子戸棚があって、その戸棚の向うには、奥座敷へ続くらしい障子扉《ど》が少しばかり明け放してあるんですが、その隙間から、多分この店の娘らしい若い女が、随分妙な姿勢を執《と》っていると見えて、ヘンな高さの処から、こう顔だけ出して――尤もその女は、彼等がこの店へ這入って来た時から、もうそんな風に顔だけ覗かしていたんですが、こんなにも妙に心を魅《ひ》かれる顔を、助役は始めて見ました。髪は地味な束髪ですが、ポッテリした丸顔で、皮膚は蠟燭の様に白く透通《すきとお》り、鼻は低いが口元は小さく、その丸い両の眼玉は素絹《そぎぬ》を敷いた様に少しボーッとしてはいますが、これが又何と言いますか、恐ろしく甘い魅力に富んでいるんです。そして助役の一行を見ると、如何にもそれと判る無理なつくり笑いをしながら、とんきょうな声で、「いらっしゃいませ」と挨拶したんです。

——この事は後程になって、何度も何度も聞かされた事なんですが。兎に角片山助役は、その娘を始めてチラッと見た時に、もう一生忘れる事の出来ない様な何ンとも彼《か》とも言いようのないいやあな印象を、眼のクリ玉のドン底へハッキリと焼きつけられたんです。そしてこの奇妙な娘と言い、恐ろしく面《つら》ッ構えの変った親爺と言い……ははあン、成る程この家には、何か秘密めいた事情があるんだな……とまあ、直感って奴ですな、それを感じたんです。——いや、どうも私は女の話になると、つい長くなっていけません。

さて、暫く黙ったままでそれとなく店中を眺め廻していた片山助役は、軈《やが》てその眼に喜びの色を湛えて、直ぐ彼等の横にあった水槽《みずおけ》の中の美しい色々の草花を指差しながら、盛んに花環を拵《こしら》えている親爺へ、言いました。

「小父《おじ》さん、綺麗な花ですね。こんな綺麗な奴が、この寒空に出来るんですか？」

するとて親爺は一寸顔を挙げて、

「出来ますとも、B町の農蚕学校の温室でね——。土曜日の晩方《ばんがた》に行けば、貴方達にだって売って呉れますよ。……さあ、出来上りました。六十銭頂きます。ヘイ」

と、そこで助役はすまし込んで花環を受取ると、代金を払って、そのままぷいと表へ出て了いました。吉岡も早速助役の後に続いたんですが、門口《かどぐち》を出しなにチラッと奥を見ると、あの感じの陰気なその癖妙に可愛らしい娘は、まだ相変らず顔だけ出して、表の方を覗いていました。

外へ出ると、助役達はもう十間程先を歩いています。で、吉岡は急いで追いつくと、その肩へ手を掛けながら、気色ばんで言いました。

「助役さん。あの親爺、到頭毎土曜日の午後にB町へ行く事を白状したんですから、何故序《ついで》に捕えちまわんです」

すると、

「吾々は検事じゃないんだからな」と助役が言いました。「――無暗《むやみ》に急《あせ》るなよ。それに第一捕えるにしても、吾々は、どれだけ確固とした証拠を持っていると言うんだ。――成る程あの親爺は、確かに先夜君に追われた犯人に、九分九厘違いない。が而《しか》し、いま捕えるよりも、もう二三日待って今度の土曜日の真夜中に、例の場所で有無を言わさず現行犯を捕えた方がハッキリしてるじゃないか。あの親爺はまだまだ豚を盗むよ。何か深い理《わけ》があるんだ。さあ、土曜日迄もう一度静かな気持になって、その『最後の謎』を考えられるだけ考えて見よう」

で彼等は、素直に機関庫へ引挙げる事にしました。

そして片山助役は、翌日から彼の言明通り、あの陰気な十方舎の親娘《おやこ》の身辺に関して、近隣の住人やその他に依る熱心な聞き込み調査を始めたんです。

一日、二日とする内に――彼等は全く二人きりの寂しい親娘《おやこ》であって、生計《くらし》は豊かでなく近所の交際《つきあい》もよくない事。娘はトヨと言う名の我儘な駄々ッ児で、妙な事にはここ二三年来少しも家より外へ出ず、年から年中日がな一ン日《いちんち》ああしてあの奥の間へ通ずる障子の隙間から、まるで何者かを期待するかの様に表の往還を眺め暮している事。そうした事から、どうやら彼女は、何か気味の悪い片輪者ではあるまいかとの事。そしてその父親と言うのが、これが又無類の子煩悩《こぼんのう》で何かにつけてもトヨやトヨやと可愛がり、歳柄《としがら》もなく娘が愚図り始めた時などは、さあもう傍《はた》で見る眼も気の毒な位にオドオドして、なだめたりすかしたりはては自分迄ポロポロと涙を流して「おおよしよし」とばかり娘の言いなり放題にしているとの事。尚又その娘の寧《むし》ろヒステリカルな我儘は、最近三月《みつき》、半年と段々日を経るにつれて激しくなって来たが、妙な事にはこのひと月程以前からどうした事かハタと止んで、その代りヘンに甘酸ッぱい子供の様に躁《はしや》いだ声で、時々古臭い「カチューシャ」や「沈鐘」の流行唄《はやりうた》を唄ったり、大声で嬉しそうに父親に話し掛けたりしていたとの事。ところが、それが又どうした事かこの四五日前から、再び以前の様にヒステリカルな雰囲気に戻ったとの事――等々が、追々に明るみへ出されて来たんです。

――いやどうも、片山助役のこの徹底した調査振りには、少からず私も驚きましたよ。と言うのは、私も当時よくその家へ買物に出掛けた事があるんですが、全くその度毎にその娘は、障子の隙間から、顔だけ出して何とも言いようのないエロチックな笑いを浮べながら、あの薄い素絹を敷いた様な円《つぶ》らな両の瞳を見開いて、柔かな、でもむさぼる様な視線をこの私の顔中へ――それはもう本当に「ああいやらしいな」と思われる位に、しつこく注ぎ掛けるのです。そして又その親爺と言うのが、全く助役の調査通りでして、例えば仕事をしながらも、溢れる様な慈愛に満ちた眼差《まなざし》でセカセカと娘の方を振返っては、「そんなに障子を明けると風邪を引くよ」とか、「さあ、お客様に汽車のお話でも聞くがいいよ」などと、それはそれはまるで触ると毀れるものの様にオドオドした可愛がり様を、一再ならず私は見せつけられたものです。

……

ま、それはさておき、兎に角そんな調子でドシドシ洗い上げた片山助役は、軈《やが》て殆ど満足な結論にでも達したのか次の土曜日の夜には、正確に言うと日曜日――三月十八日の午前四時三十分には、もう涼しい顔をして、あの曲線《カーブ》線路の松林で、その娘の親爺を捕えるべく、例の二人の部下とそれからH署の巡査と四人で、黙々と闇の中へ、蹲《うずくま》っていたんです。

ところが、茲《ここ》で片山助役の失敗が持上ったんです。と言うのは、四時四十二分に例の旅客列車が通過して、五分過ぎましたが、意外にも豚盗人はやって来ないんです。

十分、二十分、一行は息をひそめて待ちましたが、この前で懲りたのか大将一向にやって来ませんせん。そして到頭肝心要の D50・444 号の貨物列車が通り過ぎて了ったんです。

「……ふむ。先生、この張込みに感付いたな。よし。もうこの上は、直接十方舎へ乗り込もう」

到頭助役は、そう言って不機嫌そうに立上りました。

軈《やが》て一行は、B駅から直ぐ次の旅客列車に乗ってH駅へ来ました。そしてもう夜の明け切った構内を横切って、十方舎へ行くべく機関庫の方へ歩いて行ったんです。と、どうした事でしょう、「葬式機関車《とむらい》」の「オサ泉」と助手の杉本が、テクテクやって来るんです。見れば、杉本の例の鼻の下の煤が、いつの間にか綺麗に拭き取られているんじゃないですか！

杉本は、一行を認めると大袈裟な顔付で、

「到頭又殺《や》っちゃいましたよ」

「なに又殺った⁉」

と、助役が思わず叫びました。

すると杉本は、

「ええ、確かに手応《てごたえ》がありましたよ。この駅のホンの一丁程向うの陸橋《ブリッジ》の下です。而《しか》もねえ、機関車《おかま》の車輪《わっぱ》にゃあ、今度ア女の髪の毛が引ッ掛ってましたよ。豚じゃねえんです――」

で早速彼等は、十方舎の親爺の逮捕を不取敢《とりあえず》警官に任せて、大急ぎで逆戻りをしました。そして間もなく、H駅の西へ少し出外《では》ずれた轢死の現場へやって来たんです。

恰度朝の事で、冷え冷えとした陸橋《ブリッジ》の上にも、露に濡れた線路の上にも、もう附近の弥次馬達が、夥しい黒山を作っていました。――その黒山を押崩す様にして分け入った一行の感覚へ、真ッ先にピンと来た奴は、ナマナマしい血肉の匂いです。続いて彼等は足元に転っている凄惨な女の生首を見ました。——頭顱《あたま》が上半分欠けて、中の脳味噌と両方の眼玉が何処かへ飛んで了い、眼窩《めのあな》から頭蓋腔《あたまのなか》を通して、黒血のコビリ着いた線路の砂利が見えます。——でもその眼玉のガラン洞になった半欠《はんかけ》の女の顔を見ている内に、追々に彼等は、それが、あの、葬具屋の娘——である事に気付いて来たんです。

それから彼等は、助役に引ッ張られて、顫えながらもうひとつ奥へ進んで行きました。そしてそこで、線路の上へ転っているものを見た時に、一行は思わず嘔吐を催しました。

——それは、股の着根《つけね》から切断された両脚らしいものですが、殆ど全体に亙って太さが直径八九寸近くもある、まるで丸太ン棒です。おまけにその皮膚の色は、血の気が失せて鉛色なんです。助役は青い顔をして屈み込むと、でも、平気でその肌へ指をグッと押付けました。するとその部分の皮膚は、ただ無数のいとも不快な皺を寄せただけで、少しも凹《へこ》まないんです。——助役は六ケ敷《むつかし》い顔で立上ると、重い調子で言いました。

「……こりゃあ、切断の為めに出来た浮腫《はれ》じゃあないよ。君達は、あのフィラリヤって言う寄生虫の為めに淋巴《リンパ》管が閉塞《ふさ》がれて、淋巴《リンパ》の鬱積を来した場合だとか、或は又、一寸した傷口から連鎖状球菌の侵入に依って、浮腫性《ふしゅしょう》の病後に続発的に現れる象皮病——って奴を知ってるかい？……こ奴《いつ》がそれだよ。僕の大学時代の友人に、これを病んだ奴が一人あったよ。患部は主に脚で、炎症の為めに皮膚が次第に肥厚《はれあが》って、移動性を失って来るんだ。象皮病で死んだと言う事は余り聞かないが、旧態《もと》通りに治癒《なお》るって事は、ま、大体絶望らしいな」と助役は茲《ここ》で一寸いずまいを正して、「……どうやらこれでこの事件も幕になったらしいね……あの豚の轢殺事件が、こんな悲劇に終ろうとは思わなかったよ……いや、僕の手抜かりだった。この娘は恐らく自殺なんだろう。と言うのは……いや兎に角、歩きながら話すとして、不取敢《とりあえず》十方舎へ出掛けよう……あの親爺奴《め》、可愛い娘のこんな死態《しにざま》を見たなら屹度《きっと》気狂いにでもなっちまうよ……」

そう言って助役は、歩きながらこの奇妙な事件の最後の謎——つまり十方舎の親爺が豚を盗んだ動機を彼のその優れた直観力で、どんな風に観破《みやぶ》ったかと言う事を、手短かに話し始めたんです。

いや、学生さん。

ところがその助役の直観力って奴は、幸か不幸か当ってたんですよ。そしてその事の正しさは、間もなく検屍官の手に依って娘の懐中から発見された、意外にも「葬式《とむらい》機関車」の「オサ泉」宛の遺書に依って、いよいよ明かにされたんです。

で、その娘の手紙なんですがね……実は、いま、こうして私が持ってるんですよ……いや、助役の話なんぞ繰返すよりも、一層の事この手紙をお眼に掛けましょう。それに第一私としても、いま茲《ここ》で、助役のそのしたり顔な説明なんぞを、再び私の口からお話するのは、とてもつらいんです。と言うのは、その話ってのが、そもそも私の過去に致命的な打撃を与えた、苦しい思い出だからなんです……さあ、この穢《きたな》らしい手紙なんですが……どうぞ、ご覧下さい……

お懐しいオサセン様。

妾《わたし》は、十方舎の一人娘トヨでご座います。この手紙を貴男《あなた》がおヨミになる頃には、もう妾は少しも恥かしい事を知らない国へ行っております。だから妾は、どんな事でも申上げられると思います。どうぞ私の話を、お聞き下さい。

妾は、子供の頃からふしあわせでご座いました。妾の家にはあまりお金がありませんでしたので、妾の父や母は、妾をヨソの子供さん達の様にしあわせにはして呉れませんでした。だから妾は恰度いまから四年前の十九の年に、ふとした事から右足に小さなキズをした時にも充分に医者にかかる事も出来ませんでした。するとそのキズ口からバイキンが入って、妾はタンドクと言う病気にかかりました。でもおどろいて医者にかかりましたのでその病気はまもなく治りましたが、又半年程すると、今度はサイハツタンドクと言う、先《せん》の病気とよく似た病気にかかりました。今度はなかなか治りませんでした。そして妾は、ゾウヒビョウと言う恐ろしい病気に続けてかかってしまい、妾の両脚はとてもとても人様に見せられない様な、それはそれはみにくいものになってしまいました。医者は死ぬ様な事はないが、元の通りには治らないと言いました。そして毎年春や秋が近づくと、妾の両脚は、一層ひどくはれるのでご座います。

お懐しいオサセン様。

なんと言う妾はふしあわせな女でしょう。妾は父や母をノロいたくなりました。でもその頃から、父や母の妾に対するたいどは、ガラリと変りました。

父はもう夢中で、妾を何より大事にして呉れる様になりました。母は、毎日毎日妾に対してすまないすまないと、気狂いの様に言っておりました。ああそして、本当に母は気狂いになってしまいました。

それは恰度三年前の、冷い雨の降る秋の夜の事でした。気の狂った母は裸足のままで家を飛び出して、とうとう陸橋の下で汽車にひかれて死んでしまったのです。

でもお懐しいオサセン様。

その時の汽車の運テン手が、貴男だったのでご座います。そして、なんと言う貴男は親切なおかたでしょう。妾の母のタマシイのために、貴男は花環をたむけて下さいました。そしてそれから後も、時々人をひく度に、妾の家へ花環を買いに来られました。なんと言う美しいお心でしょう。

でもああお懐しいオサセン様。

妾は始めて貴男をお店で見たその時から、貴男がとてもとても大好きになってしまって、ホンの少しの間でも貴男をわすれる事が出来なくなってしまったのでございます。間もなく父は、妾の気持に気づきました。そしてもうその頃では、夢中で妾を大事にしていてくれましたので、時たま貴男が花環を買いに来て下さると、父は出来るだけ手間をとって貴男の花環をこしらえる様にさえして呉れました。

でも恋しいオサセン様。

妾はみにくい体を持っておりますので、貴男のお側《そば》へそれ以上に近づく事の出来ないのをだんだん不平に思う様になり、そして日ましに気が短かくなって我ままになり、一年に二三度位しか花環を買いに来て下さらない貴男のおすがたを見るために、いくたび父を門口に立たせた事でしょう。でも毎日毎日奥の間の障子のかげから顔だけ出して、貴男の来られるのをいつまでも待ち続けている妾を見兼ねたのか、到とう父は恰度いまからひと月程前、B町へ毎シュウ草花を買いに行く度に、なんでも大変キキメのある神様へオガンをかけて来る様に約束して呉れました。するとどうでしょう、その大変キキメのある神様は哀れな妾のねがいをお聞き下さって、日ヨウ日毎に貴男にお眼にかかれる様にして下さいました。ああその頃の妾は、なんと言うしあわせ者でしたでしょう。毎日毎日唄を唄ったり、父とユカイに話をしたり……。

でも、それはホンのつかのまの事で、この前の日ヨウ日には、もう貴男はおいでになりませんでした。そして何事があったのか父はもうバチが当るからオガンをかけるのはイヤだと言いだして、だから今夜も花だけ買って早く帰って来てしまいました。そしておさえ切れなくなった妾は、とうとう父とみにくい口あらそいを始めたのでご座います。

そしてああ恋しいオサセン様。

とうとう妾は、恰度手に持っていた棺板に穴をあけるヨツメ・キリで、あやまって父を殺してしまったのでご座います。

妾は、もう生きているノゾミをなくしてしまいました。妾は、この手紙を抱いて、貴男のお手にかかって母のいる国へ行きます。妾の家のお店に、妾がこの手紙をかいてから、急いでこしらえた花環がご座います。どうぞその花環を、哀れな妾のために汽車へ吊してやって下さい。

三月十七日夜　　　　十方舎のトヨより

……やれやれ、お読みになりましたかな……いや、手紙《そこ》にも書いてあります様に、助役の一行が十方舎へ乗込んだ時には、もうその娘の親爺は、脇腹から心臓めがけて大きな錐《きり》を突立てられた儘、造りかかりの棺桶の中へノメリ込む様にして冷くなっていましたよ……

いや、学生さん――

……これで、何故私が鉄道稼ぎを退職《やめ》る様な気持になったか、そして又何故毎年三月十八日、つまり十方舎の娘の命日に、こうしてH市の共同墓地へ墓参りに出掛けるか、お判りになった事と思います……え？　ああそうそう……もうとックにお判りの事と思いますが、実はこの私が、「葬式《とむらい》機関車」の「オサ泉」事、長田泉三なんです……いやどうも、永々と喋らして頂きましたな……どうやら、ボツボツH駅に近づいたようです……ではこれで失礼いたします。

〈ぷろふいる〉昭和九年九月号）

デパートの絞刑吏

多分独逸《ドイツ》物であったと思うが、或る映画の試写会で青山喬介《あおやまきょうすけ》と知り合いになってから、二ケ月程後の事である。

早朝五時半。社からの電話を受けた私は、喬介と一緒にRデパートへ、その朝早く起った飛降り自殺のニュースを取る為めに、フルスピードでタクシーを飛ばしていた。

喬介は私よりも三年も先輩で、嘗《かつ》ては某映画会社の異彩ある監督として特異な地位を占めてはいたが、日本のファンの一般的な趣向と会社の営利主義《コムマアシャリズム》とに迎合する事が出来ず、映画界を隠退して、一個の自由研究家として静かな生活を送っていた。勤勉で粘強な彼は、一面に於て、メスの如く鋭敏な感受性と豊富な想像力を以て屢々《しばしば》私を驚かした。とは言え彼は又あらゆる科学の分野に亙って、周到な洞察力と異状に明晰な分析的智力を振い宏大な価値深い学識を貯えていた。

私は喬介とのこの交遊の当初に於てその驚くべき彼の学識を私の職業的な活動の上に利用しようとたくらんだ。が、日を経るにつれて私の野心は限りない驚嘆と敬慕の念に変って行った。そうして間もなく私は、本郷の下宿を引き払って彼の住んでいるアパートへ、而《しか》も彼と隣合せの部屋へ移住して了った。それ程この青山喬介と言う男は、私にとって犯し難い魅力を持っていたのである。

六時十分前に、私達はRデパートへ着いた。墜死の現場はこのデパートの裏に当る東北側の露路で、血痕の凝結したアスファルトの道路の上には、附近の店員や労働者や早朝の通行人が、建物の屋上を見上げたり、口々に喧《やかま》しく喋り合ったりしていた。

死体は仕入部の商品置場に仮収容され、当局の一行が検死を終った処であった。

私達が其処へ這入って行くと、今度○○署の司法主任

に栄進した私の従兄弟《いとこ》が快く私達を迎えながら、この事件は自殺でなく絞殺による他殺事件である事、被害者はこの店の貴金属部のレジスター係で野口達市《のぐちたついち》と言う二十八歳の独身店員である事、死体の落下点附近に幾つかのダイヤの混じった高価な真珠の首飾が落ちていた事、そしてその首飾は、一昨日《おととい》被害者の勤務せる貴金属部で紛失した二品の内の一つである事、更に又、死体及び首飾は今朝四時に巡廻中の警官に依って発見されたものなる事、そして最後に、この事件は自分が担任している事を附け加えて、少々得意気に話して呉れた。説明が終ると、私達は許しを得て死体に接近し、罌粟《けし》の花の様なその姿に見入る事が出来た。

頭蓋骨は粉砕され、極度に歪められた顔面は、凝結した赤黒い血痕に依って物凄く色彩《いろど》られていた。頸部には荒々しい絞殺の瘡痕《そうこん》が見え、土色に変色した局部の皮膚は所々破れて少量の出血がタオル地の寝巻の襟に染み込んでいた。検死の為めに露出された胸部には、同じ様な土色の蚯蚓腫《みみずばれ》が怪しく斜《ななめ》に横たわり、その怪線に沿う左胸部の肋骨の一本は、無惨にもヘシ折られていた。更に又屍体の所々——両方の掌、肩、下顎部、肘等の露出個所には、無数の軽い擦過傷が痛々しく残り、タオル地の寝巻にも二三の綻《ほころ》びが認められた。

私がこの無惨な光景をノートに取っている間、喬介は大胆にも直接死体に手を触れて掌中《てのなか》その他の擦過傷や頸胸部の絞痕を綿密に観察していた。

「死後何時間を経過していますか？」

喬介は立上ると、物好きにも側にいた警察医に向ってこう質問した。

「六七時間を経ていますね」

「すると、昨晩の十時から十一時迄の間に殺された訳ですね。そして何時頃に投げ墜《おと》されたものでしょう？」

「路上に残された血痕、又は頭部の血痕の凝結状態から見てどうしても午前三時より前の事です。それから、少くとも十二時頃迄はあの露路にも通行人がありますから、結局時間の範囲は零時から三時頃迄の間に限定されますね」

「私もそう思います。それから被害者が寝巻を着ているのは何故でしょうか？　被害者は宿直員ではないのでしょう？」

喬介のこの質問に警察医は黙って了った。今迄司法主任に何事か訊問されていた寝巻姿の六人の店員の一人が、警察医に代って喬介の質問に答えた。

「野口君は昨夜《ゆうべ》宿直だったのです。と言うのは、各々違った売場から毎晩順番の交代で宿直するのが、この店の特種な規則と言いますかまあキマリになっているのです。昨晩の宿直は、店員の中ではこの野口君と私と、其処に立っている五人と、都合七人でした。それから雑役の人夫さんの方《かた》で彼処《あそこ》にいる三人を加え、全部で十人の宿直でした。そんなわけで同じ宿直室へ寝ながら、宿直員の中ではお互に馴染の少い顔許《ばか》りと言う事になるのです。……昨晩の様子ですか？　御承知の通り只今では毎晩九時迄夜間営業をしていますので、九時に閉店してからすっかり静かになる迄には四十分は充分に掛ります。昨晩私達が、各々手分けをして戸締りを改め

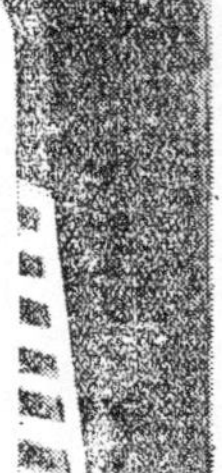

てから消燈して寝に就いた時は、もう十時に近い頃でした。野口君は、寝巻に着換えてから一人で出て行かれたようですが多分便所へでも行くのだろうと思って別に気に留めませんでした。それから今朝の四時にお巡りさんに起される迄は、何にも知らずにぐっすり眠って了ったのです。……ええ、宿直室は、人夫さん達のが地階で、私達のは三階の裏側に当っています。六階から屋上に通ずるドアーですか？　別に錠はおろしません」

　この宿直店員の供述が終ると、喬介は他の八人の宿直員に向って、昨晩の事に関して今の供述以外のニュースを持っている人はないかを質問した。が、別に新しい報告を齎《もたら》した者はなかった。只、子供服部に属していると言う一人が、昨晩は歯痛の為めに一時頃迄眠られなかった事、其の間野口達市

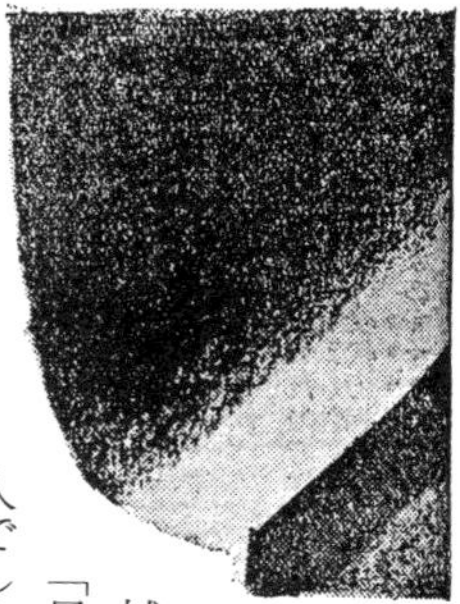

のベッドが空《から》である事には少しも気が附かなかった事、怪し気な物音なぞは少しも聞えなかった事等、一寸した陳述をなしたに過ぎなかった。

次に首飾に関する喬介の質問に対して鼻先の汗をハンカチで拭いながら、貴金属部の主任が次の様に語った。

「只今知らせを受け驚いて出勤した許《ばか》りです。……野口君はいい人でしたが残念な事をしました。決して他人《ひと》から恨みを受ける様な人ではありません。首飾の盗難事件ですか？　どうも野口君に限って首飾とは関係ないと思いますね。兎に角首飾は一昨日の閉店時に紛失したのです。之々《これこれ》二品です。合せて丁度二万円の代物です。で当時の状況から推して確かにお客さんの中に犯人が混じっていたと思われます。従って貴金属部の店員は申すに及ばず、全店員の身体検査をするやら建物の上から下迄細密な捜索をするやら、いや全くこの一両日は大騒ぎでした。それがこの始末です。全く不思議です」

丁度主任の供述が終った時、屍体の運搬車が来て、三人の雑役係の宿直人夫が屍体を重そうに提げ、臆病そうにヨタヨタした足取で運び出して行った。その様子を暫らく名残惜し気に見詰めていた喬介は、やがて振り返るや私の肩を叩きながら元気よく叫んだ。

「君、屋上へ行こう」

もう開店時間に間もないと見えて、どの売場でも何時《いつ》の間にか出勤した大勢の店員や売子《ショップガール》達が、商品の上に覆われた白更紗《さらさ》のシートを畳んだり、新しい商品を運んだりして忙しく立働いているのを、エレベーターの中から見渡しつつ間もなく私達は屋上へ出た。今迄の陰惨な気持を振り捨てて晴れ渡った初秋の空の下に遠く拡がる街々の甍《いらか》を見下ろしながら、私は深い呼吸を反覆した。

喬介は、被害者野口が墜《おと》されたと思われる東北側の隅へ歩み寄り、腰を屈めてタイル張りの床を透かして見たり外廓を取り繞《め》ぐる鉄柵の内側に沿う三尺幅の植込みへ手を突込んで、灌木の根元の土を掻き廻す様に調べたりしていたが、間もなく複雑な気色を両の眼に浮べながら、西側の隅で虎に餌を与えている番人の姿や、東側の露台の上で気球係の男が軽気球《バルーン》の修繕をしている景色に見惚《みと》れていた私に向って、静かに声を掛けた。

「君、虎を見ているのかね。どうだい、我々も一つ餌にありつこうじゃないか。……こいつはなかなか面白い事件だよ」

もう喬介は歩き出した。到頭喬介はこの事件に乗り出して了ったな、と思いながらも、底深い好奇的な魅力に誘われた私は、喬介に従って六階へ降りた。其処で私は電話室に這入り、新聞記者としての私の職責を果す為めに社への一通りの報告を済ますと、喬介に連れ立って食堂へ出掛けた。

流石《さすが》に朝の内と見えて、食堂の内部はひっそりしていた。只、隅の窓に寄ったテーブルの一つに、司法主任と彼の部下の一人とが、分厚なサンドウイッチに齧じり附いていた。彼は私達を見附けるや、立上って同じテーブルへ椅子を取り持って呉れた。私達は快くその椅子に着いた。給仕が私達の註文を取りに来ると、華奢な鉄格子の塡《はま》った窓を見ていた喬介は、その少女を捕えて、何階の窓にも一様に鉄格子が塡っている、と言う事実を確かめていた。

やがて私達の食事が始まると、熱い紅茶を啜りながら司法主任が喋り出した。

「事件は複雑ですが解決は容易ですよ。私は実地検証主義ですからね。それでですな――勿論、殺人は昨晩の十時から十一時迄の間で行われ、今朝の零時から三時頃迄の間に屋上から投げ墜されたものです。この時間と言い、戸締りが厳重で外部から侵入の余地がない点と言い、犯人は明かに店内の者です。いいですか、一層はっきり言えばですね、昨晩この店内にいた者と言うのです。勿論これはあなた方に丈け申上げるのですが、これから昨晩の宿直員を全部徹底的に調査します。只、茲《ここ》で少し困難を感ずる問題は、首飾の一件です。若《も》しも首飾を盗《と》った犯人が野口を殺害したものとすれば、何故犯人は首飾を遺棄したか？　若し又首飾を盗った者を被害者自身とすれば、殺人の動機はどこにあるか？　然《しか》しこれ等の問題を解決する為には、先ず首飾の指紋を検出して見ますよ。では、ご緩《ゆっく》り――」

司法主任は、元気な挨拶を残し、部下の警官を従えて食堂を出て行った。

今迄無言で食事をしていた喬介は、その口元に軽い微笑を浮べながら初めて口を切った。

「あの人は君の従兄弟と言ったね。ま、いいや、一体に日本の警察は、犯罪の動機を真っ先に持ち出したがるよ。だから仮令《たとえ》それが皮相的なものにせよ今度の事件の様に一見動機の不可解な犯罪に逢着すると、直《ただち》に事件そのものを複雑化して了う。勿論、動機の探求結構さ。只、動機を以て、犯罪探偵の唯一の手掛であると考えたがる単純な公式的な頭脳に対して反駁したいのだ。早い話が、この事件に於て、我々はあの真珠の一件よりも、死体そのものに見られる三つの特徴の方が大事だ。第一に、頸部の絞殺致命傷並に胸部の絞痕——最初私はこの傷を鞭《むち》様の兇器で殴り附けたものと感違いした——に与えられた暴力が、非常に強大なものなる事。第二に両手の掌中に残された横線をなす無数の怪し気な擦過傷。その中には幾つかの胼胝《たこ》も含まれる。第三に、肩、下顎部、肘等の露出個所に与えられた無数の擦過傷。と、まあこの三つだね。

先ず与えられた第一の手掛を分析検討して見よう。すると直《ただち》に私は、犯人は数人又は非常に強力な一人の人間である、と言う推定に達する。同様にして、第二の手掛である掌中の擦過傷は、被害者が何物かを握り締めて摩擦したと言う事実を明確に暗示する。次に、第三の手掛である所々の軽い擦過傷を検討して見よう。軽薄ではあるが太く荒々しいあの瘡痕は、明かにナイフその他の金属類に依って与えられたものでなく、鈍重で粗雑なものであり、且《かつ》又掌中に擦過傷を与えた兇器と同一の兇器或は同性質の兇器なる事を暗示する。そうしてこの事は、あの種の擦過傷を与える様なその物体が、犯行の当時現場に、もっと厳格に言えば格闘している被害者の身辺に、あったか、或は、直接犯人が持っていたかのどちらかだ。が、この場合私は後者だと思う。何故なら、加えられた力の量的な差こそあれ、これ等の擦過傷はあの頸部胸部の絞殺瘡痕に対して質的な共通点を持っているからだ。君はあの土色に変色した皮膚が擦り破れて、出血していた被害者の頸部を思い出し給え。そうして極めて幼稚な観察と推理に依ってすら、頸部に索溝の残っていない点と言い、あの皮膚の擦り破れ方と言い、第二第三の擦過傷を与えたと同一の太く粗雑な兇器である事は容易に頷き得る筈だ。

従って私は、これ等の個々の事実の検討から、私の分類した三つの瘡痕に加えられたそれぞれの兇器が、犯行に使用された唯一の兇器である事に帰納する。だから被害者の持っていたあの幾個所かの擦過傷は格闘の際現場に転っていた奇妙な物体に依って外部的に受けたものではなくて、犯人の手から執拗に襲い掛って来る蛇の様な兇器に依って与えられたものなのだ。だが、推理を今後の過程に進めるに当って最も興味深い存在をなすものは、あの掌中に残された奇怪極まる擦過傷だよ。まさか君は、死人が綱引き遊びをしていたなんて言うまいね。

次に、あの無数の軽い擦過傷が明かに格闘に依って与えられた軽傷である事は、まさしく疑う余地がない。然《しか》らば格闘は、従って犯行は、何処で行われたか？　勿論、屋外であれ程判然たる他殺の痕跡を加えて殺害したものを、わざわざ運び込んで屋上から投げ墜《おと》し墜死に見せかけよう、なんてナンセンスは信じられない。而《しか》もこの場合厳重な戸締りの問題がある。然《しか》らば次のデパートの屋内で犯行が行われたとの解釈はどうか？　この解釈が肯定される為めには、被害者が殺害される迄の格闘の際、一言の救助をも求めなかったと言う驚くべき事実だ。従って犯行は最後の場所、即ち屋上で行われた事になる。この考え方は確かに平凡である。警察も同感だろう。が、同じ同感でも私はその断定を下す迄に少くとも他の一二の問題を明かに否定している。例えば先程私は被害者の絞殺致命傷の特徴からして、犯人は数人又は非常に強力な男と断定した。がこの内の『数人の犯人』は、以上の私の検討に依って既に否定されている。ああ言う組織の宿直員の中では、まず共謀と言う事は成立しないからだ。従って犯人は力の強い一人の男と言う結果に逢着する。その強力者とは誰だ」

「大分複雑になったねえ」

　喬介の説明に恍惚《うっとり》として聞き入っていた私は、到頭その興奮を爆発さして了った。喬介は、煙草に火を点けてぐっと一息深く吸い込むと、眼を輝かせながら言葉を続けた。

「複雑になった？　違うよ君簡単になったのだよ。シャーロック・ホームズ気取りになるがね、『凡《すべ》ての否定を排除すれば残れるものが肯定である』と、どうだね。そうして犯行は屋上――此の場合植込みに足跡のなかった事を留意して置く必要がある。――次に、所々の特に掌中の奇怪な擦過傷、強い力を持った犯人、執拗な兇器。これ等の手掛を基礎として最後の調査をして見よう。さあ、一つ拡大鏡でも仕入れて、もう一度屋上へ登ろう」

私達は立上って食堂を出た。何《い》時《つ》の間にか入り込んで来た外客の為めに、辺りは平常のざわめきに立ち返り、階下の楽器部から明朗なジャズの音が、ギャラリーを行き交う人々の流れを縫ってゆるやかに聞えていた。

　四階の眼鏡売場で中型の拡大鏡を手に入れた私達は、人々の波を分けて、再び屋上へ出た。事件のあった為か、一般の外客は禁足してあり、只数人の係員が、私達の闖入に対して、好奇の眼を瞠《みは》っていたに過ぎなかった。

喬介は眉根に深い皺を刻まして首を傾けながら、屋上の隅から隅へ鋭い観察を投げ掛けていたが、やがて私を促して死体の落下点と思われる東北側の隅へやって来ると、拡大鏡を振り廻して先程よりも一層綿密に鉄柵や植込みを調べ始めた。が、間もなくフッと思い切った様に其処を離れると今度は、何事か記憶を思い浮べるかの様に、小声でぶつぶつ呟きながら、西側の虎の檻に向って歩き出した。其処で喬介は、大きなアフリカ産の牡虎が、屈托気《くったくげ》に昼寝をしている姿を見詰めながら暫く深い思案に陥っていた。が、急に向き直って、晴れ渡った大空の一角に眼をやった。と、彼はその両の眼を生き生きと輝かせながら、東側の露台へ向って大股に歩き出した。

その露台では、今将《まさ》に大きな灰色の広告気球《バルーン》が、その異様な姿態を晒《さら》け出して、愉快な青空の中へ、むくむくと上昇し始めていた。私は思わず息を吸い込んだ。

が、そこで私の驚いた事には、広告気球《バルーン》を揚げ掛けた気球係の男を捕えて、喬介は冷たい訊問を始めた。

「君は今朝何時に此処へ来たかね？」

「ええ、実は昨晩少し天候が悪かったものですから責任上心配して、今朝は何時《いつ》もより少し早く六時半に出勤しました」

捲取機《ローラー》のハンドルを逆廻転させながら、係の男は愛想よく答えた。

「すると君は、六時半にこのバルコニーへ出た訳だね？」

「いいえ違います。六時半と言うのは店へ着いた時間でして、それからあの事件の噂を聞いたり屍体を見たりしていたものですから、此処へ上った時はもう七時でした」

「その時、このバルコニーの上で何か変った処はなかったかね？」

「別に気付きませんでしたが、只、瓦斯《ガス》のホースが乱雑に投げ出されてあり、バルーンは非常に浮力が減って、フニャフニャになりながら、今にも墜ちそうに低い処で漂っていました。が、これは天候の荒れた後によくあることです」

「バルーンは夜中にも揚げて置くのですか？」

「ええ、下に降ろして繫留して置くのが普通ですが、天候を油断してその儘にして置く時もあるのです」

「バルーンの浮力が減ったと言うのは？」

「気嚢《きのう》に穴が明いていたのです。尤もその穴は、一月程前に一度修繕した事のある穴ですが――」

「ははあ、それで君は先程気嚢の修繕をしていたのだね。ところで、このバルーンの浮力はどれ位あるかね？」

「標準気圧の元では600瓩《キロ》は充分あります」

「600瓩《キロ》と言うと随分な重量だねえ。いや、有難う」

訊き終ると喬介は、広告気球《バルーン》のロープに着いて揚《あが》って行く切り抜きの広告文字《サイン》を見詰めた。

丁度広告気球《バルーン》が完全に上昇してロープが張り切った時に司法主任がやって来た。

「やあ、皆さんそんな処で深呼吸をしているのですか！　いや、非常に結構な事です。ところでどうですか。首飾の指紋はやっぱり被害者野口のものでしたよ。ほら、こんなに判《はっ》きりと検出されました」

こう言って司法主任は私達の眼前《めのまえ》へ七色に輝く美しい首飾をぶら下げた。成る程、その大粒な連珠の上には、二つの大きな指跡が、判《はっ》きりと浮び出ていた。

「ほう、結構ですね」喬介は微笑んだ。

「ところで、済みませんがその水銀とチョークの混じった何んとやら粉を、私にも一寸拝借させて下さい」

呆気に取られている司法主任の手から、検出用具を借り受けると、捲取機《ローラー》に寄り添って、ハンドルの上へ、灰色の粉を器用な手付きで振り掛け、やがてその上を駱駝《らくだ》の刷毛《はけ》で軽く払い退けた。

「ああ、やっと今気附きましたが、今朝修繕する為めにバルーンを降ろした時、瓦斯注入口《ガスゲート》の弁が開いた儘になっていました」

今迄何事か考えていた係の男が、急に口を切ってこう言った。

「弁が開いていた？」

驚いた様に顔を上げて訊き返した喬介は、暫く考え込んでいたが、

「非常に有力な証拠だ」

と、独りで呟くと、再び元の姿勢に戻って、拡大鏡でハンドルの表面を調べ乍《なが》ら、係の男に言葉を掛けた。

「君は今朝グローブを嵌《はめ》ずに此処へ触れたね？」

「ええ、最初バルーンを降ろす時には、修繕する為めに急いでいましたので――」

それから喬介は、首飾を司法主任の手から借り受け、ハンドルの上に検出された指紋と、首飾の指紋とを較べ始めた。私も喬介の横へ屈み込んで、両方の指紋を熱心に比較して見た。が、二通りの指紋は、各々全く別個のものである事に私は気附いた。

「ね。君も気附いたろう？　ほら、このハンドルの上には、この人の指紋以外に、この首飾の指紋、つまり被害者の指紋は一つも見られない。これでよろしい。さあ、バルーンを静かに降して下さい」

喬介の言葉に、係の男は一寸不審気な表情を見せたが、間もなく作業手袋《グローブ》を嵌《はめ》て、捲取機《ローラー》のハンドルを廻し出した。

一呎《フイート》。二呎《フイート》。――広告気球《バルーン》は静かに下降し始めた。

喬介は拡大鏡を、捲き込まれて行くロープに近附けて鋭い視線をその上に配っていた。が、間もなく三十五、六呎《フイート》も捲き込まれたと思う頃、広告気球《バルーン》の下降を中止さして、司法主任に声を掛けた。

「犯人を見附けました――」

喬介のこの言葉に少からず驚いた私達は、喬介の指差した太い麻縄のロープの一部に、深く染み込んでいる少量の赤黒い血痕を認めた。

「これがつまり被害者の頸部の絞傷から流れ出た血痕です。さあ、もうバルーンの用事は済みました。揚げて下さい……ああ一寸待って下さい。全部降しちゃって下さい。まだ一事忘れていた。当っているかいないか、一寸試して見ますから」

係の男は、呆気に取られた儘、再びクランクを始めた。

司法主任は、極度の興奮の為めに歯をカチカチ鳴らしながら、静かに降りて来る広告気球《バルーン》と、喬介の横顔と、そうして係の男の挙動とを、等分に見較べながらつっ立っていた。

やがて広告気球《バルーン》が降り切って、その可愛い天体の様な姿を私達の頭上に横《よこた》えると、喬介は瓦《ガ》斯注入口《スゲート》の弁を開いてその中へ細い手首を差し込み、暫く気嚢の内底部を掻き廻していたが、間もなく美しい首飾を一つ取り出した。

「図太い野郎だ！」

司法主任が係の男にとびかかろうとした。

「お待ちなさい。人違いですよ。犯人はバルーンです。この軽気球です。ほら、これを御覧なさい」

喬介が、瓦斯注入口《ガスゲート》の金具、弁、新しく発見された首飾の三点に、先程の「灰色粉」を振り掛けて刷毛で払うと、三点共に同じ様な幾つかの指紋が、見る見る検出されて来た。

「御覧なさい。この人の指紋ではないでしょう？」

「ふーむ。確に被害者野口達市の指紋だ」

司法主任はまるで狐につままれた態《かたち》だ。喬介は私の方を振向いた。

「君。済まないがね。中央気象台へ電話を掛けて、昨晩の東京地方の気象を問い合せて下さい」

喬介の命ずる儘に六階へ降りた私は、其処の電話室で任務を済ますと、結果をノートへ記入して再び屋上へ帰って来た。喬介は、私の渡したノートを受け取ると、

「いや、有難う。753粍《ミリ》の低気圧と西南の強風か。さあ、もう用事は済みましたからバルーンを揚げて下さい。さて、これから結論の説明に移りましょう」

言い終ると喬介は、上昇して行く広告気球《バルーン》を見上げながら煙草に火を点け、静かに口を切った。

「私は先ず、第一に、犯人は宿直員以外の強力な男である事、――この場合戸締りが厳重であった事を考慮に入れて置く――。第二に、犯行は屋上で為された事、――この場合植込みにも鉄柵にもタイル床の上にも、何等の痕跡がないと言う消極的な手掛に留意して置く――。第三に、犯行に使用された唯一の兇器が、屈曲の自由な長い粗雑な表面を持った物体、端的に綱様の物である事。第四に、犯罪の動機が決定的でない事等の基礎知識の把握に成功しました。そ

こで私はこれ等の材料をスタートとし、極めて厳格な批判の元で、出来る限り自由な想像力を働かせ、新しい綜合的な推理に踏み出しました。間もなく私は、このバルーンのロープを兇器とする、未だ多分に粗雑ではあるが或る一つの推定に到達しました。そしてその粗雑さを克服する為めにこのバルコニーへやって来て、私の概念的な粗雑な断案を、加工し整理すべき新しい材料の拾収を始めました」

茲《ここ》で喬介は、一寸言葉を切って、改めて広告気球《バルーン》を振り仰ぎながら、一段と声を高めて話し始めた。

「つまり、一昨日の晩営業中に、二つの首飾を盗んだ野口達市君は、当然行わるべき身体検査や建物中の厳しい捜索を予期して、最も安全な場所へ、即ちバルーンの内底部へその首飾を隠して置いたのです。勿論君は」と係の男を見ながら、「夜間にバルーンの番をしてはいないでしょうね？　宜《よろ》しい。そして昨晩、多分隠した首飾が気に懸かったのでしょう、宿直当番になった被害者は、就寝前の十時頃バルーンの様子を見る為めに屋上へ登ったのです。其処で彼は、穴の明いたバルーンが、浮力の減少した為めにフニャフニャと降りて来そうなのを発見して非常に驚き、急いで力任せにロープを手繰りバルーンを降し始めました。浮力が減少したとは言え、瓦斯《ガス》が充満してさえいれば600瓩《キロ》の浮力を持つバルーンです。被害者は掌中に幾つもの胼《た》胝《こ》を作りながら、夢中でバルーンを降して了いました。そして、瓦斯注入口《ガスゲート》の弁を開き、多分一度は隠した品物の安全を確かめたでしょう、勿論まだ事件のほとぼりが冷め切っていない為めに、品物を持ち出す危険は避けたのでしょう。それから瓦斯《ガス》のホースをあてがい、水素瓦斯《ガス》の補充を始めます。瓦斯《ガス》が充満するに従って、バルーンの浮力は増大します。この場合、被害者は重大な過失を犯しています。即ち、最初バルーンを降す時に驚きの余り急いだ為め捲取機《ローラー》を使用せずに直接手で手繰り降して了った事です。この推定に対しての反証は、今朝急いでグロープなしでハンドルを摑んだこの係の方の指紋以外に、被害者の指紋が検出されない限り無力です。従って、瓦斯注入口《ガスゲート》の金具又はロープを手で押さえながら瓦斯《ガス》の補充を行っていた被害者は、瓦斯《ガス》が充満されバルーンの浮力が増大するに従って、始めて捲取機《ローラー》を使用しなかった過失に気附いたのです。多分非常に驚いた彼は、急いでロープを捲取機《ローラー》の何処かへ引っ掛けて、バルーンの上昇を牽制しようとあせった事でしょう。が、浮力の増したバルーンは、瓦斯《ガス》のホースを投げ離し、弁を開けっぱなした儘容赦なく上昇を始めます。被害者は夢中でその上昇を牽制する。自分の体を引き揚げられない様に注意しながら、ロープを握った両手に力を加える。が、太い粗雑なそのロープは徒《いたず》らに彼の掌中に無数の擦過傷を残した儘、どんどん延び揚《あが》って行きます。切り抜きの広告文字《サイン》ももう飛び揚って了った頃、前に被害者の犯した過失が、茲《ここ》で恐るべき結果を齎《もたら》します。即ち、被害者の足元に手繰り取られ、蜷局《とぐろ》を巻いていたロープが、大騒ぎをしている被害者の体へ、自然と絡み附いたのです。勿論、彼は夢中で格闘を続けます。が、ロープは彼の体の所々、例えば肩、下顎部、肘等の露出個所に無数の軽い擦過傷を与え、寝巻の一二個所を引き裂いて、更に頸部と胸部に絡み附きます。動きの取れなくなった被害者

の体は、その儘天空《そら》へ引っ張り揚げられます。バルーンが惰性的に上昇し切ってロープが張り切った時に、彼の呼吸は止まり、肋骨は折れ、頸部の皮膚は擦り破れて出血する。野口達市君は、文字通り天国へ登ったのです。さて――」

喬介は先程私の渡したノートに眼を遣《や》り、

「午前零時から二時半迄に、東京地方を通過している753粍《ミリ》の低気圧と西南の強風は、バルーンを垂直上昇線から東北方へ押し出します。穴の明いていたバルーンは、低気圧の通過と相俟《あいま》って、ようやくその浮力を減じ、ロープの緊張は弛《ゆる》んで被害者の屍体は振り墜とされます。デパートの屋上へではないのですよ。デパートの東北の露路のアスファルトの上へです。屍体が振墜された時の震動に依って気嚢の内底部に押し込んであった首飾の一つが、弁を開けっぱなされた儘の瓦斯注入口《ガスゲート》から、死人の後を追います。最後に、勿論御承知のこととは思いますが、絞死による屍体の血液は、比較的長時間に亙って流動状態にあるものですから、死後数時間を経てロープから振り落された屍体と雖《いえど》も、破壊された頭部の傷口からアスファルトの上へ、生生しく出血します――」

云いおわって喬介は改めて空を振仰いだ。

九月の美しい青空の中に、くっきりと浮び上った夢の様な広告気球《バルーン》は、この奇妙なデパートの絞刑吏は、折からの微風に下腹を小さく震わせながら、ふわりふわりと漂っていた。

（〈新青年〉昭和七年十月号）

カンカン虫殺人事件

K造船工場の第二号乾船渠《ドライ・ドック》に勤めている原田喜三郎《はらだきさぶろう》と山田源之助《やまだげんのすけ》の二人が行方不明になってから五日目の朝の事である。

失踪者の一人、原田喜三郎の惨殺屍体が、造船工場から程遠からぬ海上に浮び上ったと云う報告《しらせ》を受けて、青山喬介と私は、暖い外套を着込むと、大急ぎで工場迄やって来た。

原田喜三郎と山田源之助は、二人共K造船所直属のカンカンムシで、入渠船の修繕や、船底《ボタム》のカキオコシ、塗り換えなどをして食って行く労働者である。その二人が五日前の晩から行方不明になって了い、捜査に努力した水陸両警察署も、何等の手掛を得る事も出来ず、事件はそのまま忘れられようとしていた時の事だけに、半ば予期していた事とは言え、失踪者の惨殺屍体が発見されたと聞いて、私達が飛上ったのも無理からぬ話である。

門前で車を降りた私達は、真直ぐにK造船所の構内へやって来た。事務所の角を曲ると、鉄工場の黒い建物を背景《バック》にして、二つの大きな、深い、乾船渠《ドライ・ドック》の堀が横たわっている。その堀と堀の間には、たくましいクレーンの群が黒々と聳《そび》え立って、その下に押し潰されそうな白塗りの船員宿泊所が立っている。発見された屍体は、その建物の前へアンペラを敷いて寝かしてあった。

もう検屍も済んだと見えて、警察の一行は引挙げて了い、只五六人の菜ッ葉服が、屍体に噛《かじ》り付いて泣いている細君らしい女の姿を、惨《いた》ましそうに覗き込んでいた。喬介は直ちに屍体に近付くと、遺族に身柄を打明けて、原田喜三郎の検屍を始めた。地味な労働服を着た被害者の屍体は、長い間水浸しになっていたと見えて、四十前後のヒゲ面も、露出された肩も足も、一様にしらはじけて、恐ろしく緊張を欠いた肌一面に、深い擦過傷が、幾つも幾つも遠慮なく付いている。裸《はだ》けられた胸部には、丁度心臓の真上の処に、細長い穴がぽっかり開いて、その口元には、白い肉片がむしり出ていた。

「メスで突き刺したんだね。これが致命傷なんだよ」

喬介は私にそう告げ終ると、尚も屍体を調べ続けた。顔面はそれ程引き歪められていると言う方ではないが、只左の顔だけ一面にソバカスの出来ているのが、なんとなく気味悪く思われた。喬介は又喬介で、どう言うつもりかそのソバカスに顔を近付け、御丁寧に調べ廻していた。が、軈《やが》て屍体を裏返すと、呆れた様に私を見返った。成る程、屍体の後頭部には鉄の棒で殴り付けた様な穴が、破壊された骨片をむき出して酷《むご》たらしくぶちぬかれている。屍体の背面には表側と同じ様に、深い擦過傷が所々に喰い込み、労働服の背中にはまだ柔《やわらか》い黒色の機械油が、引き裂かれた上着の下のジャケットの辺り迄、引っこすった様にべっとりと染み込んでいる。そしておよそ私達を吃驚《びっくり》さした事には、後へ廻された両の手首は丈夫な麻縄で堅く縛られ、すっこきの結び玉から何にかへくくり付けた様に飛び出している綱の続きは、一呎《フート》程の処で荒荒しく千切れている事だ。黒い機械油は、手首から麻縄の上迄べっとり染み付いている。

一通りの検屍を終った喬介は、傍《そば》の婦人に向って静《しずか》に口を切った。

「いやどうも失礼いたしました。早速で恐縮の至りなんですが、御主人が行方不明になられた晩の模様をお聞かせ下さいませんか？」

「と言いますと？」

「つまりですな。御主人が最後に家を出られた時の様子です」

「ハイ」婦人は涙を拭いながら話し始めた。

「あの晩工場から暗くなってから帰って来た主人は、御飯を食べると急な夜業があるからと言って直ぐに出て行きました」

「一寸待って下さい」と喬介は側に立っていた菜葉《なっぱ》服の一人に向って、「その晩、夜業は確かにあったんですね？」

「いいえ。夜業はなかったです」労働者が答えた。

「なかった？　ふむ。ないものをあると言うからには、何か知られ度くない事情があったんだな。お内儀《かみ》さん、心当りは御座居ませんか？」

「別に、御座居ませんけど――」

「そうですか。で、御主人は一人で出掛けられたんですね？」

「いいえ。源さんが、あの山田源之助さんが呼びに来られて、一緒に出掛けました」

「御近所ですか？」

「ええ、直ぐ近くですし、それにとても心安い間柄でしたから寄って呉れたんです。出がけに表戸の前で、『あの若僧すっかり震え上って了いおった』とか『今夜は久し振りに飲めるぞ』とか二人で話し合いながら出て行くのを、妾《わたし》はこっそり立聞きしていました」

「ほう。好くそんな話を覚えていられましたね？」

「ええ。前の日迄中気《ちゅうき》で寝ていた源さんは、その日無理をして仕事に出た為め工場で過って右腕に肉離れをして了ったのです。で、そんな怪我をした弱い中気の体で、又酒など飲んでは――と他人事《ひとごと》ながら心配でしたので、あの話は好く覚えております」

「いや有難う。それで、そのまま二人共帰らないんですね？」

「ええそうなんです」

「有難う」

喬介は丁寧に礼を言って彼等の側を離れると、私を顎で呼びながら船渠《ドック》の方へ歩き出した。

「いや、驚いたねえ。随分クソ丁寧に殺したものだねえ」

喬介に寄り添いながら私が言った。

「全くだ。体中傷だらけだよ。心臓の刺傷と後頭部の猛烈な打撲傷——二つの致命傷が一つの肉体に加えられているんだ。そして、その上に身体一面に恐るべき擦過傷がある。随分惨忍な殺人だよ。勿論屍体はあの通り麻縄でガッチリ縛り、海の真中へ重《おもし》を着けて沈めたんさ。犯人の頭脳のレベルは決して高いものではないね。まあ九分九厘知識階級の人間でない事は確かだ。だが、推理を起すに当っては、やはり充分な注意を払わなければならん。で、先ず最初に僕が頭をひねったのは、あの幾通りかの傷や機械油が、被害者の体へ加えられて行った順序だ。確かにあれ丈けの変化が一度に起ったとは思われん。いや、それどころか各々の変化には、みんなハッキリした順序が見えている。後頭部の打撲傷や身体各所の激しい擦過傷を思い出し給え。あの二通りの傷は、心臓部の刺傷に比較して恐ろしく周囲の皮膚が擦りむけていたね。一体人間の皮膚と言う奴は、勿論生きている人間の、而《しか》も薄い上皮ではなくあの屍人のそれの様に一枚下の厚い奴の事だよ。そう言う皮膚は、あんなに易々と傷口の周囲迄まくれて了うものかね？　僕はそう思えないんだ。只、もう息の通っていない、そろそろ虫の湧きかかりそうな、或は又、数日間水浸しになっていたとか言う様な屍体では、そう言う事も信じられる。で、この考え方からして、最も妥当な順序を立てて見ると、先ず最初被害者は、鋭利な刃物で心臓を一突きに刺されて絶命する。次に後手に縛り挙げられ、重《おもし》を着けられて海中へ投げ込まれる。茲《ここ》で暫く時間を置いて、次にあの致命的な打撲傷と恐るべき擦過傷が幾分柔かくなった肌へ加えられる。茲で面白い証拠を僕は見ておいたよ。後手に縛られた両腕の表側には擦過傷があるが、腕の後側や腕の下に当る胸の横から背中の一部へかけては、衣服の綻《ほころ》びさえも見られない事だ。次に、あの黒い機械油のシミだが、溶け加減と言い、染み工合と言い、確かに暫く水浸しになっていたに違いはないが、凡《すべ》ての傷の一番最後から着いたものなんだ。何故ってあの油は、背中の上部の上衣《うわぎ》から、綻びの中のジャケットや擦り破れた肌の上迄、そして縛られた麻縄の表側へ迄も、ひっこすった様に着いていたからね。さあ、これで一通りこの方は済んだ積りだ。ひとつ、これから殺人の現場を調べて見ようじゃあないか」

喬介はこう言って、鉄工場の方へどんどん歩き出した。私は驚いて思わず声を挙げた。

「エッ！　殺人の現場？　どうして君はそれを知っているんだ」

私の質問に微笑を浮べた喬介は、歩きながら言葉を続けた。

「ふむ。何でもないさ。君はあの死人の左の顔面に気味悪いソバカスのあったのを覚えているだろう。僕はあれを見た瞬間に、ソバカスが顔の一方に丈けあるのを不思議に思ったんだ。で、よく調べて見ると、なんの事はない鉄の切屑の粉が一面にめり込んでいるのさ。つまり、ソバ

カスと思った小いさな斑点は、被害者が心臓を突き刺されて、俯向《うつむき》になった儘バッタリとノビて了ったトタンに、めり込んだ鉄屑なんだ。僕はこの推理の延長から、殺人の現場を直感する。それは旋盤工場である。旋盤工場はあの鉄工場の一部にある筈だ。其処の裏手の屑捨場迄歩けば、もうそれで充分だ」

私は黙って喬介の後へ続いた。途中で行逢った職工の一人に屑捨場の所在を訊ねた私達は、それから間もなく鉄工場の隅の裏手へやって来た。其処には、油で黒くなった古い鉄粉や、まだ銀色に光る新しい鉄粉が、山と積って捨てられてある。

喬介は直ちに手袋をはめると、比較的新らしい鉄屑の傍《そば》へ腰を屈めて、ごそごそとさばき始めた。暫く一面に掻き廻していたが、何んの変化も見られない。追々私は倦怠を覚え始めた。と、喬介の顔色が急に赧《あか》らみかけて来た。成る程、喬介の手元を見ると、新《あら》たに掘り出されたまだ余り古くない白銀色の鉄粉の層の上に、褐色の錆《さび》を浮かした大きな染《しみ》が出て来た。被害者の心臓から流れ出た血の痕だ。私がその血痕を夢中で見詰めている間に、喬介は何かチラッと光る物を拾い挙げて私の側へ寄り添った。

「君こんなものがあったよ」

喬介が笑いながら私の前へ差し出したのは、飛びッ切上等の飾《かざり》が付いた鋭利な一丁のジャックナイフだ。鉄屑の油や細かい粉で散々に穢《よご》れている

が、刃先の方には血痕らしい赤錆が浮いている。

「残念だがこう穢《よご》れていては迚《とて》も指紋の検出は出来ん」

喬介は、手袋の指先で、柄元の塵を払い退けた。と、鮮かにG・Yと刻んだ二文字の英字が見えて来た。途端に、私の頭の中で電光の様な推理が閃いた。G・Y——とは、「山田源之助」をローマ字綴りにした場合の頭文字《イニシアル》の配列である。そこで私は、すかさず言葉を掛けた。

「君、こりゃあ山田源之助の頭文字《イニシアル》だ。犯人は源之助なんだね」

「うむ。まあそう考えて行くのも悪くはないさ」と、落着き払って喬介は言う、「だが、他の多くの条件の符合を無視して、只これだけで犯人を山田と断定する事は、どう考えても危険性の多い話だ。僕は先ず、被害者は一体何をしにこんな処迄やって来たのだろうか？　その方を先に考えたい。そして君は、あの先程被害者の細君が話した『若僧震え上って了った』とか『今夜は久し振りに飲める』とか言う二人の間の密やかな会話を覚えているだろう？　あの会話は、あの晩二人の間に『若僧』と呼ばれた一人の第三者が関係していた事を意味する。勿論、その第三者と言う男は、二人よりも年若であったろうし、そして又――」

喬介は茲《ここ》で語《ことば》を切ると、腰を屈めて何か鉄屑の間から拾いあげた。よく見ると鉄屑の油で穢《よご》れてはいるが、まだ新しい中味の豊富な広告マッチだ。レッテルの図案の中に「小料理・関東煮」としてある。喬介は微笑しながら再び語を続けた。

「そして又その男と言うのはだね。恐らく此の頃何処か、多分西の方へでも旅行した事のある男だ。どうしてって、ほら君の見る通りこのナイフの側に落ちていた広告マッチのレッテルには『小料理・関東煮』としてある。関東煮とは、吾々東京人の所謂《いわゆる》おでんの事だよ。地方へ行くとおでんの事を好く関東煮と呼ぶ。殊に関西では、僕自身度々聞いた名称だよ。従って、このマッチは、レッテルの文案に『関東煮』としてあるだけで、充分に東京の料理店のマッチでない事は判る筈だ。――」

「いや、もういい。よく判ったよ」

私は喬介の推理に、多少の嫉《ねた》ましさを感じて口を入れた。喬介は、先程のジャックナイフをハンカチに包んで広告マッチと一緒にポケットへ仕舞い込みながら、私の肩に手を置いた。

「じゃあ君。これから一つ機械油の――あの被害者の背中に引ッこすッた様に着いていたどろりとした黒い油のこぼれている処を探そう」

そこで私は、喬介に従って大きな鉄工場の建物の中へ這入った。

廻転する鉄棒、ベルト、歯車、野獣の様な叫喚を挙げる旋盤機や巨大なマグネットの間を、一人の労働者に案内されながら私達は油のこぼれた場所を探し廻った。が、喬介の推理を受入れて呉れる様な場所は見当らない。で、がっかりした私達は、工場を出て、今度は、二つの乾船渠《ドライ・ドック》の間の起重機《クレーン》の林の中へやって来た。其処で、大きな鳥打帽《ハンチング》を冠った背広服に仕事着の技師らしい男に行逢うと、喬介は早速その男を捕えて切り出した。

「少しお訊ねしますがね。この造船所の構内で、茲《ここ》一両日の間に、誰れか誤って機械油をぶちまけて了った、と言う様な事はなかったでしょうか？　ほんの一寸した事でいいんですが――」

喬介の突拍子もない細かな質問を受けて、若い技師はいささか面喰った様子を見せたが、間もなく私達の眼の前の船渠《ドック》を指差しながら口を切った。

「その二号船渠《ドック》で、昨日油差しを引っくりかえした様でした。何んでしたら御案内しましょう」

技師はそう言って、私達を連れて歩き出した。間もなく私達は、その大きな空《から》の乾船渠《ドライ・ドック》の

底へ梯子伝いに降り立った。技師は、海水を堰塞《えんそく》して
いる船渠《ドック》門の扉船《とせん》から五六間《けん》隔った位置にやって来
ると、コンクリートの渠底《きょてい》の一部を指差しながら
私達を振り返った。
「こ奴《いっ》なんですがね。――」
成る程其処には、三尺四方位いの
機械油の溜りが、一度

水に浸されたらしく半ばぼや
けて残っている。その溜りの
中央が、丁度被害者の背中で
こすり取られたらしく、白っ

ぽいコンクリートの床を見せて、溜りを左右二つに割っている。

「誰がこぼしたんです？」

「水夫です。五日前の朝から昨晩迄修繕の為めに入渠していた帝国郵船の貨物船《カーゴ・ボート》で、天祥丸《てんしょうまる》と言う船のセーラーです。推進機《スクリュー》の油差しに出掛けて誤ってこぼしたらしいです」

「ああそうですか――」

こう言って喬介は、何か失望したらしく首をうなだれて鬱《ふさ》ぎ込んで了ったが、軈《やが》て何思ったか元気で顔を挙げると、

「その天祥丸と言う汽船《ふね》は、何処からやって来たんです？」

「神戸出帆です」技師が答えた。

「神戸――？　で、寄港地は？」

「四日市だけです」

「エッ！　四日市？　そうだ」

喬介は思わず叫び声を挙げると、何にか思い出した様にポケットの中へ手を突込んで、先程の広告マッチを取り出し、ハンカチで穢《よご》れを拭って一寸の間レッテルに見入っていたが、間もなく元気で話を続けた。

「で、その天祥丸って言う船は、今何処にいるんですか？」

「今は芝浦に碇泊しています。何んでも荷物の積込みが遅れたとかって船主《キーパー》の督促で、昨晩日

が暮れてから修繕が終ると、その儘大急ぎで小蒸汽《こじょうき》に曳航《えいこう》されて出渠しました。そうですねえ、今日の正午だそうですから、もう四時間もすると出帆です」

「有難う。で、その船は五日前の朝入渠したと言いましたね？　すると、あの被害者が行方不明になった、つまり殺された日の朝ですね？」

「ええそうです」

「じゃあ構内の宿泊所には、その晩天祥丸の船員が泊っていた訳ですね？　つまり、夜業はなくても、この造船所の構内には、その晩天祥丸の船員がいたんですね？」

「ええ。まあ、少々はですな」

「と言うと？」

「詰《つま》り、八〇パーセントは淫売婦《おんな》の処――という意味です」

「好く判りました。で、その日天祥丸以外に入渠船がありましたか？」

「なかったです」

「有難う」

　技師は喬介との会話が終ると、一号船渠《ドック》に入渠船があるからと言って、向うの船渠《ドック》の方へ出掛けて行った。そこで私も喬介に誘われて、面白半分に技師の後に従った。

　一号船渠《ドック》の渠門の前には、千トン位いの貨物船《カーゴ・ボート》が、小蒸汽に曳航されて待っていた。私達が着くと間もなく、扉船《とせん》の上部海水注入孔のバルブが開いて、真ッ白に泡立った海水が、恐しい唸《うなり》を立てて船渠《ドック》の中へ迸出《ほうしゅつ》し始めた。次いで径二尺五寸程の大きな下部注水孔のバルブも開いて、吸い込まれて面喰った魚を渠底のコンクリートへ叩き付け始めた。その小気味良い景色にうっとり見惚《みと》れていた私の肩を、喬介が軽く叩いた。

「君。船の入渠する所でも見ながら暫く待っていて呉れ給えね。僕はこれから、ちょいと犯人を捕えて来る――」

喬介はそう言い残した儘、呆気に取られている私を見返りもせずプイと構内を飛び出して了った。仕方がないので私は、船渠《ドック》の開閉作業を見物しながら喬介の帰りを待つ事にした。

一時間して船渠《ドック》が満水になっても、喬介はまだ帰らない。扉船《とせん》内の海水が排除されて、その巨大な鋼鉄製の扉船が渠門の水上へポッカリ浮び挙っても、それからその浮び挙った扉船を小船に曳かして前方の海上へ運び去り、小蒸汽に曳航された入渠船が、渦巻きの静まり切らぬ船渠《ドック》内へ引っ張り込まれても、喬介はまだ来ない。渠門に再び扉船がはめ込まれて、外海と劃別《かくべつ》された船渠《ドック》内の海水が、ポンプに依って排除され始めた頃に、やっと表門の方から一台の自動車が這入って来た。喬介かと思ったら警視庁の車である。さて、事件が大分複雑化して来たなと一人で決め込んだ私の眼の前へ、車の扉《ドア》を排して元気よく飛び出した男は、ナント吾が親友青山喬介だ。驚いた私の前へ、続いて現れたのは、ガッチリ捕縄を掛けられた、船員らしい色の黒い何処となく凄味のある慓悍《ひょうかん》な青年だ。二人の警官に護られている。

喬介に伴われた一行が、二号船渠《ドック》の海に面した岸壁の辺り迄来た時に、どぎまぎしながら彼等について行った私に向って、初めて喬介が口を切った。

「君。天祥丸の水夫長、そして殺人犯人矢島五郎《やじまごろう》君を紹介するよ」

喬介はそう言って、捕縄を掛けられたセーラーを私に引合した。私は、まだ犯人を山田源之助だと思っていたので、と言うよりも私は、ナイフに彫り込まれた頭文字《イニシアル》に依って私の作り上げた推理を、まだ意地悪く信じていたかったので、矢島五郎――と聞いた時に、いささか昂奮して了った。が、間もなく喬介は縛られた男を私達から遠去けて、喋り始めた。

「先程技師の人から、天祥丸が四日市へ寄港したと聞いた時に、僕はふとあの広告マッチの関東煮としてある方ではなく、その裏側のレッテルに、ヨの字を冒頭にした幾つかの片仮名が、ゴテゴテ小いさく並んでいたのを思い出したんだ。で、早速取り出して穢《よご》れを拭って見たのさ――」と喬介は先程のマッチを私の眼の前へ差し出しながら「見給え。『勘八』と言う店名の下に、小さく『ヨッカイチ会館隣り』としてあるだろう？」

「うむ」

私は大きく頷いた。

「で、天祥丸の乗組員でこのマッチを持った男と、行方不明になった二人の男とが、あの晩旋盤工場の裏の鉄屑の捨場で行き逢った、と言う風に僕は推理を進めた。ところで、いいかい君。山田源之助は、中気《ちゆうき》で、而《しか》も右腕に怪我をしていた筈だ。その源之助が、あれ丈け鮮《あざやか》に喜三郎の心臓を突き刺す事が出来ると思うかい？　一寸六ケ敷《むつかし》い話だ。そこで僕は、先程此処を出ると早速山田源之助の遺族を訪ねて、源之助が右利きであった事を確めて見た。ところが其処で一層都合の良い事には、喜三郎と源之助の二人は、三年前迄、どうだい君、天祥丸の水夫をしていたんだぜ。そこで僕は充分の自信を持って芝浦迄出掛け、予定の行動を取ったんさ。外《ほか》でもない。まだ出帆前の天祥丸の船長に逢って、頭文字《イニシアル》の配列がG・Yとなる男が乗組員の中に何人あるか調べて貰った。すると事務長の八木稔《やぎみのる》と言うのと、この水夫長の矢島五郎君の二人だ。ところが、事務長の八木稔の方はもう五十近い親爺だ。それに引き換えて水夫長の矢島五郎君は、船長も驚いている程の凄腕なんだが、年はまだ二十九歳の所謂例の『若僧』と言われた部類に属しとる。で、僕は早速矢島君にこっそりと面会して、あのジャックナイフを買い取って呉れんかとワタリを付けて見たんさ。すると、ナイフを見た矢島君は、途端にダアとなって震えながら百円札を一枚気張って呉れたよ。で、僕は札を受取る代りに、矢島君に捕縄を掛けさして貰ったんさ。先生、多少は駄々を捏《こ》ねたがね。なに、大した事はなかったよ」

喬介はそう言って、笑いながら右腕の袖口《カフス》をまくし挙げて見せた。手首の奥に白い繃帯が、赤い血を薄く滲ませて巻かれてあった。

「じゃあ一体、山田源之助はどうなったと言うんだい？」

ごっくりと唾を飲み込みながら私が訊ねた。

「さあ、それなんだがね――」

喬介は振り返って、遠去けてあった矢島五郎の側迄歩み寄ると、傍《かたえ》の警官には眼も呉れず、

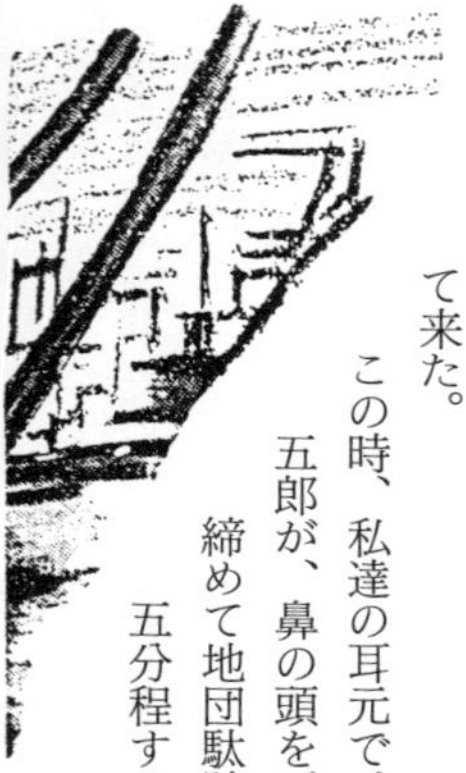

こう声を掛けた。

「矢島君。さあひとつ、潔く言って呉れ給え。山田源之助の屍体を運んで行って、この海の中のどの辺へ沈めたのかって事をだね。多分原田喜三郎と同じ場所なんだろう？」

「…………」

矢島は黙って喬介を睨み付けていた。

「君、言えないのかね。え？　じゃあ仕方がない。僕がその場所を知らしてあげよう」

喬介は涼しい顔をして一号船渠《ドック》の方へ飛んで行くと、間もなく、今入渠船の据付作業を終ったばかりの潜水夫《もぐり》を一人連れて来た。

潜水夫《もぐり》は私達の立っている近くの岸壁迄来て、暫く何か喬介から指図を受けていたが、軈《やが》て二人の職工を呼び寄せると、気管《ホース》やポンプの仕度を手伝わせ、間もなく岸壁に梯子を下げて、直ぐ眼の前の海の中へ這入って行った。十分程すると、私達の立っている処より少しく左に寄って、第二号船渠《ドック》の扉船《とせん》から三米《メートル》程隔った海上へ、夥しい泡が真黒な泥水と一緒に浮び上って来た。

この時、私達の耳元で、恐しい野獣の様な唸り声が聞えた。振り向くと、矢島五郎が、鼻の頭をびっしょりと汗で濡らし、真っ青になりながら唇を噛み締めて地団駄踏んでいる。喬介は微笑みながら再び海上へ眼を遣《や》った。

五分程すると、梯子の下へ潜水夫《もぐり》が戻って来た。見ると、原田喜

三郎と同じ様に、両腕を後手に縛りあげられた屍体を、背中に背負っている。
「あッ！　源さんだ」
今迄ポンプを押していた職工の一人が、突飛もない声で叫んだ。矢島は、ガックリと顔を伏せてその場へ坐り込んで了った。
源之助の屍体には、喜三郎の屍体に見られた様な打撲傷や擦《かす》り傷はなかった。只、心臓の上に、同じ様な刺傷があるだけだ。

「古い鉄の歯車の大きな奴を重《おもし》にしてありましたよ。迚《とて》も持って来れませんので、途中で綱を切って了ったんです。そう言えば、もう一本中途でむしり取った様に切れた綱が重《おもし》に着いていましたが、あれに喜三郎さんの屍体が縛り付けてあったんでしょうなあ――」

仕事を終った潜水夫《もぐり》は、そう言って大きく息を吸い込んだ。

喬介は、矢島の肩に手を掛けながら、

「君。もう一つ訊くがね。工場の裏で二人に逢った時に、何故話を丸くしないでこんな酷《むご》い事をして了ったのかね？」

喬介の質問に、キッと顔を挙げて矢島は、自棄糞《やけくそ》に高い声で喋り出した。

「こうなりゃあ、何も彼《か》もぶちまけちまうよ。三年前迄二人はあっしと一緒に天祥丸に乗り組んでいたんだ。ところが丁度天祥丸がまだ新品で南支那へ遠航をやってた時だ。この前の船長で、しこたまこれを持ってた柿沼《かきぬま》って野郎を、あっしが暴風《しけ》の晩に海ん中へ叩ッ込んで、ユダみてえに攫み込んでやがった金をすっかりひったくったのを二人が嗅ぎ付けて了ったんだ。その奴《いっ》をあの晩ゴタゴタ並べて強請《ゆす》りに来たんだ。だから片付けちまったんだ。只、それだけさ」

「いやどうも、色々有り難う」

喬介はそう言って、警官に眼で合図した。

喬介は、重苦しい冬の海を見詰めながら語り始めた。

「どうして源之助も殺されていると言う事が判ったのかだって？　そりゃあ君、前後の事情を考え合せて、殆ど直感的にそう推定したんさ。すると君は、じゃあ何故源之助の屍体の沈められた場所が、あんなに簡単に判ったかって言うだろう。その説明は、山田源之助と一緒に殺された原田喜三郎の屍体が、今朝発見される迄の行程を一通り説明すれば、それで充分なんだ。つまり、あの鉄工場の裏で突き殺された二つの屍体は、此処迄運ばれ、重《おもし》を附けられて海中へ投げ込まれる。丁度二号船渠《ドック》の扉船《とせん》の直ぐ側だ。それから四日経《たっ》て昨日の晩だ。修繕の終った天祥丸は、K造船工場に暇乞いをして芝浦へ急行しなければならない。そこで出渠の作業が始まる。第二号乾船渠《ドライ・ドック》の扉門《ともん》の注水孔は、バルブを開いて、恐しい勢で海水を船渠《ドック》の中へ吸い込み始める。すると渠門の近くの海中へ重《おもし》を着けられて沈められ、綱の長さでコンブ見たいにふわりふわりしていた屍体はどうなる？　何んの事はない、面喰った魚と同じ事だよ。直径二尺五寸の鉄の穴に、傷だらけになりながら恐しい力で吸い込まれ、コンクリートの渠底へ叩き付けられるんだ。丁度その日天祥丸のセーラーが、誤ってぶちまけたと言う機械油の上を、惰性の力で押し流される。軈《やが》て船渠《ドック》が満水になると、渠門は開かれて天祥丸は小蒸汽で曳き出される。浮力の加減で船底にハリツイていた喜三郎の屍体は、その儘連れ出されて外海へ漂流する訳だ。勿論、源之助の屍体がそんな眼に逢わなかったのは、屍体の位置と注水孔との距離の遠近とか、重《おもし》に縛られた綱の長短とかが影響していたに違いないんだ――」

喬介は語り終って莨《たばこ》の吸殻を海の中へ投げ込んだ。

「じゃあ一体、二人が矢島を強請《ゆす》ったとか、話を丸く収めなかったのが、つまりこの事件の動機だね。ありゃあ一体どうして判ったのかね？」

　私は最後の質問を発した。

「ハッハッハッハッハッ——あ奴《いつ》ぁ僕にも、矢島が自白する迄は少しも判らなかったよ。只、前後の事情を考えて見て、何故話を丸くしなかったのか——なんてカマを掛けて見た丈けなんだ」


（〈新青年〉昭和七年十二月号）

白鮫号の殺人事件

白鮫號の殺人事件

大阪圭吉

一

太い引きずる様な波鳴りの聞える寂しい田舎道を、小一時間も馬を進ませ続けていた私達は、軈《やが》て岬の、キャプテン深谷《ふかや》邸に辿りついた。

深谷邸の主人と言うのは、何んでも十年程前迄、某商船会社で欧洲航路の優秀船の船長を勤めていたと言い、私財も相当に持っており、退職後はこうして人里離れた美しい海岸に邸宅を構えて、どちらかと言えば多少隠遁的な生活をしていた――言わばまあ、隠居船長なのである。そのキャプテン深谷氏が、昨晩、自家用のヨット白鮫号《しらさめごう》を帆走中、何者にとも知れず海流瓶で一息にぶち殺されて了ったのだ。丁度日曜を利用して、この地方迄遠乗りに出掛けて来た青山喬介と私は、このニュースを耳にするや直ちに管区の警察署から証明書を手に入れて、とりあえず岬の邸を訪れた次第だ。

私達が玄関《ポーチ》で馬を降りると、正服の警官が二人、佩剣《はいけん》をガチャガチャ鳴らせながら近づいて来た。少し遅れて書生らしい男も、不審気に私達を出迎えた。が、間もなく私達の馬は、建物の日陰の涼しい処へ繋がれ、私達は立派な応接室で、キャプテン深谷の未亡人に面会する事が出来た。

黒いワン・ピースのドレスを、幾分乱れ気味に着こなして銀のブローチを胸に垂れた深谷夫人は、色の白い美しい婦人だ。大粒な黒眼に激しい潤いを湛えて、痛々しい迄に憂鬱な口調で、屍体の発見された顛末を語り始めた。

「――今朝は大変霧が深うございましたので、邸の直ぐ下を主人の屍体を引っ張った白鮫号が漂っているのに気附かなかった程でございます。七時になって主人の寝室に参りました時に、始めて昨晩主人は帆走《セイリング》に出掛けたのだと言う事を知り、急に不安に駆られましてヨットの所在を探し始めました。もう大分霧も晴れていましたので、岸近く漂っていた白鮫号は直ぐに見つかりました。で、早速下男に泳がせて連れて来させる事にいたしました。最初泳ぎついて白鮫号に上った下男は、船中に主人の姿が見えないと言って騒いでいましたが、船尾《スターン》の方へ眼を投げ掛けると、大きな声で私達を驚かせました。頭を打ち割られた主人の屍体は、浮嚢《うきぶくろ》に差通して白鮫の船尾《スターン》へロープで結び着けてあったのでございます」

純白なハンカチで、夫人はこっそりと涙を拭った。

「御主人は、昨晩何時頃にお出掛けになったのですか？」

喬介は静かに質問を始めた。

「さあ。いつの間に出掛けましたか、少しも気附かなかったのですが――。なんでも夜中に帆走《セイリング》をいたす事なぞそれ程珍らしくございませんので、つい――」

「ああそうですか。では何も別に、これと言って変った事はなかったのですね？」

「ええ。別にございませんでしたが、只ひとつ、昨日の午後は何んとなく主人がそわそわしているように思われました。そうして夕方頃、食堂の入口で、何かに怯えるように『明日の午後だ。明日の午後迄だ』と、独言を言っているのをふと耳にいたしました」

丁度この時、二人の紳士が応接室へ這入って来た。深谷夫人は立ち上って私達に紹介した。

「こちらが、主人の友人で黒塚伝次《くろづかでんじ》様と被仰《おっしゃ》います。こちらが、私の実弟で洋吉《ようきち》と申します。どうぞ宜《よろ》しく――」

キャプテン深谷の友人黒塚と言うのは、見た処まだ四十を五つと越していない隆《りゅう》としたアメリカ型の紳士で、夫人の実弟洋吉と言う方は、黒塚に比較して体も小さく年も若く、色の白いシックボーイである。私達が型ばかりの簡単な挨拶を済ますと、深谷夫人は先の返事を切り出した。

「家族――と申してはなんですが、この他に女中の君《きみ》と下男兼書生の早川《はやかわ》と妾達《わたし》夫婦の六人です」

「御二人共永らく御滞在ですか？」

「ええ」洋吉が答えた。

「有難うございました。で、警察の連中は？」

「ええ。もう検屍を済されて引き挙げられました」

「では、済みませんが、御主人の死体を拝見出来ませんでしょうか？」

そこで夫人は女中の君を呼んで、私達を死体の置かれてある部屋へ案内さした。

部屋まで行く間に、女中の口から我々は次のような事実を訊きだすことができた。

昨夜は下男の早川が主人の御供をしなかったらしく、十二時に女中が便所へ立った時、彼女は勝手元で水を呑んでいる寝巻姿の早川を見たこと。

黒塚という男は、噂ではその昔の深谷氏の船の事務長で、今は恰度休航中で遊びに来てるのだが、深谷氏とはそれ程気の合う様子が見えないこと。

洋吉は今年慶應理財科を出たチョコレート好きのモダンボーイで、黒塚とは気も合う。昨夜も二人で晩《おそ》くまで散歩をしていた様子だった。尤も帰って来た時刻は分らない、などなど……。

やがて死体の部屋に来たので、女中を帰し、死体の白布を取り除けて見たが、我々はそこから何等の怪しむべきものを発見しなかった。後頭部の致命的な打撲傷と、ロープの痕。
我々は死体をそのままにして、ヨット白鮫号を点検すべく下男の早川に案内させて、崖道を下って岩の多い波打際に立った。

二

丁度これから午後に掛けて干潮時と見え、艶《つや》のある引潮の小波《さざなみ》が、静かな音を立てて岩の上を渫《さら》っていた。

キャプテン深谷氏のヨット——白鮫号は、まだ檣柱《マスト》も帆布《セイル》も取り付けた儘で、船小屋の横の黒い岩の上に横たえてあった。最新式のマルコニー・スループ型で、全長約二十呎《フイート》、檣柱《マスト》も船体《ハル》も全部白塗りのスマートな三人乗りだ。紅《あか》と白の派手なだんだら縞を染め出した大檣帆《メンスル》の裾は、長い檣柱《マスト》の後側から飛び出したトラベラーを滑って、丁度カーテンを拡げたように展《てん》ぜられ、船《プラ》首《ウ》の三角帆《ジブ》と風流に

対して同じ角度を保たせながらロープで止められた儘になっている。舵《かじ》は浮嚢《うきぶくろ》を縛り附けたロープで左寄り十度程の処へ固定され、緑色の海草――長《なが》海松《みる》が、舵板《ラダー》の蝶番へ少しばかり絡み附いていた。

「御主人の死体はこの浮嚢へ通されて、船尾《スターン》に結び附けてあったんですね？」

喬介はロープの端の浮嚢《うきぶくろ》を指差しながら、下男に訊ねた。

「ええ、そうです」

「殺したものをこんなにして引っ張り廻すなんて、随分凄い度胸だねえ」

喬介は白く塗られた船体《ハル》に近附いて、船底の真中に縦に突き出した重心板《センター・ボード》の鉛の肌を軽く叩いて見た。と、その下端部を注意深く覗《のぞ》き込みながら、

「こりゃあ君、粘土が喰っ附いているじゃあないかね?」

私と下男は、言い合したように喬介の側へ駈け寄って覗き込んだ。

成程喬介の言った通り、重心板《センター・ボード》の下端部の鉛と木材の接ぎ目の附近に、薄く引っこすったように柔らかな粘土が着いている。

「この白鮫号は、今朝水から挙げたなり、まだ一度も降さないですね?」

「ええそうです」下男が答えた。

「すると、この粘土質の泥は新らしいものだしこの附近は岩ばかりだし、従って、昨晩深谷氏の乗ったこの白鮫号は、一度何処か粘土質の岸に繋がれた訳ですね。そして、この重心板《センター・ボード》が船底から余分に突き出している為めに、船底のどの部分よりも一番早く、一番激しく、粘土質の海底と接触する——。そしてだ。その海底には、ほら、その舵板《ラダー》の蝶番に喰っ附いている、何んと言う草か、多分長海松《ながみる》だろう、そ奴《いつ》が、一面に繁茂しているに違いない。その種の海草は、水際の浅い処に多く繁殖するからね」

私も下男も喬介の推論にはただ恐れ入るより他なかった。

喬介は重心板《センター・ボード》を離れると、今度は横たえられた白鮫号の船体《ハル》に嚙《かじ》り附いて、スマートな舷側に沿って注意深く鋭い視線を投げ掛けながら、透《すか》したり指で触って見たりしていたが、不意に私達を振り返えった。

「君。これを見給え」

そこで私達も船体《ハル》に寄り添って、喬介の指差す線に眼を落した。なんの事はない。半分乾枯《ひから》び掛った茶褐色の泡の羅列が、船縁《ふなべり》から一呎《フイート》程の下の処に、船縁に沿って長い線を形造っている丈けだ。何処にでも見受けられるありふれた現象だ。例えば、潮の引いて了った岩の上にでも、砂の上にでも――

「なんだ、泡の行列か……」

思わず云いかけた私も、併《しか》し意味ありげな喬介の視線に会って、直ちに彼の云おうとしている意味を汲み取った。

「なるほど、君は底に粘土質の泥と長海松《ながみる》の生えてる海岸の水面に、この茶褐色の泡が浮いてた、と云うんだね？」

「うむ、だがもっと素晴しい事実に僕は気がついた。ともかく船を出そう」

喬介の命令に、私と早川とは白鮫号を水際へ押しだした。

軈《やが》て、白鮫号が静かな磯波に乗って軽く水に浮ぶと、喬介は元気好く飛び乗った。

「さあ。これから、一寸興味ある実験を始める。船の水平を保つように、各自の位置を平均して取ってくれたまえ」

喬介はすっかり上機嫌で船縁に屈み込むと、子供のように水と舷側の接触線を覗き込んでいたが、不意に立ち挙《あが》って私をふん捉《づかま》えた。

「君、何貫ある？」

「何貫って、目方かね？」

「そうだ」

「好く覚えていないが、五十瓩《キログラム》内外だね」

「ふむ。よし」今度は下男に向って「君は？」

「私も好く覚えていませんが、六十瓩《キログラム》以上は充分ありましょう」

「ふむ。僕が約五十六瓩《キログラム》と――それで、この邸には秤《はかり》がありますか？」

「あります。自動台秤の大型な奴が、別館の物置の方に」

「結構。結構。じゃあ後程拝借する事にして――一寸君達その儘でいて呉れ給え」

喬介は両手で抑えるように私達を制すると、その儘岸に飛び挙って行った。が、間もなく大きな石を二つ程重そうに抱えて来て、船に積み込ませた。

「さあ。もう一度船の水平を保つ為めに、各自の位置に注意して、いいですか」

それから喬介は、前と同じように屈み込んで舷側を覗《のぞ》き込んでいたが、間もなく微笑みながら立ち上った。

「よし。これで丁度好い――。ところで一つ二つ早川君にお尋ねしたい事があるんですがね。今朝、君がこの船に泳ぎ着いた時船中に何か残っていましたか？」

「ええ大した物でもありませんが、食卓用の大型ソフト・チョコレートのチューブが一つありました。先程警官が持って行かれました」

「兇器に使われたと言う海流瓶は？　又はそのカケラでも好いのですがね――」

「ええ。そう言えば、瓶の底に当る部分のカケラが一つ二つ御座いましたが、やはり警官が持って行かれました」

下男の返事を聞きながら、蓋の開けられた小さな船艙《せんそう》の中をじっと見詰めていた喬介は、軈《やが》て身を屈めてその中へぐっと上半身を突込むと、黒い大きな貝を一つ拾いあげた。

「ほう。面白い貝だねえ。丁度鳥の飛んでいるのを横から見た様な恰好をしているね。何んと言う貝だろう？」

「マベ貝と言います。穢《きたな》い貝ですよ」

下男が吐き捨てるように答えた。喬介はなんと思ったか、その貝をポケットに仕舞い込むと、

「いやどうも有難う。もう、この位でいいだろう。引揚げよう。おっと、この二枚の帆の装置と言うか、トリムと言うか、固定された方向だね。こ奴《いつ》は、右舷の前方から吹き寄せる風に押されるように仕掛けられた訳だ。そして、左寄り約十度に固定された舵――ふむ。つまり、船

を自然に大きく左廻りに前進させようと言うテクニックだ。よし。さあ出掛けよう。君達その石を持って呉れ給え」

三

それから五分程後。別館の物置で、何が何んだか判らずにへ、ど、も、ど、している私と下男の早川と、それから大きな二つの石とを、到頭喬介はいちいち自動台秤へ掛けさして了った。丁度この時、女中が昼食の案内にやって来たので、下男に軽く礼を言った喬介と私は、連れ立って主《おも》館《や》の方へ歩き出した。

軈《やが》て、青い海の見える深谷邸のホール・ローンジを兼ねた美しい部屋で、深谷夫人と黒塚、洋吉、そして喬介と私の五人が、静かな食事を摂り終ると、紅茶のカップを持った儘、窓の外を見ながら喬介が口を切った。

「随分好い眺めですねえ。こんなに美しい海岸でしたら、穢《きたな》い泡見たいなものが浮き溜っているような処は、ないでしょうねえ?」

「いや。ところが、あるんですよ」

洋吉が答えた。そして窓の外を指差し乍《なが》ら、

「ほら。あそこに岬がありますね。あの岬は鳥喰崎《とりくいざき》と呼ばれていますが、あの先端《さき》の向う側が一寸鉤《かぎ》形に曲っていて其処に小さなよどみと言いますか、吹き溜りがあります。その吹き溜りには、濃い茶褐色の泡が平常《いつも》溜っています」

「一体、そんな話が何の役に立つんですか？」黒塚が横から口を出した。喬介は笑い乍《なが》ら、今度は黒塚に向って「いやなに、大した事でもないんですがね。ところで捜査の行掛り上一寸洋吉氏と貴男《あなた》の体重を量らせて頂かねばならなくなりました」

「ふん。少しも合点が行きませんね。我々の体を台秤へ乗っける――？」

「つまりですな。犯行当時の白鮫号に、人間が合計三人以上、正確に言えば、一九〇瓩《キログラム》強の重量が乗っかっていた、と言う私の推定に対する実験の為めにです」

「ど、どうしてそんな事が断定出来たのですか？」

「先程拝見した白鮫号の白い舷側の吃水線から、三吋《インチ》程の上の線に沿って、茶褐色の泡の跡があります。この三吋《インチ》の開きは正確な計算に依ると、約一九〇・九二〇瓩《キログラム》の積載重量の抵抗、白鮫号の浮力に対する抵抗、を証明しているのです。つまり、それ丈けの重量が、昨晩、あの泡のある海面を漂っていた白鮫号に乗っかっていたのです。そして、白鮫号が此処迄漂流して来る間に、少しも横波の影響を受ける事なく、未だにその泡の跡が残っていると言う事は、その泡が白鮫号の舷側へ附いた個所、つまり鳥喰崎の無気味な吹き溜りで、前述の重量が排除

された事を意味します」

喬介は茲《ここ》で一寸言葉を切った。私は、始めて先程の喬介の奇行が理解されて、その推理の正しさにすっかり感心して了った。が、黒塚は軽く笑い出した。そして、冷やかな調子で口を入れた。

「な、なある程。併《しか》し我々玄人《くろうと》から見ると、少々異論がでますな。あなたは船のローリング、つまり横揺れを考慮に入れていない。この横揺れはどんな大汽船でもやるのでしてね。船というものは、ローリングが劇《はげ》しければ劇しい程、つまりその傾度に従って舷側の吃水線が上って行くのですよ。だから支那の司馬温公のように、池に舟を浮べて象の重さを計るような具合には行きませんぜ。あなたの一九〇瓩《キログラム》説はどうも少々早計でしたな」

言い終ると黒塚は、葉巻《シガー》の吸い差しを銀の灰皿の中へポンと投げ込んで、両腕を高く組んだ。成る程黒塚は流石《さすが》に専門家だけあって論説も行き届いている。私は急に心配になって喬介の形勢を窺った。が、喬介は、安心した様に緊張を解いて、平気で元の椅子に腰を降すと、静かに口を切った。

「大変有力な反証です。だが、ここでひとつ、あなたの御立派な反証に対して、私の素人臭い反駁をさして頂きます。で、その前に、私の厳密な観察に基いて、あの泡の線列が、白鮫号の船体の周囲《まわり》、舷側全体に亘って一様に同じ高さを持っている事、言い換えれば、泡の包囲線がどの部分も一様に水平であり、少しの高低もなかった事を申上げて置きます。で、本論に這入りますが、あの泡の線が、積載された一九〇瓩《キログラム》強の重量の抵抗に依って出来たものでなく、ローリングに依って標準吃水線以上の位置に出来たものであるとすれば、そのローリングの軸である船首《プラウ》と船尾《スターン》の吃水線は、左右の舷側の吃水線に較べて必らず低くなければならない筈です。従って逆に、両舷側の泡跡は、軸の両端を遠去かるに従って高くなる訳です。この理窟と先の事実を照合《てらしあわ》せると、あの泡の列はローリングでつけられたものでない事が分る訳です。尤も私は、白鮫号は決してローリングしなかったとは思いません。現在残っている泡の線を壊さぬ程度の横揺れはあったでしょう。併《しか》し、比較的波の高いこちらの海へ漂流して来る間にローリングをして尚且《か》つ泡の線が壊れなかったのは、あの内海で白鮫号が急に軽くなって吃水が浅くなったからです」

「ふん、理窟ですな」黒塚は口惜しそうに呟いた。

「勿論、理窟ですが、根拠のない理窟ではありません。では先程のお願いをお聞入れ願いたいと思います」

そこで到頭、黒塚も洋吉も天秤に懸って了った。キャプテン深谷の出来るだけ正確な生前の体重を知る為めに、未亡人から借り受けた日記帳を返し、それぞれの体重をノートに記録し終った喬介は、暫くその記録を見詰めながら考え込んでいたが、軈《やが》て、私の肩に手を置くと、何故か急に元気のない調子でこう言った。

「兎に角、我々は白鮫号を暫時《しばらく》拝借しよう。そして、犯行の現場、つまりあの鳥喰崎とやらの無気味な吹溜りを見学して来よう」

四

低気圧がやって来ると見えて、海は思ったよりもうねりが高かった。

急に吹き始めた強い南風を受けて、私達を乗せた白鮫号は間もなく鳥喰崎を折れ曲って、陰鬱な裏側の吹溜りへやって来た。

水際には少しも岩がなく、それかと言って、何処の浜にでもある砂地とても殆んどなく、一面に黒光りのする岩のような粘土質の岸の処々に、葦《あし》に似た禾本《かほん》科の植物類が丈深く密生して、

多少凸凹《でこぼこ》のある岸の平地から後方の鳥喰崎の丘にかけて、棘《いばら》の様な細《こまか》い雑草や、ひねくれた灌木だの、赤味を帯びた羊歯《しだ》類の植物だのが、遠慮なく繁茂している。そしてその上方には、原始的な喬木の類が、重苦しい迄に覆い重なっている。船がこの陰気な小いさい入江に這入ると、不意に風がなくなって

了った。少しの横揺れもしない白鮫号は、惰性の力で滑るように動いている。丁度この時、今迄海面にギラギラ反射しながら照り附けていた太陽の光りが、深い雲の影に遮切られると、急に辺りが暗く、だが気味悪い程ハッキリして来た。私は思わず水面を見た。

この小いさな海の袋小路の上には、どろどろした、濃い、茶褐色の薄穢《うすぎたな》い泡の群が、夥しく漂っている。そしてそれが、入江の奥へ行くに従ってどんどん密度を増し、到頭一面の泡の海と化して来た。

「この辺へ着けよう」

喬介の言葉に従って、重心板《センター・ボード》が海の底に触れないように成る丈け深みの処を選んで私は船を着けた。

丁度私達が、しっとりした岸の上へ降り立った時に、不意に喬介が私を制した。

「シイッ！——」

辺りが恐ろしい程静かになった。と、その静けさを破って、遠く、低い、木の枝を踏み附けるような、或は枝の葉擦れのような、慌しい足音が、私の耳を掠め去った。誰かが、大急ぎで密林の中を山の方へ駈け込んで行くのだ。

「誰れだろう？」

私は喬介を振り返った。が、喬介は足音等には頓着なく、五米《メートル》程隔てた岸に立って、黒い土の上を指差しながら私に声を掛けた。

「君。見に来給え」

そこで私は喬介の側へ歩み寄って、指差された地上へ眼を落した。水際の粘土質から草地の方へ掛けて、引っこすったような無数の斑跡《はんせき》がある。確かに足跡を擦り消した跡だ。

「昨晩、キャプテン深谷を殺した男の足跡だよ。それを、今密林へ逃げ込んで行った男が消した訳さ。ところで、白鮫号の重心板《センター・ボード》が喰い込んだ跡がある筈だ」

私達は、丁度干潮で、薄穢《うすぎたな》い泡を満潮線へ残した儘海水の引いて了った水際へ歩み寄った。喬介も私も屈み込んで、どろどろした泡を両手で拭い除け始めた。この仕事は確かに気持が悪かった。が、間もなく私達は、干潮線の海水に三分一程浸《ひた》った幅一吋《インチ》程の細長い窪みを発見した。そして、その窪みから一呎《フィート》程の処に、深緑色の長海松《ながみる》の先端が、三四本縺《もつ》れてちょろちょろとはい出ていた。

「――これで見ると、この重心板《センター・ボード》の窪みは、昨晩の満潮時に附けられたものだね。昨晩の満潮時と言うと、丁度十時頃だ。さあ、これでよし。今度は、足跡の方向を尋ねよう」

私達は、掻き消された足跡を辿って、草地の方へ歩き出した。足跡の主は、二回程海岸と草地の間を往復したらしく、消された足跡は、外《は》み出したり重複したりして沢山に着いていた。そしてその足跡の列の左側に、処々足跡をオーバーして、重い個体を引きずったような幅の広い線が、軽く附いているのに私達は初めて気附いた。

「何んだろう？　深谷氏の屍体を運んだ跡だろうか？」

私は喬介に声を掛けた。

喬介は考え込みながら草地の処迄やって来た。足跡の消された跡は、そこから見えなくなって了った。昨晩、踏み附けられ、又重い物を引きずられた時には、屹度《きっと》草も敷き倒されたに違いない。が、時間を経ている為めに、もう皆んな生き生きと伸びあがっている。

軈《やが》て、処々に生い茂った灌木の間を縫うようにして、草地を歩き廻っていた私達は、ひときわ高く密生した木蔭の内側で、小いさな池を発見した。そしてその細《こまか》な草の敷かれた岸辺には、大型のアセチリン・ランプが一つ転がっていた。そしてもっと私達の興味を惹いた事には、先程海岸の土の上で私達が見たと全く同じ重い物を引きずった跡が、池の中から出たらしく岸の小石を濡らして草地の中へ、而《しか》も今私達がやって来た海岸の方とは反対に、山の方へ向けて附いていた。重い品物は、ほんの数分前に池の水から挙げられて引きずられたと見え、草は敷き倒された儘びっしょりと一面に濡れていた。

喬介は心持ち昂奮しながら、それでも黙って跡を辿り始めた。私も喬介に従って歩いて行った。軈《やが》て細長い草地が行き詰って、密林に立ち塞がれた前方の、今私達が辿っている奇妙な跡の延長線上に、丁度大きな黒犬が蹲《うずく》まった位いの、訳の判らぬ品物が見えて来た。私達は心を躍らしながら、大急ぎで駈け寄った。

が、再び私達を驚かした事には、その黒い品物と言うのは、貝類採取用の小いさな桁網《けたあみ》に、先程深谷邸で白鮫号の浮力の実験をした時、喬介の発見したと同じなマベ貝の兄弟達が、ギッシリ詰っていた。網の口は、中味が零《こぼ》れないように縛り附けてある。喬介も私も、立ち竦《すく》んで了った。

「――一体これはどうした事だろう？　こんな貝を、而《しか》もこんなに沢山集めて、なんにしようと言うのだろう？　そして、それよりも、何故先程この木立を逃げて行った人間は、我々にこんな貝を見られ度くなかったのだろうか——？」

喬介は、その儘暫く考え込んで了ったが、軈《やが》て意を決したように、私を連れて密林の中へ探り入った。

間もなく私達は、踏み附けられた歯朶《しだ》の間の湿った地面に、強く喰い込んだ大きな足跡を一つ見附けた。

「——勿論この足跡は大きさからして男のものだね。そして、ほら御覧。僕の足跡はこれ丈けしか喰い込まないのに、この男の足跡は僕の奴よりぐっと深く喰い込んでいる。確かに僕より重量のある頑固な男に違いないね。さあ。もうこれで沢山だ。引きあげよう。深谷邸へ帰って調べる仕事がうんとあるんだから——」

そこで私達は密林を出た。喬介の申出で、恐ろしく重いマベ貝の荷物を、二人してやっとこ提げながら先程の小池の岸へ出て来た私達は、其処でアセチリン・ランプをも荷物の中に加えて、間もなく元の海岸へ出た。

重い荷物を白鮫号に積み込んだ私達は、この吹溜りには風がないので、岸伝いに白鮫号の艫《とも》綱《づな》を引っ張って、風のある入江の口迄やって来た。

「此処で昨晩の加害者も、帆《セイル》や舵の位置を固定して、白鮫号を放流したのだよ。見給え。ほら、やっぱり擦り消された足跡が、ずうっと続いて附いている」

喬介にそう言われて、始めて私はそれに気が附いた。こちらの足跡は最初上陸した附近の足跡よりも先に消されたと見えて、消し方がずっと丁寧である。だから、一寸見ただけでは気が附かない。

「さあ。我々もこの辺で出帆しよう。大分風も強くなって来た」

私達は船に乗り込んだ。大きな大檣帆《メンスル》は暫く音を立ててはためいていたが、軈《やが》てその位置を風の流線に調節されると、白鮫号は静かに走り出した。

喬介は紙巻《シガレット》に火を点けると、どうやら先程の元気を盛り返えしたらしい調子で、舵手の私に向って口を切った。

「僕は今迄大変な誤謬《ごびゅう》を犯していたよ。つまり、先程、この浮力の実験をした時に、僕は、昨晩この白鮫号に深谷氏をも加えて三人の人間が乗っていたと断定したね。あれが抑々《そもそも》過失なんだ。勿論重量の一九〇瓩《キログラム》強と言うのは間違ってはいないさ。只、人間の数だ。人間の数が三人ではないと言うのだ。然《しか》らば何人か？　二人だ。勿論、一九〇瓩《キログラム》と言う重量は、二人の人間の重量としては一寸重過ぎる。そこで我々は、こ奴《いつ》を思い出せば好いんだ。このマベ貝やらアセチリン・ランプやらの重量をね。確かにこれ等の荷物が、昨晩、深谷氏と加害者の二人に加わってこの白鮫号に乗っていたと言う事は、も早誰にだって理解出来る筈だ。つまり、犯人は二人でなくて、一人なんだ。で、僕は、茲《ここ》数十分後に、犯人の大体の体重を知る事が出来る。つまり、一九〇・九二〇瓩《キログラム》から、深谷氏の五七・三四〇瓩《キログラム》とこの荷物の重量とをマイナスしたものが、犯人の大体の体重と言う事になるんだ。そこで君は、あの逃亡者が急いだ為めに、消し忘れた密林の中の足跡を思い出して呉れ給え。あの足跡は、僕よりも体重のある、そして足の大きな男のものに違いない。従って僕は、洋吉のように軽い、小さな男は犯人でないと断言する」

「君。そりゃあ少し軽率じゃあないかね？　だって僕には、あのチョコレートが好きだと女中に聞かされた洋吉と、今朝この船中で発見されたと言うソフト・チョコレートのチューブとの間に、何等かの関係がありそうに思われるんだからね」

軽い取舵を入れながら私が言った。喬介は笑いながら、

「そんな表面的な事実にだまされないで、深い事を考えたまえ。例えば、何かに怯えるように『明日の午後だ。明日の午後迄だ』と言った深谷氏の独言は何にを意味するのだろう？　桁網であんな貝を拾い集めてどうしたと言うのだろう？　抑々《そもそも》マベ貝とは、なんに役立つ貝だ？　などとね」

喬介はそう言って、苦々しく紙巻《シガレット》の吸い差しを海の中へ投げ込んだ。

五

それから十分程して深谷邸に着いた私達は、重い荷物を提げて崖道を登って行った。別館の物置の入口迄来て、其処で荷物を降すと、喬介は合鍵を借りに主館《おもや》の方へ出掛けて行った。が、間もなく出て来ると、勝手口の処で女中の君に何にか尋ねていたが、軈《やが》て私の待っている物置の入口迄帰って来て、扉《ドア》の錠を解きながら私に言った。

「あちらでは大騒ぎをしているよ。なんでも、チョコレートのチューブから洋吉の指紋が発見されたとかって、つい今し方洋吉が警察へ拘引されたそうでね。だが、あれは犯人の欺瞞さ。従って、犯人は明らかに邸内のものだ。――さあ、台秤だ。この重い奴を一緒に提げて呉れ給え」

私は喬介を手伝って、二つの荷物を秤台の上へ乗っけた。と、神経質に震えながら、ピリリリッと計量針が止まる。六八・五〇〇瓩《キログラム》だ。喬介はノートを取り出してメモをする。そして、暫く鉛筆を走らせながら何か計算をしていたが、軈《やが》て微笑みながら私に言った。

「君。犯人が決定したよ」

「誰れ――？」

「下男の早川さ！」
そう言って喬介は物置を飛び出した。私も大急ぎで後に続いた。

私達が主館《おもや》のポーチへやって来ると、其処で女中と警官が立話をしていた。喬介は警官に向って厳《おごそ》かに切り出した。

「加害者が判りました。この岬から南西の海岸一帯に亙って直ぐに非常線を張って下さい。山も木立も、それから烏喰崎も——。そして下男の早川をぶッちばるんだ！」と、今度は女中に向って「先程は有難う。僕が、この邸内の人で留守を明けている人はないか？　と訊ねた時、君は下男の早川が町に買物があるからと言って、昼食前に出掛けたなりまだ帰って来ないと云った。だが、早川は町へ行ったんじゃあない。現に僕達は、一時間程前に烏喰崎の端ッぽで、早川君の足音を拝聴した」と、それからボンヤリしている警官に向って、再び「急いで呉れ給え。犯人は逃走中なんだから——。そして、捜査本部へ電話を掛ける序《つい》でに、容疑者の洋吉君を釈放するようにね」

警官は、やっと電話室に這入って行った。喬介は私を連れて屋内へ這入ると、深谷夫人を捕えて切り出した。

「御心配ありません。洋吉さんは潔白です。ところで、甚だ済みませんが、暫く御主人の別館の部屋を拝見いたし度いのですが——」

未亡人は早速亡夫の私室から鍵束を持って来て、私達に渡した。

私達が別館の前迄来ると、喬介は、物置の秤台に置かれた桁網の中からマベ貝を二つ三つ摑み出して来て、キャプテン深谷の船室《ケビン》に這入った。

この部屋は亡き主人の趣味によって、船室《ケビン》式に作られていて、呼名も「船室《ケビン》」で通っていて、平常《へいぜい》ならば主人以外に誰も這入れぬのである。海に面して大きく開いている手摺り附きの丸窓の横に、戸棚と並び合って大きな書架があり、その中にはギッシリ書物が詰っていた。戸棚の上には大きな信号用のランプが置いてある。部屋の中央には、およそこの部屋に不似合な一脚の事務机が置かれてあり、その上の隅には書類用の小箪笥が乗せてある。喬介は机の上へマベ貝を置いて、暫く考え込んでいたが、軈《やが》て書架の前へ歩み寄ると、鼻を馬のように鳴らしながら、何にか書物を漁り始めた。私はふと自分達の乗って来た馬を思い出した。この邸へ来た時に日陰へ縛り附けたなり、まだ一度も水を遣《や》ってない——。で急に心配になった私は、その儘そそくさと船室《ケビン》を出た。

冷たい水を馬に飲ませている間に、私は、天候がひどく悪化した事に気附いた。辺りは追々に暗く、恐しい形相の黒雲は、空一面に深く立ち迷っていた。岬の端の崖の下から、益々高くなった波鳴りの音が、地響を立てて聞えて来る。

私はポーチの横の長く張り出された廂《ひさし》の下へ、馬を廻した。これ等の仕事を、随分手間取ってやっと為終《なし》えた時に、喬介がやって来た。

「君。多分、この家の電話は長距離だったね？　済まないがひとつ交換局を呼び出して呉れ給え。そして三重県へ掛け度いのだがね。番号が判らないんだ。多分、鳥羽《とば》の三喜山《みきやま》海産販売部で好いと思う。そう言って問い合して見て呉れ給え。そして、大急ぎでそ奴《いつ》を呼び出すんだ」

喬介は、その儘ホールの方へ這入って行った。私は廊下の電話室で、喬介の命令通り交換局へ問い合した。そしてその呼び出しを依頼して電話室を出ると、廊下伝いにホールの方へやって来た。

其処で深谷夫人と黒塚を相手にして、喬介が何か尋ねている処だった。

「すると御主人は、十年前に日本商船をお退《ひ》きになって直ぐに、こちらへお移りになったんですね？　で、下男の早川は何年前にお雇いになりましたか？」

「丁度その時からでございます」

「お宅でお雇いになる以前には早川は何処に居たでしょうか？」

「あの男の雇入れに関しては、全部主人の独断だったので、私は少しも存じませんが――」

「ではもう一つ、あの別館の側に立っている白いアンテナ塔の先に、御主人が、夜、燈火《あかり》を、つまりあの船室《ケビン》の戸棚の上に置いてある信号燈ですな、あれを掲《あ》げた事がありましたか？」

「ええ。何でもそんな燈火《あかり》を点けた事がありました。でも、年に一度か二度しかありませんので、好く存じませんが、一度私が尋ねました時に、主人は、これからいつもより少し遠く帆走《セイリング》して見ようと思うから、その目標にするんだ。と、申しておりました」

「いや、有難うございました」

喬介は紙巻《シガレット》に火を点けて、ソファの肘掛けに寄り掛った。

丁度この時電話室の方でベルが聞え、軈《やが》て女中がやって来た。

「どなたか鳥羽へ電話をお掛けになりましたか？」

「ああ僕です。有難う」

喬介は立ちあがってそそくさとホールを出て行った。

私達はさっぱり訳が判らないので、ホールの中でキョトンと腰掛けた儘、黙って喬介の帰りを待っていた。

十分程すると喬介はやって来た。満面に、軽い和やかな微笑を湛えながら、

「さあ。これで、事件も完全に解決いたしました。これからひとつ説明をいたします。どうぞ別館の船室《ケビン》へお出《いで》下さい。あちらの方に色々材料が揃っておりますから――」

そこで私達はホールを出た。深谷夫人は、頭が痛むと言うので主館《おもや》に居止《いとど》まり、喬介と私と黒塚と、そして居残っていた警官との四人は、強い疾風《すき》の吹き荒ぶ中庭を横切って、別館の船《ケビ》室《ン》――キャプテン深谷の秘密室《ブラック・チェンバー》へ走り込んだ。

六

とうとう、嵐がやって来た。

私達が深谷氏の船室《ケビン》へ這入ると間もなく、海に面した丸窓の硝子へ、大粒な雨が、激しい音を立てて、横降りに吹き当り始めた。

高く、或は低く、唸るような風の音が、直ぐ眼の下の断崖から、岩壁に逆巻く磯波の咆哮に反響して、物凄く空気を震わせ続ける。

私達を前にして、椅子に腰掛けた喬介は、耳を聾《つんざ》く嵐の音の絶え間絶え間に落着いた口調で事件の真相を語り始めた。

その大体は読者も既に承知の事である。彼が白鮫号を調べて、泡の線から同乗者を二人と睨んだ事は、鳥喰崎を訪問してマベ貝発見により遂に一人減って、犯人は唯一人となった。だが、それにしてもどうしてあんなに早く犯人が分ったのか？　その疑問は、彼の差出した手帳を見るに及んで、忽ち氷解した。何のことはない、喬介は精密な引算をやってのけただけのことだ。手帳にはこの家のものの体重は勿論のこと、喬介自身のから二つの石の重さまで書かれてあるが、問題の一九〇瓩《キログラム》強を算出するためには、深谷氏の五七・三四〇瓩《キログラム》とマベ貝や桁網やランプの総量六八・五〇〇瓩《キログラム》に六四瓩《キログラム》ばかりの人間を必要とする。そして、それこそは六四・二〇〇瓩《キログラム》の下男の早川でなければならぬのだ。尤も、精確な計算によれば、八八〇瓦《グラム》ばかり誤差が生じるが、これは服装の変化や、その他僅かなことで違って来るものとして許さねばなるまい。

以上の事実を我々にうなずかしめた喬介は、いよいよ声を高め、力を籠めて云いだした。

「それじゃ、次に手取早く犯行当時の模様を、想像に従ってお喋りしましょう。——先ず、海流瓶で殴り殺された深谷氏の死体と、加害者早川と、例の荷物を乗せて、昨晩の十時頃、丁度満潮時に、白鮫号はあの無気味な鳥喰崎の吹溜りへ着きます。底《ボタム》の重心板《センター・ボード》は粘土質の海底に接触し、舵板《ラダー》の蝶番には長海松《ながみる》が少しばかり絡み附き、そして舷側の吃水線には、薄穢《うすぎたな》い泡が附着します。下男の早川は、荷物を岸に降し、被害者の死体を海中へ投げ込んで船尾《スターン》へロープで結び附けます。そして、岸伝いに白鮫号を引張って入江の口迄やって来ると、帆《セイル》と舵を固定して、船を左廻りに沖へ向けて放流します。それから犯人は元の場所に戻って、荷物を引きずって草地へ這入ります。草地の奥の小さな池の岸にアセチリン・ランプを置き、池の中へ桁網に詰めたマベ貝を浸すと、犯人はその儘陸伝いに深谷邸へ帰えります。多分彼は、十二時少し前に私室へこっそり帰り着いたでしょう。そして丁度十二時に恐しい殺人直後の昂奮を鎮める為め、床から起き出て水を飲んでいたでしょう。その姿を、御不浄へ立った女中さんが、廊下から確かに見たと言う訳でした。そして、翌朝彼は、漂流して来た白鮫号へ、犯跡を積極的に抹殺する為め、洋吉氏の指紋の附いたチョコレートのチューブを、泳ぎながら持って行ったと言う訳です。一方、深谷氏の死体を引っ張った白鮫号は、一旦沖へ走り出しますが、A崎から折れ曲って逆流している黒潮海流の支流に押されて、この岬の附近迄漂って来ます——」

茲《ここ》で喬介は一寸語を切った。

「——只今説明した通りで、一通りの犯行の過程はお判りになったと思います。が、まだ皆さんの前には、理解し難い二三の謎が残っている筈です。そしてその謎は、最初この事件の解決に当って、割合に簡単なこの殺人事件を頗《すこぶ》る複雑化した処の代物なんです。例えば、不明瞭なこの事件の動機。『明日の午後だ。明日の午後迄だ』と言われた深谷氏の怯える様な独言。桁網に詰っていたマベ貝——而《しか》も早川は、私達にそれを見られる事をひどく恐れていた——。更に又、夜中ヨットへ乗る深谷氏の奇癖。そして、むっつりした生活。アンテナ塔の信号燈——等々です。で、これ等の謎を解く為めに、最も常識的な順序として、唯一の現物であり私の最大の興味を惹いた品物である処の、このマベ貝の研究に取り掛りました。先ず、マベ貝なるものを詳しく知る為めに、私はその書架から『海棲動物の一般的研究』と言う本を拝借いたしました。これです。で、貝類中マベ貝の項を開いて見ますと——どうです。一寸これを御覧下さい。ほら——マベ貝の用途。一、近来真珠養殖の手段として多少用いらる。これは、マベ貝が普通の真珠貝（アコヤガイ）に比較して大型の真珠を提供するからである。——とありますね。で、ふと軽い暗示に唆《そその》かされた私は、早速このマベ貝を一つ打ち砕いて見ました。私の予感は適中しました。これを御覧下さい」

　そう言って喬介は、ポケットから一粒の大きな美しい真珠を取り出した。そして、驚ろいている私達の眼の前の事務机の上へ、そっと転ろがしながら猶《なお》も語り続けた。

「御覧の通り、これは立派な人工真珠です。ところが、皆さんの御承知の通り、人工真珠の養殖は特許になっています。三重県の三喜山氏が特許権の所有者です。従ってこの真珠は特許を冒《おか》して密造されたものになるのです。そして同時にその密造者は、養殖技術をも特許権の所有者から盗み出した事になるのです。然《しか》らばその密造者は誰か？　深谷氏か？　下男の早川か？　それとも二人の共謀か？　だが、私は、前後の関係から見て、殆んど直感的に深谷氏と早川の共謀である事を断定したのです。そして私は、三重県の三喜山養殖場へ、早川が十年前に何等かの関係があったかどうかを、電話で照会して見ました。すると果して、十年前に早川を解雇した事があるとの返事です。そこで、今度は、ひとつこれを見て下さい」と、喬介は、書式張った商業書類らしい紙片を数枚取り出しながら「これは、深谷氏の書類金庫から一寸拝借したものです。頗《すこぶ》る略式化した一種の商品受領証と言ったようなものですね。勿論欧文です。で、文中商品の項に青提灯とか、赤提灯とかしてありますが、勿論これは真珠を指し示しているのです。そして、この下の処に、T・W・W——としてあるのが、荷受人のサインです。お判りになりますか？　つまり深谷氏は、早川と共謀して、外人相手に真珠の密造並に密売をしていられたんです。そして、この七枚の書類の日附を、深谷夫人にそれぞれ辿って頂いたならば、屹度《きっと》ご夫人は、その各々の日の夜遅く、あのアンテナ塔の尖端に黄色い信号燈が挙っていた事を思い出されるでしょう。そして正にその時、この海の暗い沖合遙かに一艘の怪し気な汽船の姿を、皆さんは想像する事が出来得るでしょう――」

喬介は一息ついた。何時《いつ》の間にか知らない内に、崩れるような激しい嵐は消え去って、風雨は忘れたように遠去かり、追々に、元の静けさが蘇って来た。軈《やが》て、喬介が、

「最後に、私は、キャプテン深谷氏のあの奇妙な独言――」

と、この時である。主館《おもや》のテラスの方で、女中の、悲し気な、鋭い絶望的な叫び声が、不意に私達の耳に聞えて来た。

「一体どうしたんだろう。海の色が、丸で血のようだ――」

私達は、驚いて窓の硝子扉《ど》を、力一《いっぱい》張押し開けた。

と――今迄の灰色の、或は鉛色の、身を刺すような痛々しい海の色は、いつの間にか消え去って、陰鬱な曇天の下に、胸が悪くなるような、濃い、濁った褐色の海が、気味悪い艶《つや》を湛えて、一面に伸び拡がっていた。そして見る見る内にその色は、ただならぬ異状を加えて行く。最初は、只濃い褐色だった海が、瞬く内に、暗い血のような毒々しい深紅色の海と化して来た。

不意に喬介が力強い声で説明を続けた。

「これです！　この物凄い赤潮です。こ奴《いつ》を深谷氏は恐れていたのです。皆さんも屹度《きっと》お聞きになったでしょう？　昨日の昼のラジオ・ニュースで、黒潮海流に乗った珍らしく大きな赤潮

が、九州沖に現れ、執拗な北上を始めたと言う事を。そしてその為めに、沿海の漁場、殊に貝類の漁場は、絶望的な損失を受けていると言うニュースをですね——。深谷氏もそれを聞いたのです。そしてこの、赤褐色の無数の浮漂微粒子の群成に依る赤潮が、真珠養殖に取っての大敵である事を思い出したのです。だから深谷氏は、九州沖からこの附近迄の間に於ける黒潮海流の平均速度を、二十四時、つまり一昼夜五〇浬《カイリ》乃至《ないし》八〇浬《カイリ》と見て、赤潮の来襲を、今日の午後迄と大体の計算をしたのでしょう。そして今日の午後迄に、昨日にしてみれば『明日の午後迄』に、真珠貝の移殖を行わなければならない。そこで深谷氏は、用意を整え、下男——実は共謀者の早川を連れて、ひそかに邸を出帆したのです。そして、第一回の作業を終った時に、早川の胸裡に恐ろしい野心が燃え挙ったのでしょう。恐らくその作業場と言うのは、あの鳥喰崎の向うの、美しい、静かな、鏡のような内湾に違いないです。——だが、もうこれで、あのキャプテン深谷氏の秘密人工真珠養殖場のマベ貝は、完全に全滅です——」

喬介はこう言い終って、煙草の煙を、ぐっと一息深く吸い込んだ。私達は一様に深い感慨を以って、血の様な鳥喰崎の海を見た。

（〈新青年〉昭和八年七月号）

気狂い機関車

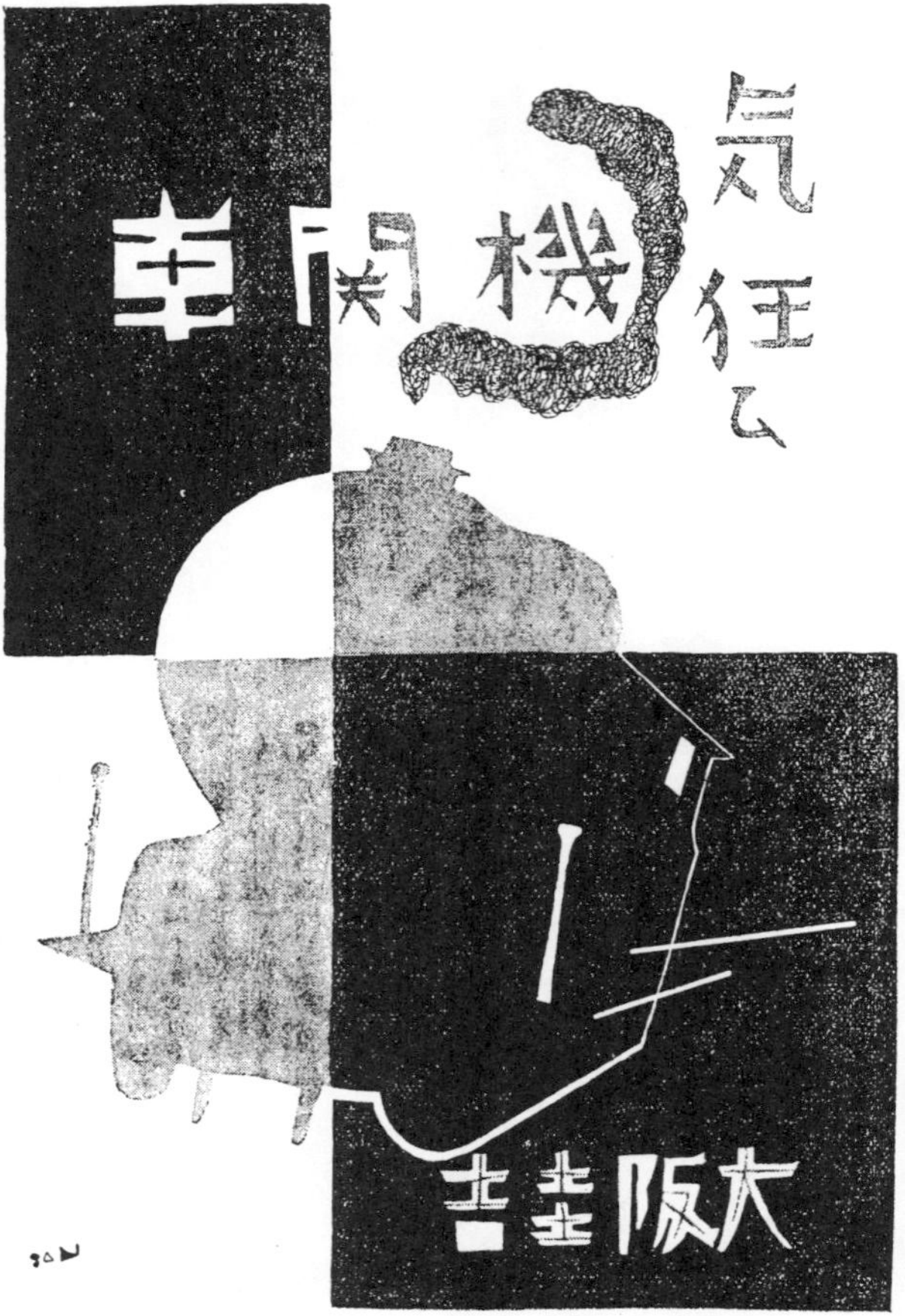
気狂ひ
機関車
大阪圭吉

一

日本犯罪研究会発会式の席上で、数日前に偶然にも懇意になったM警察署の内木《うちき》司法主任から、不思議な殺人事件の急電を受けて冷い旅舎に真夜中過ぎの夢を破られた青山喬介と私は、クレバネットのレイン・コートに身を包んで烈しい風を真面《まとも》に受けながら、線路伝いに殺人現場のW停車場へ向って速足に歩き続けていた。

沍《いて》て泣き喚く様な吹雪の夜の事だ。

雪はやんでいたが、まだ身を切る様な烈風が吹捲《ふきまく》り、底深く荒れ果てた一面の闇を透《すか》して遠く海も時化《しけ》ているらしく、此処から三哩《マイル》程南方にある廃港の防波堤に間断なく打揚《うちあげ》る跳波の響が、風の悲鳴にコキ混って、粉雪の積った線路の上を飛ぶ様に歩いて行く私達の跫音《あしおと》などは、針程も聴えなかった。

軈《やが》て前方の路上には遠方信号機の緑燈が現れ、続いて無数の妙に白けた燈光が、蒼白い線路の上にギラギラと反射し始める。そして間もなく――私達はW駅に着いた。

赤、緑、橙等さまざまな信号燈の配置に囲まれて、入換作業場の時計塔が、構内照明燈《ヤード・ライト》の光にキッカリ四時十分を指していた。明るいガランとした本屋《ほんおく》のホームで、先着の内木司法主任と警察医の出迎えを受けた私達は、貨物積卸《つみおろし》ホームを突切って直《ただち》に殺人の現場へ案内された。其処はW駅の西端に寄って、下り本線と下り一番線との線路に挟まれて大きな赤黒い鉄製の給水タンクが立っている薄暗い路面であるが、被害者の屍体は、給水タンクと下り一番線との間の、四呎《フイート》程の幅狭い処に、数名の警官や駅員達に見守られながら発見当時の儘で置かれてあった。

被害者は菜ッ葉服を来た毬栗《いがぐり》頭の大男で、両脚を少し膝を折って大の字に開き、右掌《て》を固く握り締め、左掌《て》で地面を掻きむしる様にして、線路と平行に、薄く雪の積った地面の上に俯伏《うつぶせ》に倒れていた。真白な雪の肌に黒血のにじんだその頭部の近くには、顎紐の千切れた従業員の正帽がひとつ、無雑作に転っている——。

警察医は、早速屍体の側へ屈み込むと、私達を上眼で招いた。

「——温度の関係で、硬直は割に早く来ておりますが、これで死後三四十分しか経過していません。勿論他殺です。死因は後頭部の打撲傷に依る脳震蕩で、御覧の通り傷口は、脊椎に垂直に横に細長く開いた挫傷で、少量の出血をしております。加害者は、この傷口やそれから後頭部の下部の骨折から見て、幅約〇・八糎《センチ》、長さ約五糎《センチ》の遊離端を持つ鈍器——例えば、先の開いた灰掻棒《はいかきぼう》見たいなもので、背後から力まかせにぶん殴ったものですな」

「他に損傷はないですか？」喬介が訊いた。

「ええ、ありません。尤も、顔面、掌《て》その他に、極めて軽微な表皮剝脱乃至《ないし》皮下出血がありますが、死因とは無関係です」

喬介は警察医と向い合って一層近く屍体に寄添うと、懐中電燈の光を差付ける様にして、後頭部の致命傷を覗き込んだ。が、間もなく傷口を取巻く頭髪の生際《はえぎわ》を指差しながら、医師へ言った。

「白い粉見たいなものが少しばかり着いていますね。何でしょう？　砂ですか？」

「そうです。普通地面のありふれた砂ですよ。多分兇器に附着していたものでしょう」

「成程。でも、一応調べて見たいものですね」そして駅員達の方へ振向いて、「顕微鏡はありませんか？　五百倍以上のものだと一層結構ですがね――」

すると、私の横に立っていた肥《ふと》っちょのチョビ髭を生《はや》したW駅の助役が、傍らの駅手に、医務室の顕微鏡を持って来いと命じた。

喬介は、それから、固く握り締められた儘の被害者の右掌《て》や、少し膝を折って大の字に拡げられた両の脚などを、時折首を傾げながら調べていたが、軈《やが》て立上ると、今しがた部下の警部補と何か打合せを終えた内木司法主任に向って声を掛けた。

「何か御意見を承給《うけたまわ》り度いものですね」

喬介の言葉に司法主任は笑いながら、

「いや。私の方こそ、貴下《あなた》の御援助を得たいです。が、まあ、兎に角捜査に先立って、大切な点をお知らせして置きましょう。と言うのは、外《ほか》でもないですが、一口に言うと、つまり現場に加害者の痕跡が微塵もないと言う事です。何しろ、御承知の通り犯行の推定時刻迄にはあの通り雪が降っていましたし、報告に接して急行した吾々係官の現場調査も、充分——いや、これは寧《むし》ろ貴下方の御信頼に任すとして——、それにも不拘《かかわらず》、この雪の地面には、加害者と覚しき足跡は愚か、被害者自身の足跡すら発見されなかったのです。従って私達は、茲《ここ》で最も簡単に而《しか》も合理的に、犯行の本当の現場を見透す事が出来るのです。即ち屍体は、推定時間当時に於てこの下り一番線上を通過した機関車から、灰掻棒で殺害後突墜《つきおと》されたものに違いないと言う事——私のこの考え方を裏書して呉れる確実な手掛りを御覧下さい」

司法主任はそう言って、軌条と屍体との中間に当る路面に、懐中電燈の光を浴びせ掛けた。

——成程、薄く積った地面の雪の上には、軌条から二呎《フイート》程離れ而《しか》も軌条に平行して、数滴の血の雫《しずく》の跡が一列に並んで着いている。その列の尖端、つまり血の雫の落始まった処は、屍体よりも約五呎《フイート》程の東寄にあって、其処には同じ一点に数滴の雫が、停車中の機関車の床から落ちたらしく雪の肌に握拳《こぶし》程の染《しみ》を作っている。そして二呎《フイート》三呎《フイート》と列の西に寄るに従って、雫と雫との間隔は一吋《インチ》二吋《インチ》と大きくなって、軈《やが》て吾々の視線から闇の中へ消えている。

司法主任は、それ等の雫の特異な落下点を指差しながら、機関車が給水の為め此処で停車していた時に犯行が行われたに違いない、と附け加えた。喬介はそれにいちいち頷きながら聴いていたが、軈《やが》て、駅員達の方へ振返って、屍体発見並に被害者の説明を求めた。

と、それに対して、ゴム引の作業服を着た配電室の技師らしい男が進み出て、自分が恰度午前四時二十分前頃に、交換時間で、配電室から下り一番の線路伝いに本屋の詰所へ戻る途中、この場で、この通りに倒れている屍体を発見し、直《ただち》に報告の処置を執《と》った旨を、詳細に且《か》つ淀みなく述べ立てた。が、被害者に就いては、一向に見覚えがない旨を附加えた。すると今度は、今迄助役の隣で、オーバーのポケットへ深々と両手を突込んだ儘人々の話に聞き入っていた頬骨の突出た痩《やせ》ギスの駅長が、被害者は、W駅の東方約三十哩《マイル》のH駅機関庫に新しく這入った機関助手である事は判るが、姓名その他の詳細に就いては不明である為め、既にH機関庫に打電して、屍体の首実検を依頼してある旨を陳述した。

恰度この時、先程の駅手が顕微鏡を持って来たので、喬介はそれを受取ると、整った照明装置に満足の笑《えみ》を漏しながら、警察医に機械を渡して、屍体の傷口に着いた砂片の分析的な鑑定を依頼した。そして再び振返ると、駅長に向って、

「では次にもうひとつ、今から約一時間前の犯行の推定時刻に、この下り一番線を通過した列車に就いて伺いたいのですが――」

すると今度は、チョビ髭の助役が乗り出した。

「列車――と言うと、一寸門外の方には変に思われるかも知れませんが、恰度その時刻には、H機関庫からN駅の操車場《ハンプ・ヤード》へ、作業の為めに臨時運転をされた長距離単行機関車がこの線路を通過しております。入換用のタンク機関車で、番号は、確か2400形式・73号――だったと思います。御承知の通り、臨時の単行機関車などには勿論表定速度はありませんので、閉塞装置に

依る停車命令のない限り、言い換えれば、予め運転区間の線路上に於ける安全が保障されている以上、多少の時刻の緩和は認められております。で、そんな訳で、その73号のタンク機関車が本屋のホームを通過した時刻を、今茲《ここ》で厳密に申上げる事は出来ないですが、何でもそれは、三時三十分を五分以上外れる様な事はなかったと思います。尚、機関車が下り一番線を通ったのは、恰度その時、下り本線に貨物列車が停車していた為めです。――」

「すると、勿論そのタンク機関車は、本屋のホームを通過して了ってから、現場《ここ》で、一度停車したんでしょうな？」

　喬介が口を入れた。

「そうです。――多分御承知の事とは思いますが、タンク機関車は他のテンダー機関車と違って、別に炭水車《テンダー》を牽引しておらず、機関車の主体の一部に狭少な炭水槽《タンク》を持っているだけです。従ってH・N間の様に六十哩《マイル》近くもある長距離の単行運転をする場合には、どうしても当駅で炭水の補給をしなければならないのです。勿論73号も、此処で停車したに

違いありません。そして、この給水タンクから水を飲み込み、そこの貯炭パイルから石炭を積み込んだでしょう」

　チョビ髭の助役はそう言って、給水タンクの直ぐ東隣に、同じ様に線路に沿って黒々と横《よこた》わった、高さ約十三四 呎《フィート》 長さ約六十 呎《フィート》 の大きな石炭堆《パ》積台《イル》を、肥った体を延び上げる様にして指差した。

　そこで喬介は助役に軽く会釈すると、今度は、司法主任と向合って顕微鏡の上に屈み込んでいる

警察医の側へ行き、その肩へ軽く手を掛けて、

「どうです。判りましたか?」

　すると警察医は、一寸その儘で黙っていたが、軈《やが》てゆっくり立上って大きく欠伸《あくび》をひとつすると、ロイド眼鏡の硝子《たま》を拭き拭き、

「有りましたよ。いや。仲々沢山に有りましたよ。——先ず、多量の玻璃《はり》質に包まれて、アルカリ長石、雲母《うんぼ》角閃石《かくせんせき》、輝石《きせき》等々の微片、それから極めて少量の石英《せきえい》と、橄欖岩《かんらんがん》に準長石——」

「何ですって。橄欖岩に準長石?……ふむ。それに、石英は?」

「極く少量です」

「——いや、よく判りました。それにしても、……珍らしいなあ……」と喬介はその儘暫く黙想に陥ったが、軈《やが》て不意に顔を上げると、今度は助役に向って、「この駅の附近の線路で、道床に粗面岩《そめんがん》の砕石を敷詰めた箇所がありますか?」

　するとその問に対して、助役の代りに配電室の技師が口を切った。

「此処から三哩《マイル》程東方の、発電所の近くに切通《きりとおし》がありますが、その山の切口から珍らしく粗面岩が出ていますので、その部分の線路だけ、僅かですが、道床に粗面岩の砕石を使用しております」

「ははあ、するとその地点の線路は、勿論当駅の保線区に属しているでしょうな?」

「そうです」今度は助役が答えた。

「では、最近その地点の道床に、搗固《つきかため》工事を施しませんでしたか？」

「施しました。昨日と一昨日の二日間、当駅保線区の工夫が、五名程出て居ります」

助役が答えた。すると喬介は、生き生きと眼を輝かせながら、

「判りました。――殺人に用いられた兇器は撥形鶴嘴《ビーターー》です！」そして吃驚《びっくり》した一同を、軽く微笑して見廻しながら、「而《しか》も、それは、当駅の工事用器具所に属するものです！」

二

私は、喬介の推理に今更の様に唖然としながらも、鶴嘴《つるはし》の一方の刃先が長さ約五糎《センチ》程の撥《ばち》形に開いた兇器――よく汽車の窓から見た、線路工夫の振上げているあの逞しい撥形鶴嘴《ビーターー》を、アリアリと眼の中に思い浮べた。内木司法主任も、私と同様に驚いたらしく、眼を大粒に見開いた儘、警察医の方へ臆病そうに顔を向けた。すると今迄、相変らずポケット・ハンドをしたまま黙り込んでいた痩ギスの駅長がズングリした頬骨を突出しながら、熱心な語調で喬介に立向った。

「然《しか》し、仮令《たとえ》それ等の鉱片が傷口に着いていたからとて、何もそれだけで、兇器をあの切通で

使った撥形鶴嘴《ビーター》であると推定されるのは、少し早計ではないでしょうか？——御承知の通り、砕石道床と言う奴は、砕石が角張っている点は理論的に言えば道床材料として大変好都合なんですが、何分高価なものですから我国では普通に使用されず、その代りに主として精選砂利を用いております。が、これとても又相当に値段が張りますので、普通経済的に施行する為めには、道床の下部に砂交《まじ》りの切込砂利を入れ、上部の表面だけに精選砂利を敷詰める方法、所謂《いわゆる》——化粧砂利と言うのがあります。で、この、化粧砂利の下の粗雑な切込砂利に、石英粗面岩の細片を使用した道床が、つまり表面は普通の精選砂利でも、内部が石英粗面岩の切込砂利になっている道床が、H駅の附近にも数ケ所あるのです」

駅長はそう言って喬介の顔を熱心に見詰めた。が、喬介は、決してひるまなかった。

「石英粗面岩——ですって？　いや。大変いい参考になりました。でも、石英粗面岩と粗面岩とは、同じ火成岩中の火山岩に属していながらも、全然別個の岩石である事を忘れないで下さい。即ち、粗面岩は石英粗面岩と違って石英は決して多くは存在せずに、却って橄欖岩や準長石の類を往々含有している事、をですな。そして而《しか》も、この種の岩石は、本邦内地には極めて産出が少く、大変珍らしい代物なんです」

そこで駅長は、二三度軽く頷くと、その儘急に黙って了った。喬介は司法主任へ向って、

「兎に角、撥形鶴嘴《ビーター》と言えばそんな小さな品ではないんですから、一応その辺を探して見て下さい。若《も》し有るとすれば、屹度《きっと》発見《みっ》かるでしょう」

で、二名の警官が、司法主任から兇器の捜索を命ぜられた。

一方喬介は、ソッと私を招いて、先程司法主任が知らして呉れた軌条沿いの血の雫の跡を、懐中電燈で照しながら、線路伝いに駅の西端へ向って歩き始めた。

が、二十米《メートル》も歩いたと思う頃、立止って振返ると、給水タンクの下であれこれと指図しているらしい司法主任の方を顎で指しながら、私へ言った。

「ね君、大将の言ってる事は、あの屍体に関する限り、大体間違いない様だよ。つまり、屍体は、タンク機関車73号から墜されたもので、同時にこれ等の血の雫は、同じ73号の操縦室《キャップ》の床の端から、機関車が給水で停車している時から落始めたものだ、と言う風にね。そして先生、73号の、被害者と同乗した被害者以外のもう一人の、或は二人の、乗務員に対して、有力な嫌疑を抱いているらしい。ま、大体素直な判定さ。だが、僕は、その推理に就いて云々する前に、あの屍体の奇妙に開かれた両脚や、五指を固く握り締めた儘の右掌《て》に対して、何よりも大きな興味を覚えるよ。そしてだ。ね君。あの屍体の傷口を思出して呉給え。あの傷は、打撲に依る挫創並に骨折で、決して出血の多いものではなかった筈だ。ね。それにも不拘《かかわらず》、ほら、御覧の通り、機関車の操縦室《キャップ》の床から落ちた血の雫は、こんな処迄続いているじゃないか!? いや、それ処かまだまだ西方《むこう》迄続いている様だ。――ひとつ、僕達は、その血の雫の終る処迄つけて行って見ようじゃないか」

で喬介は再び歩き出した。私は一寸身顫いを覚えながら、それでも喬介の後に従った。

嵐はもう大分静まっていたが、此の附近の路面には建物がないので、広々とした配線構内の上には、まだ吹止まぬ寒い風が私達を待っていた。喬介は線路の上を歩きながら、何かブツブツ呟いていたが軈《やが》て私へ向って、

「君。この血の雫の跡を見給え。落された雫の量の大きさは少しも変っていないのに、その落された地点と地点との間隔は、もう二米《メートル》余にも達している。僕は、先刻《さっき》からこの間隔の長さが、追々に伸びて行く比率に注意しているよ。それは余りに速く伸び過ぎる。——つまり73号機関車は、あの給水タンクの地点から急激に最高速度で出発させられたのだ。——大体、入換用のタンク機関車などと言う奴は、僕の常識的な考えから割出して見ても、牽引力の大きな割に速力は他の旅客専用の機関車などより小さい訳だし、それに第一転轍器《ポイント》や急曲線《カーブ》の多い構内で、そんな急速な出発をするなんて無茶な運転法則はないんだから、この73号の変調は、先ずこの事件の有力な謎《イニグマ》のひとつと見て差支ないね」

そこで、歩きながら私が口を入れた。

「然《しか》し、若《も》しもその機関車の操縦室《キャップ》の床に溜った血の量が、全体に少くなって来たのだとしたなら、雫の大きさは同じでも、落される間隔は、恰《あたか》も機関車の速度が急変したかのように、長くなるのじゃないかね？」

「ふむ。仲々君も、近頃は悧巧《りこう》になったね。だが、若しも君の言う通り、そんなに早く機関車の方の血が少くなって来たのだとしたなら、この調子では、もう間もなく血の雫は終って了う

よ。——其処迄行って見よう。果して君の説が正しいか、それとも僕の恐ろしい予想に軍配が挙がるか——」

で、私達は二人共亢奮して歩き続けた。

もうこの附近はW駅の西端に近く、二百米《メートル》程の間に亙って、全線路が一様に大きく左にカーブしている。私達は幅の広いそのカーブの中を、懐中電燈で血の雫の跡を追いながら、下り一番線に沿って歩き続けた。が、間もなく私の鼻頭には、この寒さにも不拘《かかわらず》、無気味な油汗がにじみ始めた。——私は、喬介との闘いに敗れたのだ。

線路の横には、喬介の推理通り行けども行けども血の雫の跡は消えず、タンク機関車73号は、明かに急速度を出したらしく、もうこの辺では、血の雫の跡も五六米《メートル》置きにほぼ一定して着いていた。そしてそのカーブの終りに近く、下り一番線から下り本線への亙り線の転轍器《ポイント》の西で、到頭私達は、異様な第二の他殺屍体にぶつかって了った。

三

屍体は第一のそれと同じ様に、菜っ葉服を着、従業員の正帽を冠った、明かに73号の機関手で、粉雪の積った砂利面の上へ、線路に近く横ざまに投げ出されていた。——辺りは、一面の血の海だ。

私は、直《ただち》に喬介を置いて元来た道を大急ぎで引返した。そして司法主任や警察医の連中を連れて、再び其処へ戻った時には、もう喬介は屈み込んで、綿密な屍体の調査を始めていた。軈《やが》て喬介並に警察医の検案に依って、第二の屍体は、第一のそれと殆ど同時刻に殺されたものので、致命傷は、鋭利な短刀様の兇器で背後から第六胸椎と第七胸椎との間に突立てた、創底左肺に達する深い刺傷である事が判った。尚、屍体が機関車から投げ出された際に出来たらしく、顱頂骨《ろちようこつ》の後部に近くアングリ口を開いた打撲傷や、その他全身の露出面に亙る夥しい擦過傷等も明かになった。

私達は協力して暫くその辺を探して見たが、勿論殺害に使われた兇器は発見《みつ》からなかった。そして線路の脇の血の雫の跡も、もうそれより以西には着いていなかった。

司法主任は、第二の屍体の発見に依って自分の抱いていた疑いが微塵に砕かれて了った為か、すっかりしおれて、黙々としていたが、軈《やが》て思い出した様に傍らの路面から、私はうっかり気付かなかったのだが、先刻《さつき》ここへ来た時に持って来て置いたらしい大型の撥形鶴嘴《ビーター》を取上げると、喬介の眼前へ差出しながら、

「やはり有りましたよ。こ奴《いつ》でしょう？　最初の屍体に加えられた兇器は。――あの貯炭パイルと、直ぐその東隣のランプ室との間の狭い地面に抛《ほう》り込んでありましたよ。ええ、無論その撥《ばち》形の刃先に着いていた砂は、顕微鏡検査に依って、貴下《あなた》の仰有《おつしや》った通り、あちらの屍体の傷

口の砂と完全に一致しました。尚、柄《え》も調査しましたが、加害者は手袋を用いたらしく、指紋はなかったです」

喬介はそれに頷きながら撥形鶴嘴《ビーター》を受取ると、自身で詳しく調べ始めた。が、その柄の端近くに抜かれた小指程の太さの穴に気付くと、貪《むさぼ》る様にして暫くその穴を調べていたが、軈《やが》て傍らの助役へ、

「これはどう言う穴ですか?」

「さあ——!?」

「当駅の撥形鶴嘴《ビーター》で、柄の端にこんな穴の開いた奴があったのですか?」

「そんな筈は、ないんですが——」

「ふむ。判りました。その通りでしょう。第一この穴は、こんなに新しいんですからね……」

喬介はそれなり深い思索に陥って行った。

間もなく、W駅の本屋の方から一人の駅手が飛んで来て、H機関庫から首実検の連中が到着したとの報告を齎《もたら》した。すると司法主任は急に元気附いて、警官の一人にこの場の屍体を見張っている様命ずると、先に立って歩き始めた。私達もその後に従った。

軈《やが》て私達が、給水タンク下の最初の現場へ戻り着いた時には、運搬用の気動車《モーター・カー》でやって来たらしい三名の機関庫員は、既に屍体の検証を済して、一服している処だった。が、その内の主任らしい男が、肥った体をヨチヨチやらして私達より一足遅くやって来た助役の顔を見ると、

早速立上って、

「——飛んだ事でした。被害者は確かに73号の機関助手で土屋良平《つちやりようへい》と云う男です」

「いや、どうも。処で、機関手の名前は？」

「機関手——ですか？　ええ、井上順三《いのうえじゆんぞう》と言いますが」

「ふむ。そ奴《いつ》も殺されておりますぞ！」

助役の言葉で、機関庫主任も駅長も明かに蒼くなった。そして一名の機関庫員は、飛ぶ様にして第二の屍体の検証に向った。

すると司法主任が、待構えた様に機関庫主任を捕えて、

「73号のタンク機関車が、H機関庫を出発したのは何時ですか？」

「午前二時四十分です」

「ははあ、で、当駅を通過したのが三時半と——。じゃあ、無論途中停車はしなかったですね？」

「ええ、そうですとも。当駅で炭水補給の停車以外には、N操車場《ハンプ・ヤード》迄六十哩《マイル》の直行運転です」

「ふむ。処で、乗務員は何名でしたか？」

「二名です」

「二名——？　三名じゃあなかったですか？」

「そ、そんな筈はありません。第一、原則的に、機関手と助手の二名だけ――」

「いや。その原則外の、非合法の一人があったのだ！」と、それから、急き込んで、駅長へ、「N駅へその男の逮捕方を打電して下さい。もう機関車は、N操車場《ハンプ・ヤード》へ着くに違いない――」

するとと、今迄黙っていた喬介が、突然吹出した。

「……冗談じゃあない。内木さんにも似合わん傑作ですよ。ね、――若《も》しも私が、その場合犯人であったとしたなら、N駅へ着かない以前に、機関車を投げ出して、疾《とっく》の昔に逃げて了いますよ。いや、全く、貴下《あなた》の意見は間違いだらけだ。例えば、最初機関車がH駅を出発した当時から、犯人が被害者の二人と一緒に乗っていたものとすれば、第一の屍体の兇器、即ち昨日迄道床搗固《つきかため》に使われ、当駅の工事用器具所へ仕舞われたあの撥形鶴嘴《ビーター》を犯行後機関車の中からランプ室と貯炭パイルの間の狭い地面へ投げ捨てる事は出来るとしても、一体、何処からそ奴《いつ》を手に入れる事が出来ると言うんです。そして又、よしんばそれが出来得たとしても、犯人は何の必要があって、わざわざ当駅で停車中などに二人もの人間を殺害しなければならなかったのです。犯人が機関車に乗っていたのならば、何もこんな処で殺さなくたって、あの吹雪の闇を疾走中に、もっと適切な殺し場がいくらもあった筈ではないですか。――いや、この事件は、いま貴下が考えていられるより、もう少しは面白いものらしいです。そしてその事は、非常に沢山の謎が証明して呉れます。例えば、この第一の屍体に於ける奇妙な硬直姿勢、撥形鶴嘴《ビーター》の柄先の不可解な穴、そして、タンク機関車73号の急激なスタート、尚又、二つの屍体に与えられた兇器がそれぞれに異ったものである事、等々です。で茲《ここ》でひとつ、手近な処から片附けて見ると、二つの屍体に於て異る兇器が与えられたと言う事実は、先ず、犯人が別々に時間を隔てて二人を殺害したか、或は何等かの方法で同時に殺害したか、と言う二様の立場から見る事が出来ます。処が――、前者は、第二の屍体から流れ落ちた血の雫が、最初の屍体の置かれたと同一のこの地点から始まっている事、そしてこの地点に於ける機関車の停車時間は決して長いものではなかった事、尚又屍体検査に依る死後時間の一致、等に依って抹殺されて了います。従って殺害は同時になされた事になります。すると、短い停車時間の間で、殆ど同時に二人の人間をそれぞれ異った兇器で殺害する為めには、犯人が二人であるか、或は一人で何等かの特殊な方法に依ったものであるか、と言う二つの岐路に再度逢着します。――茲《ここ》で私は、もうひとつの謎をこれに結び付けてみる。即ち、あの撥形鶴嘴《ビーター》の柄先の奇妙な穴を思い出すのです。そして、ひとまず犯人は一人であるとし、その一人の犯人が、二人の殺害に当って必ず為さなければならなかったであろう筈のカラクリ即ち兇器の特殊な使用方法に就いて、今迄ずっと考え続けていたのです。で、その結果に就いて申上げる前に、一寸駅の方《かた》に御注意して置きますが、犯人は、一人で而《しか》も機関車がこの地点へ来て停車した時に殺害の目的で乗込んだと同様に、犯行後、再びこの場で機関車から離れたのです。つまり、――タンク機関車73号が、西方へ向ってこの地点を急速度で発車した時には、既に犯人は73号に乗っていなかったのです」

すると、今迄黙って喬介の説明を聞いていた助役が、急に吹き出しながら、

「そ、そんな馬鹿な事はない。若《も》しもそうだとすれば、機関車は独りで疾走《はし》って行った事になる――。と、とんでもない事だ！」

そして心持顎を突出し、眼玉を大きく見開いて、一寸喬介を軽蔑する様にして見せた。が、その顔色は、恐ろしく蒼褪めていた。

四

駅長も、助役と同じ様に喬介の言葉には驚いたらしく、ひどく心配そうに蒼白い顔をして、亀の子の様に大きなオーバーの中へ首や手足をすくめる様にしていたが、間もなく本屋の方へ歩いて行った。喬介は、一向平気に極めて冷淡な語調で、再び助役へ向った。

「時に、当駅に、73号と同じ形式の機関車はありませんか？」

すると助役は、一寸不機嫌想《そう》に、

「ええ、そりゃあ、仕別《しわけ》線路の方には二輛程来ていますがね。……一体何ですか？」

「実地検証です。是非、一輛貸して頂きたいです。この一番線へ当時の73号と同じ方向に寄越して下さい」

で、助役はケテン顔をしながら出掛けて行った。

間もなく、2400形式のタンク機関車が、汽筩《シリンダー》から激しい蒸気を洩し、喞子桿《ピストン・ロッド》や曲柄《クランク》をガチンガチン鳴らしながら、下り一番線上を西に向って私達の前迄やって来た。そこで喬介の指図に従って、路面上の血の滴列の起点の上へ、恰度操縦室《キャップ》の降口《おりぐち》の床の端が来る位置に機関車が止ると、喬介は、給水タンクの線路側の梯子を真中頃迄登って行って、其処にタンクの横ッ腹から突出している径一糎《センチ》長さ〇・六米《メートル》程の鉄棒を指差しながら、下を振向いて助役へ言った。

「これは何ですか？」

「あ、それは、いま貴下《あなた》の前に、タンクの開弁装置へ続く長い鎖が下っているでしょう。その鎖の支棒として以前用いられたものです」

「成程。処で、序《ついで》にひとつ、その撥形鶴嘴《ビーター》を取って呉れませんか」

で、助役は、顫えながら、その通りにした。

喬介は撥形鶴嘴《ビーター》を受取ると、その柄先の穴を、例の鉄棒の尖《さき》に充行《あてが》ってグッと押えた。するとスッポリ塡《ふさが》って、撥形鶴嘴《ビーター》は鉄棒へぶら下った。と喬介は、今度は少しずつ梯子を登りながら、撥形鶴嘴《ビーター》の柄を持って先の穴を中心に廻転させ、軈《やが》てそれが刃を上にして殆ど垂直に近く

立つ処迄やると、恰度其処に出ているもう一本別の錆《さび》た鉄の支棒の尖《さき》に、その柄元を一寸引掛けた。そして最後に、開弁装置へ続く鎖の恰度第二の鉄棒に当る位置に縛りつけてある太い、短い、妙に曲った針金を、同じ鉄棒の中頃へ引っ掛けた。

それ等の装置が終ると、喬介は梯子を降りて来て、今度は、規定の位置に停車している機関車の操縦室《キャップ》へ乗り込み、そこから投炭用のスコップを持ち出すと、地面へは降りずに汽罐側のサイド・タンクに沿って、框《フレーム》の上を給水タンクの梯子と向合う処迄歩くと、ウンと力んで片足を給水タンクの足場へ掛け、機関車と給水タンクとの間へ大の字に跨《また》がった。

「さて、此れから始めます。先ず私を、この事件に於ける不幸な第一の被害者、土屋良平君と仮定します。そして、タンク機関車73号に給水する為め、土屋君は頭上に恐るべき装置があるとも知らず、この通りの姿勢を執《と》って、ここにぶら下っているこのズック製の呑口《スパウト》を、こちらの機関車のサイド・タンクの潜口《マンホール》へ向けて充行《あてが》い、給水タンクの開弁を促す為めに右掌《て》でこの鎖を握り締めて、この通りグイと強く引張ります――」

喬介は本当に鎖を引張った。すると撥形鶴嘴《ビーター》は恐ろしい勢で、柄先を中心に半円を空に描きながら、喬介の後頭部めがけて落ちて来た。と、喬介は素速く上体を捻って、左手に持っていたスコップを、恰度頭の位置へ差出した。

ジーン――鋭く響いて、スコップは私達の前へ弾き落された。私達は一様にホッとした。

……

軈《やが》て、見事に検証を終えた喬介が、機関車を帰して、両手の塵を払いながら私達の側へ戻って来ると、チョビ髭の助役が、顫え声で、すかさず問い掛けた。

「じゃあ一体、貴方《あなた》のお説に従うと、犯人は何処から来たのです。道がないじゃあないですか？」

「ありますとも」

「ど、どこです？」

するとと喬介は上の方を指差しながら、

「この給水タンクの屋根からです。ほら、御覧なさい。少し身軽な男だったら、給水タンク、石炭パイル、ランプ室、それから貨物ホーム——と、屋根続きに何処迄も歩いて行けるじゃないですか⁉」

——私は驚いた。喬介に言われて始めてそれと気付いたのだが、四つの建物は、高さこそ各各三四尺ずつ違うが偶然にも一列に密接していて、薄暗い構内に、丸で巨大な貨物列車が停車したかの如く、長々と横《よこた》わっている。成程これでは、私だって歩いて行けそうだ。

「処で、犯行前には、雪が降っていたのでしたね」

そう言って喬介は、給水タンクの梯子を登り始めた。で、司法主任と助役は本線側の梯子を、私は喬介と同じ一番線側の梯子を、それぞれ喬介の後に従って登って行った。

直ぐに私達は、地面から二十呎《フイート》とないその頂に達した。そして其処の鈍い円錐形の鉄蓋《やね》の上の、軽く積った粉雪の表面へ、無数に押し着けられた儘の大きな足跡や、掌《て》の跡や、はては撥形鶴嘴《ビーター》を置いたり引摺ったりしたらしい乱雑な跡などを発見した。

喬介は直《ただち》に鉄蓋《やね》の上へ匐《は》い上った。――実際こんな処では、匐っていなければ墜ちて了う――そして、その上の無数の跡に就いて調べ始めた。

向うの梯子の上では、司法主任と並んで、興奮した助役が、唇を噛み締めながら喬介の仕草を見ていたが、到頭堪え兼ねた様に、

「じゃあ、は、犯人は茲《ここ》から梯子伝いに機関車へ乗り移り、犯行後その儘機関車で走り去ったに違いない。ね、走り去ったんでしょう？」

すると喬介は笑いながら、

「何故貴下は、いつ迄もそんな風に解釈したがるんですか？　ほら、これを御覧なさい。この足跡は、石炭堆積台《パイル》の上にうず高く積み上げられた石炭の山から上って来て、こちらの一番線側の梯子口へ来ていると同時に、逆に、再び戻っているじゃないですか？」

助役は、血走った眼で喬介の指差す方を追っていたが、軈《やが》てぶるぶる顫い出すと、あわてて腕時計を覗き込んだ。そして顫える声で、

「失敗《しま》った！……大変なことになったぞ……」

そう言ってそのまま蒼くなって、大急ぎで梯子を降りて行った。そして、保線係やH機関庫主任等を捕えて、乗務員なしで疾走し去った73号機関車が、その閉塞区間の終点であるN駅

で、既に、当然惹き起したであろう恐るべき事故。そして又、その為めに一体どんな責任問題が起るか――等々に就いて大騒ぎを始めた。

五

一方、鉄蓋《やね》の上の足跡を一心に調べていた喬介は、軈《やが》て私と司法主任に向って、

「じゃあ、犯行の大体の径路を、僕の想像に従って、話して見よう。――先ず、撥形鶴嘴《ビーター》を持った犯人は、あの貨物ホームの屋根から、ランプ室、貯炭パイルを伝って此処へやって来ると、先刻《さっき》の実験通り撥形鶴嘴《ビーター》に依る殺人装置を施して、蝙蝠《こうもり》の様にその梯子の中途にへバリ着きながら73号のやって来るのを待っていたのだ。軈《やが》て機関車が着くと、素速く梯子から機関車の框《フレーム》へ飛び移って、乗務員に発見されない様に、汽罐の前方を廻って反対側の框《フレーム》に匐《は》いつくばっていたに違いない。一方、機関助手の土屋良平は、そんな事も知らずに給水作業に取掛る。そして、あの恐ろしい機構《からくり》に引掛って路面の上へ俯伏《うつぶせ》にぶっ倒れる。すると操縦室《キャップ》にいた井上順三が、何事ならんと驚いて、操縦室《キャップ》の横窓から、半身を乗出す様にして覗き込む。と、そうだ。恰度その時を狙って、反対側の框《フレーム》に蹲《うずくま》っていた犯人は、素早く操縦室《キャップ》に飛び込むと、井上順三の背後から、鋭利な短刀様の兇器で、力任せに突刺したんだ。――」

すると今迄黙って聞いていた司法主任が急に眉を顰《ひそ》めて、

「じゃあ、つまり貴方は、機関車を動かしたのは、犯人だ、と仰有《おつしや》るんですね？」

「無論そうです。この場合、犯人以外には機関車を動かす事は出来なかった筈です。――従って犯人は、操縦技術を知ってる男で、犯行後再び機関車からこちらの梯子へ飛び移る前に、素速く発車梃《てこ》を起し、加速装置《アクセンレーター》を最高速度に固定したに違いありません。そして給水タンクから貨物ホームへ、屋根伝いに逃げ去りながら、撥形鶴嘴《ビーター》をパイルとランプ室の間へ投げ捨てて行ったのです。一方、操縦室《キャップ》の床に倒れていた井上順三の屍体は、機関車の加速度と、曲線《カーブ》に於ける遠心力の法則に従って、あの通りに投げ出されます。だが、茲《ここ》で問題になるのは、何故犯人は、犯行後機関車を発車させたか？　と言う点です。が、この最後の疑問を突込む前に、僕は、いまひとつ、新しい発見を紹介しよう」と、それから喬介は明かに興奮を浮べた語調で、

「この鉄蓋《やね》の上を見給え。いま吾々がこうしていると同じ様に、犯人も、必ず此処の上では匐《は》って歩いたのです。そして而《しか》も、あの重い撥形鶴嘴《ビーター》は、この通り、自分より少しずつ先へ投げ出す様にして運びながら匐進《ふくしん》したのです。それにも不拘《かかわらず》、どうです、犯人の掌《て》の跡は、右掌《て》だけで、何処を見ても左掌《て》の跡はひとつも無いじゃあないですか。――つまり、犯人は、右手片腕の男です！」

　そして、吃驚《びつくり》している私達を尻眼に掛けながら、喬介はタンクの梯子を降りて行った。そして其処で騒いでいた助役を捕えると、

「当駅の関係者で、左手の無い片腕の男があるでしょう？」

「ええッ！——片腕の男⁉」

助役は、急にサッと顔色を変えると、物に怖《おじ》けた様に眼を引きつけて、ガクガク顫えながら暫く口も利けなかった。が、軈《やが》て、

「あ、あります」

「誰れですか？」と、喬介は軽く笑いながら、「——それは、多分……」

すると助役は、不意に声を落して、

「え、え、駅長です」

——私は驚いた。

そして、満足そうに煙草に火を点けている喬介を、いっそ憎々しく思った。が、流石《さすが》は司法主任だ。直《ただち》に彼は、数名の部下を督励して本屋の駅長室へ馳けつけて行った。が——、間もなく司法主任は、興奮しながら飛び帰ると、

「手遅れです。駅長は短刀で自殺しました！」

「自殺⁉——失敗《しま》った」

今度は喬介も一寸驚いた。

可哀想な助役は、機関庫主任と一緒に、飛ぶ様にして本屋の方へ馳けつけて行った。

私は、驚きながらも、喬介の興奮の静まるのを待って、この殺人事件の動機に就いて、訊ね

て見た。すると喬介は、重々しく、

「多分、――復讐だよ」

と、それなり黙って了った。

恰度その時、助役と機関庫主任が、一層興奮してやって来た。そして助役は喬介へ、

「私は、気狂いになりそうだ！――兎も角、運搬車《モーター・カー》へ乗って下さい。只今、N駅からの電信に依ると、疾《とっ》くの昔に着いて、と言うよりも、そこで恐るべき衝突事故を起してる筈の73号が、まだ不着だそうです！……事故は、途中の線路上で起ったのだ！」

で、私達は、早速二番線に置かれてあった無蓋の小さな運搬車《モーター・カー》へ乗込んだ。軈《やが》て線路の上を、ひと塊の興奮が風を切って疾走し始めた。が、駅の西端の大きな曲線《カーブ》の終りに近く、第二の屍体が警官の一人に依って見張られている地点迄来ると、急に喬介は立上って車を止めさした。そして助役へ、

「73号は、此処の亙り線を経て、下り一番線から下り本線へ移行する筈だったんですか？」

「そうですとも。そして、勿論そうしたに違いないです」

すると喬介は笑いながら、

「処が73号は、この亙り線を経て本線へ移ってはいないのです！――この屍体の位置を御覧なさい。若《も》しも73号が、この亙り線へ移ったのであったならば、遠心力の法則が覆えされない限り、屍体はカーブの内側、即ちこの転轍器《ポイント》の西方へ振落される事は絶対にないのです。そ

して、何よりも先ず、こちらの一番線の延長線上を見て下さい。ほら、亙り線と違って、雪が積っていないじゃあないですか！——兎に角駅長の仕事です。転轍器《ポイント》の聯動《れんどう》装置位楽《らく》に胡魔化せますよ。処で、この先の線路は、何になっていますか？」

「車止めのある避難側線です。——尤も途中の転轍器《ポイント》に依って、三哩《マイル》先の廃港へ続く臨港線に結ばれていますが」

「ふむ。兎に角、出掛けて見ましょう」

そこで転轍器《ポイント》が切換えられると、私達を乗せた運搬車《モーター・カー》は再び疾走《はし》り出した。そして、雪の積っていない軌条を追い求める様にして、もうひとつの達磨転轍器《だるまポイント》を切換えた私達は、到頭臨港線の赤錆た六十五封度《ポンド》軌条の上へ疾走《はし》り出た。

もう風も静まって大分白み掛けた薄闇の中を、フル・スピードで疾走《はし》り続けながら、落ついた調子で、喬介は助役へ言った。

「これで、大体この事件もケリがつきました。で、最後にひとつお尋ねしますが、駅長が片腕になられたのは、いつ頃の事でしたか？」

「半年程前の事です。——何でもあれは、入換作業を監督している際に、誤って機関車に喰われたのです」

「ふむ。では、その機関車の番号を、覚えておりますか？」

するど助役は、首を傾げて、一寸記憶を呼び起す様にしていたが、急にハッとなると、見る

見る顔を引き歪めながら、低い、嗄《しゃ》がれた声で、呻《うめ》く様に、
「ああ。——2400形式・73号だ！」

それから数分の後——
荒れ果てた廃港の、線路のある突堤埠頭《ピャー》の先端に、朝の微光を背に受けて、凝然と立竦《たちすく》んでいた私達の眼の前には、片腕の駅長の復讐を受けた73号を深々と呑み込んだドス黒い海が、機関車の断末魔の吐息に泡立ちながら、七色に輝く機械油を、当《あて》もなく広々と漂わしていた。

（〈新青年〉昭和九年一月号）

石塀幽霊

石塀幽霊
大阪圭吉

一

秋森《あきもり》家というのは、吉田雄太郎《よしだゆうたろう》君のいるN町のアパートのすぐ西隣にある相当に宏《ひろ》い南向きの屋敷であるが、それは随分と古めかしいもので処まんだらにウメノキゴケの生えた灰色の甍《いらか》は、アパートのどの窓からも殆んど覗《うかが》う事の出来ない程に鬱蒼たる櫟《くぬぎ》や赤樫《あかがし》の雑木林にむっちりと包まれ、そしてその古屋敷の周囲は、ここばかりは今年の冬に新しく改修されたたっぷり一丈はあろうと思われる高い頑丈な石塀にケバケバしくとりまかれていた。屋敷の表はアパートの前を東西に通ずる閑静な六間《けん》道路を隔てて約三百坪程の東西に細長い空地があり、雑草に荒らされたその空地の南は、白い石を切り断ったような十数丈の断崖になっていた。

吉田雄太郎君は此処へ越して来た時から、この秋森家の古屋敷に何故か軽い興味を覚えていた。雄太郎君の抱いた興味というのは、只この屋敷の外貌についてだけではなく、主としてこの古屋敷に住む秋森家の家族を中心としてのものであった。全く、雄太郎君がこのアパートへ越して来てからもう殆んど半歳になるのだが、時たま裏通りに面した石塀の西の端にある勝手口で女中らしい若い女を見かけた以外には、まだ一度も秋森家の家族らしき者を見たこともなければ、またその古びた高い木の門の開かれたことをさえ見たことはなかった。要するに秋森家の家族というのは陰鬱で交際がなく、雄太郎君の考えに従えば、まるで世間から忘れられたように、この山の手の静かな丘の上に置き捨てられていたのだった。尤も時たま耳にした人の噂によれば、なんでもこの秋森家の主人というのはもう六十を越した老人で、家族と云えばこの老主人とまだ独身でいる二人の息子との三人で、これに中年の差配人とその妻の家政婦、並びに一二名の女中を加えたものがこの宏い屋敷の中で暮しているということだった。が、そんな報告をした人でさえ、その老主人と二人の息子を見たことはないと云っている。ところが、突然この秋森家を舞台にして、至極不可解きわまる奇怪な事件が持ちあがった。そしてふとしたことから雄太郎君は、身を以てその渦中に巻きこまれてしまったのだ。

それは蒸しかえるような真夏の或る日曜日のことだった。午後の二時半に、一寸した要件で国元への手紙を書き終えた雄太郎君は、恰度この時刻にきまっていつものように郵便屋が、アパートの前のポストへ第二回目の廻集に来ることを思い出して、アパートを出て行った。習慣というものは恐ろしいもので、雄太郎君の予想通り実直な老配達夫は、もうポストの前へ屈みこんで取出口にガチャガチャと鍵をあてがっていた。そこで雄太郎君は彼の側に歩みよって一寸挨拶をし、郵便物を渡して、さてそれから、じっとり汗に濡れた老配達夫の皺の多い横顔を見ながら、暑いなア、と思った。――断って置くが、この附近は山の手のうちでも殊に閑静な地帯で、平常でも余り人通りはないのであるが特にその日は暑かった為めか、表の六間道路は真っ昼間だというのに猫の子一匹も通らず、さんさんと降りそそぐ白日の下にまるで水を打ったような静けさであった。その静寂のなかで不意に惨劇がもちあがったのだ。

始め、雄太郎君と集配人の二人は、西隣の秋森家の表門の方角に当って低い鋭い得《え》も云われぬ叫び声を耳にした。期せずして二人はその方角へ視線を投げた。すると二人の立っているポストの地点から約三十間ほど隔った秋森家の表門のすぐ前を、なにか黒い大きな塊を飛び越えるようにして、白い浴衣を着た二人の男が、横に並んで、高い頑丈な石塀沿いに雄太郎君達の立っているのと反対の方向へ、互に体をすりつけんばかりにして転がるように馳け出していった。が、次の瞬間もう二人の姿は、道路と共に緩やかな弧を描いて北側へカーブしている、秋森家の長い石塀の蔭に隠れて、そのまま見えなくなってしまった。——全く不意のことではあったし、約三十間も離れていたので、その二人がどんな男か知るよしもなかったが、二人とも全然同じような体格で、同じような白い浴衣に黒い兵児《へこ》帯を締めていたことは確かだ。雄太郎君は軽い眩暈《めまい》を覚えて思わず側のポストへよろけかかった。が、カンカンに灼けついていたポストの鉄の肌にハッとなって気をとりなおした時には、もう老配達夫は秋森家の表門へ向って馳け出していた。雄太郎君も直ぐにその後を追った。けれども二人が表門に達した時にはもう二人の怪しげな男の姿はどこにも見当らなかった。黒い大きな塊に見えたのは案にたがわず這うようにして俯向きに崩打《たお》れたまま虫の息になっている被害者の姿だった。見るからに頸の白い中年の婦人だ。鋪道の上にはもう赤いものが流れ始めている。郵便屋はすっかり狼狽し屈み腰になって女を抱きおこしながら雄太郎君へあちらを追え！　と顎をしゃくってみせた。

秋森家の表を緩やかな弧を描いてカーブしている一本道の六間道路は、秋森家の石塀の西端からその石塀と共にグッと北側へ折曲っている。　雄太

郎君は夢中でその右曲りの角へ馳けつけると、体を躍らすようにして向うの長い道路をのぞき込んだ。その道路の右側は秋森家の長い石塀だ。左側は某男爵邸の裏に当る同じような長い高い煉瓦塀だ。恐らく隠れ場所とてない一本道――。だが、犯人はいない！

犯人の代りに通りの向うから、一見何処かの外交員らしい洋服の男がたった一人、手に黒革のカバンを提げてやって来る。雄太郎君は馳けよると、すかさず訊ねた。

「いまこの道で、白い浴衣を着た二人の男に逢いませんでしたか？」

「………」男は呆気にとられ瞬間黙ったまま立竦《たちすく》んでいたが、意外にも、すぐに強く首を横に振りながら、

「そんな男は見ませんでした。……なにか、あったんですか？」

「そいつア困った」と雄太郎君は明かにどぎまぎしながら投げ出すように、「いま、この秋森さんの門前で人殺し……」

「なんですって！」男は見る見る顔色を変えて「人殺しですって！　いったい、誰が殺《や》られたんです？」と引返す雄太郎君に並んで馳けだしながら、とぎれとぎれに云った。

「私は、この秋森の差配人で、戸川弥市《とがわやいち》って者です」

けれどもすぐに石塀を折曲って秋森家の門前が見えると、二人はそのまま黙って馳け続けた。そして間もなく郵便屋に抱き起されて胸の傷口へハンカチを押当られたまままもうガックリなっている女を見ると、洋服の男は飛びかかるようにして、

「あ、そめ子！」

と、そしてものに憑かれたように辺りをキョロキョロ見廻しながら、

「……こ、これは私の家内です……」

そう云ってべったり坐り込んで了った。

曲角《まがりかど》の向うから、気狂いじみたチンドン屋の馬鹿騒ぎが、チチチンチチチンと聞えて来た。

二

それから数分の後。N町の交番だ。

新米の蜂須賀《はちすか》巡査は、炎熱の中に睡魔と戦いながら、流石《さすが》にボンヤリ立っていた。

そこへ一人のチンドン屋が、背中へ「カフェー・ルパン」などと書いた看板を背負い、腹の上に鐘や太鼓を抱えたまま息急《いきせき》切って馳け込んで来ると、いま秋森家の前を通りかかったところが、恐ろしい殺人事件が起きあがっていた事、死人の側には三人の男がついていたが、ひどく狼狽している様子だったので、取りあえず自分が知らせに来た事、などを手短に喋り立てた。

殺人事件！　蜂須賀巡査は電気に打たれたようにキッとなった。時計を見る。三時十分前だ。取りあえず所轄署へ電話で報告をすると、そのまま大急ぎでチンドン屋を従えて馳けだした。

現場には、もう例の三人の他に、秋森家の女中やその他数人の弥次馬が集っていた。蜂須賀巡査の顔を見ると、いままで弥次馬共を制していた雄太郎君が進み出て、被害者の倒れていた地点から約五間程西へ隔った塀沿いの路上から拾い上げたと云う、血にまみれたひとふりの短刀を提供した。

蜂須賀巡査は早速証人の下調べに移った。

「……じゃあ、つまりなんだね……吉田君がこちらから、その浴衣を着た二人の男を追って行く。向うから戸川さんがやって来る。ふむ、つまり、挟撃《はさみう》ちだ。而《しか》も道路は、一本道！……ところが、犯人はいない？……すると……」

蜂須賀巡査は眉根に皺を寄せ下唇を噛みながら、道路の長さを追い始めた。が、やがてその視線が、秋森家の石塀の、曲角に近い西の端に切抜かれた勝手口の小門にぶつかると、じっと動かなくなってしまった。が、間もなく振り返ると、微笑を浮べながら二人の証人を等分に見較べるようにした。勿論雄太郎君も戸川差配人も、すぐに蜂須賀巡査の意中を悟って大きく頷いた。

「困ったことですが」と差配人の戸川が顔を曇らしながら云った。「どうも其処より他に抜け口はございません」

そこで蜂須賀巡査は意気込んで馳けだし、勝手口の扉《と》をあけて屋敷の中へ這入って行った。が、やがてその扉口《とぐち》から顔を出すと、勝誇ったように云った。

「ふむ。図星だ。足跡がある！」

恰度この時、司法主任を先頭にして物々しい警察官の一隊が到着した。蜂須賀巡査は、雄太郎君の提供した証拠物件に添えて、下調べの顚末を誇らしげに報告した。そして間もなく証人の再度の訊問が始められた。被害者は秋森家の家政婦で、差配人戸川弥市の妻そめ子。兇行に関しては雄太郎君と郵便屋との二人の目撃者があったし、死因が単純明瞭で一目刺殺である事は疑いない事実と判定された為め、女の死体は間もなく却下になった。そして雄太郎君と郵便屋と戸川差配人との三人の証言の結果、司法主任は蜂須賀巡査の発見した例の足跡の調査に移った。

まず勝手門を開けて屋敷内へ這入る。五間程隔って正面に台所口がある。左は折曲った石塀の内側。右は宏い前庭の植込を透《とお》して、向うに母屋が見える。日中の暑さで水を撒くと見えて、地面は一様に僅かながら湿りを含んでいる。勝手門と台所との間には、御用聞《ごようきき》やこの家の使用人達のものであろう、靴跡やフェルト草履《ぞうり》の跡が重なるようにしてついている。蜂須賀巡査の発見《みつ》けた足跡はこの勝手門からすぐに右へ折れて、前庭の植込から母屋へ続く地面の上に点々と続いている。庭下駄の跡だ。非常に沢山ついている。

調査の結果、大体その庭下駄の跡は、四本の線をなしている事が判った。つまり、二人の人間が、庭下駄を履いてこの間を往復したことになる。すると、外から這入って、外へ帰ったのか？　内から出て内へ帰ったのか？　けれどもこのような疑問は、庭下駄と云う前後の区別のハッキリした特殊な足跡が解いて呉れる。そして間もなく母屋の縁先の沓《くつ》脱ぎで、地面に残された跡とピッタリ一致する二足の庭下駄が発見《みつ》けられた。

秋森家の家族が怪しい。

警官達は俄然色めき立った。司法主任は、蜂須賀巡査を足跡の監視に残すと、母屋の縁先へ本部を移して、雄太郎君、郵便屋、戸川差配人の三人立会の下に、いよいよ秋森家の家族の調査にとりかかった。

老主人の秋森辰造《たつぞう》は、動くことの出来ない病気で訊問に応じ兼ねると申しでた。そしてその病気については差配人や女中の証言が出たので、司法主任は二人の息子を呼び出した。ところが、出て来た二人の男を一目見た瞬間に、雄太郎君と郵便屋は真っ蒼になった。

　二人の息子は、体格と云い容貌と云いまるで瓜二つで、二人とも同じような白い蚊飛白《かがすり》の浴衣を着、同じような黒い錦紗《きんしゃ》の兵児帯を締めている。名前は宏《ひろし》に実《みのる》、年齢《とし》は二人とも二十八歳。

——明かに双生児《ふたご》だ。

　一瞬、人々の間には気不味《まず》い沈黙が漲《みなぎ》った。が、すぐに郵便屋が、堪えかねたように顫える声で叫んだ。

「こ、この人達に、違いありません」

　そこで司法主任は、一段と厳重な追求をはじめた。ところが秋森家の双生《ふた》児《ご》は、二人ともつい今しがたまで裏庭の藤棚の下で午睡《ひるね》をしていたので、なにがなんだかサッパリ判らんと答え、犯行に関しては頭から否定した。前庭などへ出たこともない、とさえ云った。

そこで二人の女中が改めて呼び出された。ところがナツと呼ぶ歳上のほうの女中は、老主人の係りで殆んど奥の離れにばかりいたから、母屋のことは少しも判らないと答え、キミと呼ぶ若いほうの女中は、二人の若旦那が藤棚の下で午睡《ひるね》をしていられたのは確かだが、実は自分もそれから一時間程午睡《ひるね》した事、尚事件の起きあがる少し前頃に何処からか電話がかかって来て、家政婦のそめ子が留守を頼んで出て行ったが、何分夢うつつでボンヤリ寝過してしまい申訳もありませんと答えた。

　このように女中の証言によっても、双生児《ふたご》の現場不在証明《アリバイ》は極めて不完全なものであったし、何よりも悪いことには、訊問が被害者の戸川そめ子の問題に触れる度に、双生児《ふたご》は何故か妙に眼をきょとつかせたり臆病そうに口籠ったりした。この事は明かに係官の心証を損ねた。そして司法主任は、双生児《ふたご》の指紋と、押収した兇器の柄に残された指紋との照合による最後の決定を下すために、警視庁の鑑識課へ向けて部下の一人を急がした。

三

さて、一方足跡の番人を仰せつかった新米の蜂須賀巡査は、奉職してから初めての殺人事件に、もう一番手柄を立てたかと思うと、内心少からぬ満足で、こうなるとそろそろ商売は可愛らしく、後手を組んで盛んに合点しながら、足跡の線をあちらへブラリこちらへブラリと歩き廻っていた。

こうして研究してみると、足跡などもなかなか面白い。例えば——、蜂須賀巡査は勝手口の小門の近くに屈み込んで、庭下駄の跡に踏みつけられた一枚の桃色の散広告《ちらし》を見ながら考えた。——例えば、この広告ビラは、小門の方を向いた庭下駄の跡に踏みつけられているのだから、庭下駄の主が庭の植込から出て来て、この小門を脱け出て行く際に踏みつけられたものに違いない。——ふむ。カフェーの広告だな。ルパン……ルパン？　はて、聞いたことのある名だぞ？……

　何に気づいたのか、急に蜂須賀巡査は立ちあがった。そして額口に激しい困惑の色を浮べながら、暫くじっと立止っていたが、やがて訊問をすまして台所へ出て来た女中のキミを見ると、歩みよって声をかけた。

「君。ちょっと訊くがね。この家へは、新聞や散広告《ちらし》は、どこから入れるかね？」

「え、新聞？」と彼女は体を起してエプロンで手を拭きながら「新聞は、その小門を開けて、台所《ここ》まで届けて呉れますわ。郵便もね。でも、広告などは、その小門を一寸開けて、そこから投げ込んで行きますが」

「成る程。有難う」

　蜂須賀巡査は大きく頷いた。けれどもその顔色は見る見る蒼褪め、額口には一層激しい困惑の色を浮べて今までの元気はどこへやら、下唇を堅く噛みしめながら、顫える指先で盛んに顳《こめ》顬《かみ》のあたりをトントンと軽く叩きながら、塑像のように立竦《たちすく》んでしまった。

　――妙だ……つまりここから、散広告《ちらし》が投げこまれる……それから犯人が女を殺しに出かける途中で、投げこまれたこの広告を踏みつける……それでいいか？　それでいいのかナ？……駄目駄目。サッパリ理窟が合わんぞ！　蜂須賀巡査は頻《しき》りに苦吟しはじめた。

　するとそこへ、取調べを終った司法主任の一行が、宏と実の双生児《ふたご》を引立てて意気揚々と出かけて来た。蜂須賀巡査は急にうろたえはじめた。そしてどぎまぎした調子で司法主任へ云った。

「待って下さい。ちょっと疑問があるんです」

「なんだって？」司法主任は乗り出した。「疑問？　冗談じゃあない。随分ハッキリしてるぜ。鑑識課から電話があったんだ。兇器の柄の指紋と、秋森宏の指紋がピッタリ一致しているんだ！」

――蜂須賀巡査は、手もなく引退《ひきさが》った。

やがて一行は引揚げて行った。そして秋森家の双生児《ふたご》は殆んど決定的な犯人として警察署へ収容され、事件は一段の落着を見せはじめた。

ところが、虫がおさまらないのは蜂須賀巡査だ。夕方の交代時間が来て非番になると、相変らず悶々と考え続けながら秋森家へやって来た。そして勝手口の例の場所で、先刻《さっき》の女中に立会って貰うと、庭下駄の跡に踏みつけられた広告ビラの前へ屈み込んで、もう一度改めて考えはじめた。

――「カフェー・ルパン」の広告ビラ。これは確かにあのチンドン屋の撒き捨てていったものに違いない。すると、この広告ビラが先に投げ込まれたのか？　それとも二人の犯人が先にここを通ったのか？……けれども目前の事実はビラが先に投げ込まれて、その後から二人の犯人が出て来て、庭下駄で知らずにビラを踏みつけた、としか解釈出来ない。そうだ。この事実に間違いはない。すると……すると、チンドン屋は、犯人がこの小門を出て行く前に、つまり惨劇の起きるより先に、この門前を通ったことになる……それでいいか？　それでいいのか？……駄目駄目。チンドン屋は、事件の後から通った筈だ。……まるで理窟になっとらん！

蜂須賀巡査は苛立たしげに立上った。

——そうだ。兎に角、一度チンドン屋に当ってみよう。そしてあのチンドン屋が、ひょっと犯行の前にも此処を通ったかどうか？　まずあり得ない筈だが、念のために確かめてみよう。

そこで蜂須賀巡査は秋森家を出て、石塀沿いに東の方へ歩きだした。

——若《も》しも、思った通りチンドン屋が、犯行後にビラを投げ込んだのが確かであったなら……あの犯人の足跡は……そうだ。恐ろしい罠だ。恐ろしい詭計だ……。

蜂須賀巡査は、考え考え歩き続けた。ところが、茲《ここ》ではからずも蜂須賀巡査は、またしてもひとつの不可解な問題にぶつかってしまった。

恰度秋森家の表門の前の犯行の現場まで来ると、何に驚いたのか蜂須賀巡査は不意に立停ってしまった。そしてじっと前方を見詰めたまま、頻りに首を傾げ始めた。が、やがていまいましそうに舌打すると、少からず取乱れた足取で大股に歩き始めた。そしてアパートの前まで来ると、さっさと玄関へ飛び込んで、受付へ、

「吉田雄太郎君を呼んで呉れ給え」

と云った。

訊問の立会で神経がくたくたに疲れてしまった雄太郎君は、自分の室で思わずうつらうつら

していたが、吃驚《びっくり》して飛び起きると大急ぎで階段を降りて来た。そして蜂須賀巡査の顔を見ると、

「また何か起ったんですか？」

「いや、なんでもありませんが、一寸貴方《あなた》に訊き度い事があるんです。済みませんが、一寸そこまで」

そう云ってもう歩き出した。

「いったい何です？」

雄太郎君は蜂須賀巡査の後に従いながら、急きこんで尋ねた。けれども蜂須賀巡査は、そのままものも云わずに歩き続け、やがて秋森家の表門の前まで来て鋪道の上の先刻《さっき》の処に立停ると、振返っていきなり云った。

「いま、私達の立っている処が、現場、つまり被害者の倒れていた処でしょう？」

雄太郎君は、この突飛もない判りきった質問に思わずギョッとなった。そして顫えながら大きく頷くと、蜂須賀巡査は、今度は探るような眼頭《めがしら》で雄太郎君を見詰めながら、

「僕は、君を、真面目な証人として信じているが、君はあの時確かに、アパートの前のポストのすぐ側に立っていて、此処に被害者の倒れていたのを見たと云ったね？」

「そうです」雄太郎君は思わず急きこんで、「嘘と思われるなら、郵便屋にも訊いて下さい」

「ふん、成る程。すると、此処から向うを見れば、鋪道の縁に立っているそのポストは、当然

見えなければならない筈だね？……どうです。ポストが見えますか？……」

　雄太郎君は途端に蒼くなった。ナンと雄太郎君の視線の届くところ、そこにはポストの寸影すら見えないではないか！　ポストより数間手前にある筈の街燈が、青白い光を、夕暗《ゆうやみ》の中へボンヤリと投げかけている以外には、大きくカーブしている高い石塀の蔭になって、まるで呑まれたようにポストの影は見えないではないか！

　蜂須賀巡査は、雄太郎君の肩に手をかけながら、顫える声でいった。

「君、いったいこれは、どうしたと云うのだ！」

四

　そんなわけですっかりあがってしまい、その晩殆んど一睡もせずに考え続けてしまった雄太郎君は、けれども翌朝早くから蜂須賀巡査に叩き起されると、ひどく不機嫌に着物を着換えて部屋を出た。

「一寸手伝って貰いたいんですがね」と階段を降りながら、急に親しげな調子で新米巡査は口を切った。「昨晩は、僕だって少しも眠れなかったです。あれから僕は、一晩中飲んだくれのチンドン屋を探し廻ったんですよ。その結果、これはまだ内密《ないしょ》の話なんだが、大変な発見をしたんです。……つまり、犯行の暫く後にあそこを通ったチンドン屋の広告ビラを、二人の犯人が、例の庭下駄で踏みつけているんです。だから、ね、君。あの庭下駄の跡は、二人の真犯人が犯行の際につけたものではなくて、あれは、犯行の後から、故意に、あの双生児《ふたご》を陥し入れるためにつけられた、恐ろしい詭計《トリック》なんですよ。真犯人は、誰だかまだ判らないが、兎に角、あの秋森家の双生児《ふたご》は、決して真犯人ではないね！」

　そしてアパートを出ながら、驚いている雄太郎君には構わずに、急に憂鬱になりながら、

「ところが、署では、僕の意見など、てんで問題にされないですよ……証人はあるし、証拠は挙がっているし、それになによりも悪いことには、その後取調べの結果、あの双生児《ふたご》の二人と殺された家政婦との間に、醜関係のあった事がばれたんです。一寸驚いたですね。殺された女が、報酬を受けてそんな関係を持っていたのか、それとも、女自身の物好きな慾情から結ばれたものか、いずれにしても、その醜関係が有力な犯罪の動機にされたんです。そこへもって来て、ほら、昨晩のあれでしょう。全く腐っちまうね……だが僕は、こんなところで行詰りたくない」

　やがて秋森家の門前へつくと、蜂須賀巡査はポケットから大きな巻尺を取り出し、雄太郎君に手伝わして、昨晩のあの石塀の奇蹟に就いての最も正確な測量を始めた。けれどもいくら試みても、ポストの処から、被害者の倒れていた地点は、緩やかにカーブしている石塀に隠れて見えない。同様に、被害者の倒れていた処からも、ポストは見えない。蜂須賀巡査は、とうと

う巻尺を投げ出して云った。

「吉田君。もう一度だけ訊くが、これが最後だから、どうか僕を助けると思って、頼むから正直に云って呉れ給え。ね。君は確かに、あの郵便屋と二人で、このポストの直ぐ側に立っていて、犯行の現場を見たんだね？」

雄太郎君は、この執拗きわまる蜂須賀巡査の質問に、思わずカッとなったが、虫をころして昨晩の通り返事をした。

「ふん、やっぱりそうか……いや、疑って済まなかったね」蜂須賀巡査は巻尺を仕舞いながら云った。「すると、どうしてもこの長い石塀は、あの時より、少くとも三尺は道路の方へ飛び出している事になる……全く、馬鹿げた事だ……いや、どうも有難う」と雄太郎君に会釈しながら、「だが、兎に角こ奴《いつ》は、ひょっとすると証人の責任問題になるかも知れませんから、その点心得ていて下さい」

そう云って蜂須賀巡査は、いささか気色ばんで帰って行った。

——困ったことになったぞ。と雄太郎君は溜息をつきながら、——ひょっとすると、俺のほうが間違っていたかな？　いやいや、断じて間違ってはいない筈だ。だが、それにしても全く妙だ。而《しか》も蜂須賀巡査は、秋森家の双生児《ふたご》は犯人ではないと云ったぞ。すると、いったい犯人は誰だろう？　誰が主犯で、誰が共犯か？　いや、もう一組他の双生児《ふたご》でもあるのかな？　それとも……。

雄太郎君は、いまはもう不可解への興味などと云うところは通り越して、そろそろ気味悪くなり始めた。そして同時に、蜂須賀巡査の捨台詞がグッと腹にこたえて来た。

——証人の責任問題？　チェッ、飛んでもない迷惑だ。雄太郎君は悶々と悩み続けた。けれどもいくら考えて見ても、問題の解決はつかない。そして結局自分の力では二進《にっち》も三進《さっち》も勘考がつかないと悟った雄太郎君は、誰か力になって貰える、信頼の置ける先輩はないものか、と探しはじめた。

——ああ、青山喬介！

雄太郎君は、ふと、自分の通っている学校へ、この頃ちょいちょい講義に来る妙な男を思い出した。

——そうだ。なんでもあの人は、かつて数回の犯罪事件に関係したこともあると云う。事情を打明けたなら、屹度《きっと》相談に乗って呉れるかも知れない……。

そこで雄太郎君は、学校が退《ひ》けると早速青山喬介を訪ねて行った。

「あの事件は、もう解決済みじゃなかったかね」

そう云って喬介は、無愛想に雄太郎君へ椅子を勧めた。けれどもやがて雄太郎君が、自分が証人として見聞した事実や、蜂須賀巡査の発見した新しい犯人否定説や、石塀の前の妙な出来事や、それからまた自分の証人としての困難な立場などを細々《こまごま》と打明けると、青山喬介はだんだん乗り出して、話の途中で二三の質問をしたり、眼をつむって考えたりしていたがやがて立

上ると、
「よく判りました。力になりましょう。だが、その蜂須賀君とやらの云う通り、犯人は秋森家の双生児《ふたご》じゃあないね。……誰と誰が犯人かって？　そいつは明日の晩まで待って呉れ給え」

五

翌日一日が雄太郎君にとってどんなに永かったことか云うまでもない。時計の針の動きがむしょうにもどかしく、矢も楯も堪え切れなくなった雄太郎君は、やがて日が暮れて夕食を済ますとそそくさと飛び出して行った。

青山喬介は安楽椅子に腰かけて雄太郎君を待兼ねていた。「今日、蜂須賀巡査と云うのに会って来たが、なかなか間に合いそうな男だね」喬介が云った。「この事件で、あの男の昇給は間違いなしだよ」

「じゃあもう、真犯人が判ったんですか？」

「勿論さ。昨晩君の話を聞いた時から、もう僕には大体判っていた。……なにも驚くことはないよ。ね、君。事情は大変簡単じゃあないか。……つまり、あの一本道で、君と郵便屋が、こちらから二人の犯人を追って行く。差配人が向うから来る。ところが犯人がいない。そこで、たったひとつの抜道である秋森家の勝手口を覗きこむ。すると、犯人の足跡がある。ところがだ。その足跡が、犯行よりずっと後からつけられたものであった、としたなら、一体どうなるかね？……」

「……犯人が、その時、勝手口から這入らなかったことになりますが……」

「そうだよ。そして、塀の外には、君達三人の男がいたんだ。……判るだろう？」

「……判るようで……判りません……」

「じれったいね……その塀の外に、犯人がいたんだよ……つまり、君達三人の中に、犯人がいたんだ！」

——冗談じゃあない！　雄太郎君は思わず声を上げようとした。が、喬介は押かぶせるように、

「君達三人の中で、犯行後チンドン屋が勝手口へビラを投げ込んで通りかかった時から、そのチンドン屋の知らせで蜂須賀巡査が馳けつけて足跡を発見するまでの間に、勝手口から邸内へ這入った男があったろう？……そいつが犯人だ」

「じゃあ、戸川差配人が犯人？」

「そうだ。ところで、戸川は何分位邸内にいたかね？」

「約五分？　位です。でも、差配人は、カバンを置きがてら急を知らせに……」

「そのカバンだよ。今日僕が、蜂須賀君と一緒に調べたのは。その中に、白い浴衣と黒い兵児

帯が一人前這入っていたんだ！……つまり戸川は、皆んな午睡《ひるね》の最中に、電話で自分の女房を呼び出すと、君達証人の前で予め双生児《ふたご》の指紋をつけて置いた兇器で刺殺《さしころ》し、君達の目の届かない曲角の向うで、洋服の上へ着ていた浴衣を脱いでカバンへ突込むと、その奴《いつ》を邸内へ置きにいった序《ついで》に、大急ぎで庭下駄の詭計《トリック》を弄し、女中達を叩き起したと云う寸法だ。……なんの事はない。秋森家の双生児《ふたご》と殺された女との醜関係から、警察が双生児《ふたご》に持たせた犯罪の痴情的動機を、僕は逆にそうして極めて自然に、女の夫である戸川弥市に持たせたまでさ」

「じゃあいったい、もう一人の共犯者は？」

「共犯？　共犯なんて始めからないよ」

「待って下さい。貴方は、僕の視力を無視するんですか？　僕はハッキリこの眼で、二人の犯人を……」

「いや、君がムキになるのも尤もだ。君の云うその共犯者はあの石塀の奇蹟と非常に深い関係があるんだ。そしてその奇蹟を発見《みつ》けた犯人が、その奴《いつ》を利用して故意に君達証人、特に郵便屋のように一定の時刻にきっとあの辺を通る男の面前で、巧妙な犯罪を計画したんだよ。あ、どうしたんだ。君。頭が痛むのかね？　いや、尤もだ。あの石塀の奇蹟に就いては、確かに不可解なことがあったんだ。もう、大体の見当はついてるんだが、一寸説明した位では迚《とて》も信じられまい。もう二三日待って呉れ給え。兎に角僕は、これから一寸警察へ行かなくちゃあならん

——」

さて、青山喬介が雄太郎君の頭痛の種を取り除いて呉れたのは、それから三日後のことだった。

その日は恰度あの惨劇の日と同じようにひどく暑い日だったが、喬介と雄太郎君と蜂須賀巡査の三人は、午後の二時半の灼くような炎熱に打たれながら、秋森家の横の道路を歩いていた。が、やがて例の曲角まで来ると、喬介が云った。

「これから実験を始める。そしてそれは大丈夫成功するつもりだ。——僕達はいまからこの石塀に沿って、あの表門の前の、被害者の倒れていた位置まで歩いて行くんだ。そしてその位置についた時に、僕達の前方に、ポストが、あの見えない筈のポストが、若《も》しも見えて来たなら、それで奇蹟は解決されたんだ。いいかい。さあ歩こう」

雄太郎君と蜂須賀巡査は、まるで狐にでも憑かれたような気持で歩きだした。……五間……十間……十五間……もう秋森家の表門迄は、余すところ五間、だがそれも軈《やが》て……四間……三間……と、ああ、とうとう奇蹟が現れた！

まだ被害者の倒れていた位置までは三間近くもあろうと云うのに、カーブを越して三十間も向うのアパートの前にある筈の赤いポストが、いともクッキリと、鮮かな姿を石塀の蔭から現わし始めた。そして三人が前進するに従って、その姿は段々と完全に、そして遂に石塀の蔭から離れた。と、なんと云う事だ。そのポストに重なるようにして、もう一つ同じようなポストが見えだして来たのだ。そして三人が表門の前に立った時には、二つの赤いポストがヒョッコり並んで三十間の彼方に立っていた。雄太郎君は軽い眩暈《めまい》を覚えて思わず眼を閉じた。と不意に喬介が云った。

「見給え、郵便屋の双生児《ふたご》がやって来る！」

――全く、見れば霜降りの服を着て、大きな黒い鞄を掛けたグロテスクな郵便屋の双生児《ふたご》がポストの側からだんだんこちらへやって来る！　だが、不思議にもその双生児《ふたご》は、三人に近付くに従って双生児《ふたご》からだんだん重なって一人になりはじめた。そして間もなく其処には、あの実直な郵便配達夫が何に驚いたのか眼を瞠《みは》って、じっとこちらを見詰めたまま立停っていた。

「ああ、蜃気楼だな！」不意に雄太郎君が叫んだ。

「うん、当らずと雖《いえど》も遠からずだ」喬介が云った。「つまりひとつの空気反射だね。温度の相違などに依って空気の密度が局部的に変った場合、光線が彎曲《わんきょく》して思いがけない異常な方向に物の像《すがた》を見る事があるね。所謂《いわゆる》ミラージュとか蜃気楼とかって奴さ。そいつの、これは小規模な奴なんだ。……今日は、あの惨劇の日と同じように特に暑い。そしてこの南向の新しい大きな石塀は、向いの空地からの反射熱や、石塀自身の長さ高さその他の細かい条件の綜合によって、ひどく熱せられ、この石塀に沿って空気の局部的な密度の変化を作る。するといま僕達の立っている位置から、あのポストの附近へ通ずる光線は、空中で反射し屈折しとてつもない彎曲をして、ひょっこり『石塀の奇蹟』が現れたんだ」そして喬介は郵便屋を顎で指して笑いながら、「……ふふ……見給え。規定された距離を無視して近付いた郵便屋さんは、もう双生児《ふたご》ではなくなって、恐らく先生も、いま僕達の体について見たに違いない不思議に対して、あんなに吃驚《びっくり》して立ってるじゃあないか。……兎に角、もう三十分もして、一寸でも石塀の温度が下ったり、この実に珍らしい奇観を作り上げている複雑な条件が一つでも崩れたりすると、もうそれで、あのポストも見えなくなってしまうよ……やれやれ、これでどうやら君の頭痛もなおったらしいね」

（〈新青年〉昭和十年七月号）

あやつり裁判

いったい裁判所なんてとこは、いってみりゃア世の中の裏ッ側みたいなとこでしてね……いろんな罪人ばっかり、落ちあつまる……そんなとこで、二十年も廷丁《こづかい》なんぞ勤めていりゃア、さだめし面白い話ばかり、見聞きしてるだろうとお思いでしょうが、ところが、二十年も勤めてると云うのが、こいつが却ってよくないんでしてね、そりゃアむろん面白い事件がなかったわけじゃア決してないんですが……なンて云いますかな？　メンエキとでも云いますか……そうそう、不感症にかかっちまうんですよ。……だからいままでは、もう死刑の宣告を受けたトタンに弁護士の鞄やら椅子やら、なんでもかんでも手あたり次第に裁判長めがけてぶッ

つけるような血の気の多い囚人でも、それから……こいつは最初のうち少なからず困ったんですが……ちっとも暴れずに、ただこう、ローソクみたいにもたれかかって来るような囚人でも、いまではなンの感興も覚えずに、まるで材木でも運ぶような塩梅《あんばい》に、市ケ谷《いちがや》行きの囚人自動車《くるま》に積み込む——とまア、そんな工合になっちまってるんです……こうなるとなんですな、むしろ盗《と》ったの殺したのとやにヤボ臭い刑事事件なんぞよりも、いっそ民事の、なにか離婚談《ばなし》かなんかのほうが、こうしんみりして、面白い位いですよ……

　いや——ところが、これからお話ししようと云うのは、決してそんなんじゃアないんで、……むろん刑事事件なんですがね……それがその、なンて云いますか、ひどく一風変ったやつでしてね、さすがにメンエキの、

あやつり裁判

大阪圭吉

不感症のこの私でさえも、いまだに忘れかねると云うくらいの、トテツもない事件《やつ》なんですよ……

　いちばん最初の事件は……なんでも、芝神明《しばしんめい》の生姜市《しょうがいち》の頃でしたから、九月の彼岸《ひがん》前でしたかな……刑事部の二号法廷

で、ちょっとした窃盗事件の公判がはじまったんです。

……被告人は、神田のある洗濯屋に使われている、若い配達夫でして、名前は、山田……なんとかって云いましたが、これがその夜学へ通う苦学生なんです。

で、事件と云うのは……日附を忘れましたが、なんでも七月の、まだお天道様がカンカンしてる暑い頃のことでして……日本橋の北島町で、坂本という金貸の家《うち》が空巣狙いに見舞われたんです。この坂本って家は、主人夫婦に、大学へ行くような子供が二三人あるんですが、恰度夏休みで、息子達は皆んな海水浴へ行って留守……そして恰度被害を受けたその日には、細君は女中を連れて昼から百貨店へ買物に出掛けて、後には主人の坂本が一人残った、と云うわけなんです。で、残された主人は、むろん金貸とは云っても内々の金貸で、仕舞屋《しもたや》のことですから、玄関口に錠をおろして、座敷で退屈まぎれに書見をしはじめたんです……ところが、三時の時計の音を聞いてから、ついウトウトとまどろんじまったんです。それから、二十分ほどして買物に出掛けた細君が三時二十分に女中と一緒に帰って来たわけです。主人は、それまで二十分間と云うもの、すっかり寝込んじまったんです。で帰って来た細君は、仕方がないから、錠のおろしてない勝手口から這入ったんですが、這入ってみて、台所の板の間から、すぐ次の茶の間の畳の上へかけて、土足のあとをみつけて吃驚《びっくり》し、周章《あわ》てて座敷の主人を起すと同時に茶の間の茶簞笥を調べたんですが、海水浴へ送るつもりで、ちょっとそこの抽斗《ひきだし》へ入れて置いた三百円の金がない——とまアそんなわけで、早速事件は警察へ移されたんです。

警察では、最初ながしの空巣狙いと見当つけて捜したんですが、やがて出入りの商人が怪しいと云うことになり、坂本家へ出入りする御用聞きが、片ッ端から虱潰しに調べられたんです。でその結果、いま云った、その神田の洗濯屋の外交員が挙げられたんです。

尤も、挙げられたと云っても、その洗濯屋が自白したわけじゃア決してないんですがね……なんでも、当人の云うところによると、むろん坂本家は取引先には違いないが、その日は寄らなかった。北島町へは行ったが、それは昼頃の事で、事件のあった二時頃には、蔵前《くらまえ》へ行っていた、と云うんです。で、北島町のほうを調べてみると、確かに二三軒の得意先へ、昼頃に寄っている事は判ったんですが、蔵前のほうは一軒も得意はなく、なんでも新らしく作ってみようかと思って、ただこうぶらぶらと白いペンキを塗った手車を曳いて歩き廻った、と云うだけで、誰れも証人はないんです。ところが、一方坂本家を調べてみると、勝手口の戸の引手についてる筈の指紋は、あとから帰って来た女中や細君の指紋で消されているが、板の間の土足のあとが、恰度その洗濯屋のはいていた白靴のあとと大体一致するんです。そしてまた、その洗濯屋の店へ刑事連が踏込んで調べてみると、山田なんとかってその配達人のバスケットの中から二百何円って大金が出て来たんです……尤も当人は、将来自分が一本立をする為めにふだんから始末して貯えた金だと云い張ったんですが……ま、そんなわけで否応なしに送局となり、予審も済して愈々《いよいよ》公判ってことになったんです。ところが事件そのものは大したものではないんですが、検事側にも被告側にも、しっかりした証拠がないもんですから、いざ公判となると、よくあるやつでわりに手間がかかりましてね……それに、気の毒なことには、その洗濯屋はなんでも四国の生れとかで、小さな時から一人も身寄りってものがないんです。店の親方も、そんなことで警察へ引っぱられてからは、まるでつッぱなしてしまうし、被告のために有利な証言をして呉れるのは、官選の弁護士一人きりなんです。ところが、その官選弁護士ってのが、そう云っちゃアなんですが、ひどく事務的でしてね、どうも、洗濯屋の立場が危っかしくなって来たんです。

ところが……ところがこの、身寄りもない貧弱な書生ッぽの被告に、突然救いの神が、それも素晴らしい別嬪《べっぴん》の救いの神が出て来たんですよ……

あれは、第二回の公判でした……証拠調べの始まる前に、弁護士から突然証人の申請が出たんです。と云っても、むろんこれは被告から頼んだでもなく弁護士から頼んだでもなく、まったくアカの他人が進んで証人の役を買って出たんですから、裁判長は、検事さんと合議の結果、すぐにその証人を採用したんです。

そこで証人の出頭と云うことになったんですが、その別嬪の証人と云うのは、葭町《よしちょう》の「つぼ半」という待合の女将《おかみ》で、名前は福田きぬ、年は三十そここの、どう見たって玄人《くろうと》あがりのシャンとした中年増なんです……

ところで、いよいよ証人の宣誓も済まして、証言にはいったんですが、それがまた実にハッキリしてるんです。で、福田きぬってその別嬪の云うところによると……この女将は、商売柄いつも正午《ひる》近くに起床《おき》ると、それから浅草の観音様へお詣りする習慣だったんですが、恰度その事件のあった日も例によって観音様のお詣りを済ますと、帰り途《みち》でふと横網町《よこあみちょう》の震災記念堂をお詣りする気になり、それに時間を見ればまだ三時を少し過ぎたばかりで遅くないからと思い、蔵前で電車を降りたんですが、その折《おり》白いペンキ塗りの手車を曳いた被告を確かに見たと云うんです。なぜそんなことをよく覚えていたかと云うと、それはその白い車を曳いた被告人を見たお蔭で、その時まで忘れていた大事な着物の洗張りを思いついたからだというんです。そして事件の新聞記事を読んで、あの日の三時から三時二十分頃までの間に坂本家へ這入った犯人が写真に出ている洗濯屋だと聞かされた時から、どうもおかしいとは思ったが、さりとてそんなことを申出るのはなんだか掛合《かかりあい》になるような気がして、悪いとは思いながらいま迄迷っていた、とこう云うんです。こいつア全く筋が通ってますよ。弁護士は俄に元気づいて、日本橋の北島町から浅草の蔵前まで、車を引ッ張って五分や十分じゃア絶対に行けないって頑張るんです。そこで裁判長から、証人に対して時間の点や、被告と対決さしてその人相に見誤りはないかなぞと念押しがあり、検事さんと弁護士の押問答があって、結局判決は次回に廻されたんです。……さあ、その間に検事さんはやっきになって、その「つぼ半」の女将と洗濯屋の書生ッぽとの間に、ナニか特別な関係でもあるんではないかってんで、刑事を八方に飛ばして調べたんですがサッパリ駄目……どう洗ったってまるッきりアカの他人で、「つぼ半」の女将はまさに正当な証人ってことになるんです……全く、その書生ッぽは果報者《かほうもん》ですよ。おまけに証人は特製の別嬪と来てるんですから、冥利《みょうり》につきまさアね……でまア、そんなわけで、やがて洗濯屋は証拠不充分で無罪を判決され、ひとまずその事件もケリがついたんです……
ところで……話はこれからが面白くなるんです。
と云うのは――そんな事件があってから、左様……半歳もした頃のことでしたね……やはり、その刑事部の今度は三号法廷で、或る放火事件の公判があったんです……むろん係りの判事さんも検事さんも、前の窃盗事件の時とは違っていましたが、で、その放火事件と云いますのは、かいつまんで申しますと――
被告人は三浦 某《なにがし》と云うゴム会社の職工で、芝の三光町あたりに暮していた独身者《ひとりもん》なんですが、これがその、なにかのことで常日頃から憎んでいた同じ町内のタバコ屋へ、裏口から火をつけて燃《もや》しちまった、と云うんです……まだ寒いカラッ風の吹く冬の晩のことなんです……で、この放火事件も、別に確かな物的証拠ってやつはなかったんですが、悪いことには事件の起る数日前に、被疑者の三浦と云うのがタバコ屋と口論して、なんでも「お前の家なぞ焼払っちまう!」とかって脅かしたのが、判って来たんです。で、うんとしぼられて起訴された時には、自白していたんですが、これがその公判廷へ来ると、あれは警察から自白を強《し》いられたからなんだと、俄かに陳述を翻えして、犯行を否定しはじめたんです……それで被告の云うには、いちばん始めに警察で申上げた通り、事件のあった晩、自分は宵の口から浅草へ映画を見に行っていた、と頑張りはじめたんです。そこで裁判長は、お前が映画を見ていたと云う、なにか証拠になるような物なり事なり出して見せなさいとやらかしたんです。すると被告は、暫く考えたあとで、そう云えば、自分はあの晩まったく早くから出掛けていて、まだ開館にならない映画館の出札口で、見物人の行列の一番先頭に立って出札を待っていたから、調べて貰えば屹度《きっと》誰れか自分を見た人があるに違いないって云い始めたんです。そこで早速、映画館の二三の従業員が、証人として喚問され、被告と対決させられたんです。

　ところが、被告の申立てる犯行当日に於ける上映映画のプログラムや内容については、間違いないんですが、被告人が入場者の行列の先頭に立っていたと云う事については、一日に何回も開館するのだし毎日のことだから少しも覚えがないって、その証人の従業員達はツッぱねちまったんです。つまり、被告のために有利な証拠はひとつもないってわけなんでして……いや、それどころじゃアない、ここで被告のために、却って悪い証人が出て来たんです……で、その問題の証人と云うのは、事件当夜の映画館のことについて自から進んで警察に申出た証人があるから、と云う検事さんの申請によって、いよいよ出頭と云うことになったんですが、これがその……どうです、なンと……「つぼ半」の女将の、福田きぬなんですよ……

　いや、まったく、妙な女です……よくよく裁判所に、縁があると見えますよ……

　ここんとこでちょっとお断りしときますがね……いまも申上げた通り、前のあの洗濯屋の窃盗事件の時とは、今度は法廷も違うし、係りの裁判官も違うと云うわけで、洗濯屋事件の証人が、放火事件にも証人となって出頭したと云うようなことは、誰も、その時はつい気づかずにいたわけなんでして……それで、その時のことなぞも、ずっとあとになって聞かされた、と云うわけなんですがね……尤も、その時に知ってたとしても、なにも二度証人になったからって、その人をどうこうしようってんではないんですが……いやそれでなくたって、だいたい裁判所なんてとこは忙しいとこでして……こんな風に二つの事件をひょこんと抜き出してお話しすると、ひどく際立ってみえるんですが、実際は、どうしてなかなか、こんなくらいの事件はその間にゃゲッと云うほどあるんですから、証人がどうのこうのって、いちいち覚えていられるもんじゃアありませんよ……それ、その、例の不感症の問題ですよ……

ところで……その、放火事件に呼出された「つぼ半」の女将なんですが、その日、この別嬪は、なんでも縫紋《ぬいもん》の羽織なんか着込んで、髪をこう丸髷《まるまげ》なんかに結んで、ちょっと老化《ふけ》づくりだったそうですが、これがその、例によって型通り、うそは申しませぬとの宣誓を済して証言にはいったんですが、そのおきぬさんの証言と云うのは……

放火事件のあった晩に、問題の映画館へ一番先に切符を買ってはいったのは、つまり入場者の行列の先頭にいたのは、被告人ではなしに、この私だって云うんです。なんでも、商売柄しまいまで見ているわけに行かないから、早く帰って来るつもりで早く出掛けたのだそうです……そして同席の被告を見て、あの時私のあと先には、こんな人はいませんでしたとハッキリ申立てたんです……なにも私は好きこのんで人さまを罪に落すようなことはしたくないが、確かに間違ってることを知ってて隠してはいられないから、とも云ったそうですよ……いや、むろん被告は、むきになって怒ったそうですが、けれども、その証言をひッくり返すだけの、つまり逆の証拠がまるでないんですから、こいつアどうもてんで見込みがありません……それに、調べてみれば証人も被告も、まるッきりアカの他人で、少くともそれまではこれッぽちの怨みッこもない間柄ですから、女将の証言も、まず正当な一市民の声、としかとりようがありません……

そんなわけで、例によって裁判長の念押しがあったり、検事さんと弁護士との押問答があったりして、すったもんだの揚句、結局次回の公判には有罪と決り、懲役六年の判決を言渡されましたよ……

いや、こんな風に申上げると、まるで「つぼ半」の女将の証言だけで、被告人が有罪になったように見えるかも知れませんが、実際はそんなんではなく、事件当時の状況や、被告側に全然有利な証拠がないことや、それに被告人の平素の行状なんてものも盛んに斟酌《しんしゃく》されての上なんです……しかし、むろん、福田きぬの証言が判決に大きな影響を与えたことは、ま、この場合確かに間違いありませんね……え？……被告ですか？……ええ、むろん直ぐに控訴しましたよ……いやしかし、気の毒だが、ダメでした。

でまア、そんなわけで、この放火事件もひとまずケリがついたんですが……これで、このまで終ってしまえば、なんでもなかったんですが、……いや、ところが、これからが本筋なんでして……問題は、その「つぼ半」の女将にあるんですがね、いやどうも、飛んでもない女なんですよ……
左様《そう》ですね……あれは、放火事件があってから三月《みつき》ほどしてからのことでしたかね……もうそろそろ夏がやって来ようって頃でした。「つぼ半」の女将が、又しても裁判所へやって来たんです……いや、今度は私が、この目でみつけたんですよ……

　と云うのは、そうそう刑事部の廊下でしたよ。なんでも、人混みの中で最初ぶつかったんですがね……あの女将、前と違って髪を夜会巻きかなんかに結《ゆ》って、夏羽織なぞ着てましたがね……いや最初私は、その、ちょっと「築地明石町《つきじあかしちょう》」みたいな別嬪を見た時に、おや、どこかで見たことのあるような——と思って、ふと立止ったんですが、むろんすぐには思出せませんでした。そこで、なにか事件の傍聴にでも来た人だな、とまアそう思ったんです。まったく、傍聴人の中にはいつだって物好きな常連がいくらもいるんですからね……ところが、始めはそう思ってたんですが、どうしてなかなか、見ていりゃア証人控室へはいって行くじゃアありませんか……さア、妙だな？　と思いましてね、あとから法廷を調べてみると、どうです、今度は一号室の殺人事件に立会ってるじゃアないですか……尤も、その時はまだ、同じ女が、洗濯屋事件のほかに放火事件にも関係していたってことは、私は知りませんでしたがね……それにしても、よく証人に立つ女だくらいに思って、恰度休憩時間に一号法廷の弁護士が……その弁護士は菱沼《ひしぬま》さんって云いましたがね……その菱沼さんが、

なにか用事があって私達の部屋へ来られた折に、ちょっと口を辷《すべ》らして聞いてみたんです……すると、その時は菱沼さん、別に大して不思議にも思われないようでしたが、恰度そばに居合わせ

私の同僚で夏目ってのが、どんな女だって、容姿から名前まで聞くんです。で、こうこう云う女だって云うと、その女なら、前に放火事件の時にも三号法廷で証人に立ったと云うんです。でアそこで私も、始めてその事を知ったわけなんですが、その夏目の云う事を聞いた菱沼さんは、そこで急に不審を抱いたんです。不審を抱いたどころじゃアない、ひどく亢奮しちまったくらいで……

いや全く、無理もないですよ……聞いてみれば、その殺人事件ってのは、なんでも、目黒あたりの或るサラリー・マンが、近所に暮している、小金を持った後家さんを殺したと云う事件なんですがね……これが又、その、証拠が不充分で審理がなかなか果取《はかど》らないって代物なんでして、そこへその、「つぼ半」の女将が証人として現れたんですが、ところがこの証人、前の放火事件と同じようにあとから警察へ申出て、つまり検事側から出て来た証人でして、むろん被告にとって不利な証言を持込んだんです。なんでも……今度は、恰度事件のあった日に競馬を見物に出掛けたんだそうですが、その遅くなった帰り途の現場附近で、殺された後家さんの家のある露路の中から、不意に飛出して来た男にぶつかった、と云うんです。むろん兇行の時刻と一致するんですがね……ところが「つぼ半」の女将、あとで新聞の写真を見て、容疑者がそのぶつかった男とバカによく似てるってんでテッキリ怪しいと睨んだんだそうですが、やがてそれが警察の耳にはいり、今度召喚を受けると進んで出て来て首実検をしたと云うんですが、入廷して被告の顔を見ると、涼しげな声で、

「ハイ、確かにこの方でございます」

とやらかしたんだそうですよ。

むろん殺人事件の判検事は、前の時とはまた係りが違ってたもんですから「つぼ半」の女将がそんなに何度も証人をした女だなんてことは、つい気づかずにいたんです。ところが、菱沼弁護士は、さアもう不審でたまりません。……けれどもこれとても偶然——と云ってしまえば、それまでですし、検事側でも一旦証人を採用するからには、むろん相当な吟味もした上でのことですから、うっかりこちらで早まった騒ぎかたをして、挙げた足をとられるようなことになってもやり切れない、と菱沼さんは考えたんです。で、幸いその日の公判は、それでひとまず閉廷になりましたし、判決までにはまだまだかなり間がありそうに思えたので、この上は、次回の公判までに、ひょっとすると「つぼ半」の女将は、ありもしない偽りの証言をしてるのかも知れないから、是が非でも徹底的に調べ上げて、あわよくば裁判を逆の結果に導こうと、ま、そう云う悲壮な決心をされたんですよ。

いや、まったく……それからの菱沼さんの真剣ぶりと来たら、ハタで見る目も恐ろしいくらいでしたよ……むろん他にもいくつかの事件に関係している忙しい体ですから、毎日役所へは出て来られましたが、それでも流石《さすが》に、ひどく鬱《ふさ》ぎ込んでる日が多かったですよ。

なんでも、あとで聞いた話ですが……まず最初に菱沼さんは「つぼ半」の女将が贋《にせ》の証言をしていると仮りにきめて、それでは何故そんな無茶な証言をしたか、つまり殺人事件の被告と女将との間に、なにか秘かな怨恨関係でもありはしないか、と云う点に全力を注いでみたんです……ところが、どう調べて見たってこれがサッパリ駄目なんで、そんな関係はこれッぽちも出て来ません。そこでうんざりして、今度は記録を辿って、前の放火事件と洗濯屋事件について、……これはもう判決済みですから調査もなかなかでしたでしょうが……兎に角、同じように情実関係なり怨恨関係なりを、つまり前にそれぞれ一度ずつ係りの手によって調べられたことを、又むし返して洗い立ててみたんです……いや、むろんこれも駄目でした。三つの事件のどの被告とも「つぼ半」の女将はなんの関係もないアカの他人と、云うことになるんです……尤も、この調べのお蔭で、女の身許も大分明るくなっては来たんですがね……なんでも、「つぼ半」ってのは、堂々と店は構えているんですが、近頃不景気のあおりを喰らって、御多分に洩れずあんまり大して流行《はや》らないってんです。しかしところがそれにもかかわらず、金廻りは割によくて、つまり内福なんですね……暮し向きは、なかなか派手だってんですよ……なんでも菱沼さんは、一度なぞ女将の留守を狙って、お客に化けて「つぼ半」へ上ったそうですよ……それで、女中をとらえて、それとなく調べてみたんだそうですが、この福田きぬってのは、むろんその店の経営者なんですが、これにその、よくあるやつですが「時どき来られる旦那様」ってのがやっぱりあるんですよ。それで、

「商売は不景気でも、女将さんは儲けるそうだね？」

って訊くと、まるでちゃあーんと仕込まれた九官鳥みたいな調子で、

「そりゃア旦那様が、競馬で儲けて下さるんでしょう?……」

ってその女中が云うんだそうです。

――成る程、これで旦那も女将も、競馬が好きだってことは判る……だがしかし、旦那が儲けるのか、女将が儲けるのか、そんなことあてになるもンか!

菱沼さんは、そう思いながら引挙げたそうですが、しかしこの程度のことが判っただけでは、まだまだまるで調べのラチはあきません。

そうこうするうちに、一方、次回公判の期日が目の前に迫って来ます……さアそうなると、菱沼さんは、ひとかたならずヤキモキしはじめました。そこで今度は「つぼ半」の女将の証言を、逆にひっくり返すような証拠はないかと探しにかかったんです……

けれども、むろんこいつが、なかなかみつかりません……いや、もともと女将が証人に立ったと云うのも、ご承知のように、なにもシッカリした証拠物件があるわけじゃアなく、どれもこれも、被告を見たとか見なかったとかッて云うような、ただ口先だけの証言ばかりですから、女将自身にとっても、うそは云わぬと宣誓しただけで確かに見たとか見なかったとかの証拠はないと同じように、一方菱沼さんにとっても、それはみなうそだ、と云い切るだけのチャンとした証拠はないわけなんです。でこの場合、女将の証言はあれはみなうそだとやッつけるためには、なぜうそだと云うその証拠――つまり、女将と被告達との間にそれぞれナニかの特別な関係があったとか、或はまたその他に、ナニか女将がそんなうそを云わねばならなかったようなこれまた別のわけがなくっちゃアならんわけです。ところがその特別の関係もわけもいまだにみつからないってことになったんですから、菱沼さんが気狂いみたいになったのもムリないです。いやそうなると益々菱沼さんにはその三つの証言を偶然だなんて思えなくなって来て、それどころか「つぼ半」の女将ってのがトテツもなく恐ろしい女に思われて来て、自分だけがチョイチョイ出しゃばってえて勝手な証言をするだけではなく、ひょっとするとその合間合間のいろんな事件にも手下でも使って面白半分四方八方メチャクチャの証言でもさしてるんではないか、いや又そうなるとだいたい裁判所へ出て来る証人なんてものは殆んど全部がこの「つぼ半」の女将と同じデンではあるまいか、なぞと——尤もこれは平常《ふだん》でもチョイチョイ起る菱沼さんの変テコな頭の病気なんだそうですが……ま、兎に角そんなわけで、すっかり先生、途方に暮れちまったんですよ。

そうして、愈々《いよいよ》公判期日の前日になっても、その関係やわけがみつからないと、とうとう菱沼さんは、思い余って、なんでも知人の青山とかいう人に、事情を詳しく打明けて、相談を持ちかけたんです。

いや、ところが……この青山さんは、なんでも学問もやれば探偵もやるって云う、どえらい人でして、菱沼さんの頼んで行ったことを、二つ返事で引受けちまったってんですから、どうです大したもんでしょう……

これからいよいよ本舞台にはいって、その青山さんって方《かた》の登場になるんですが……いや、まったく、この人の頭のよさにはホトホト吃驚《びっくり》しちまいましたよ。なんしろ、菱沼さんが、あれだけ脳味噌を絞っても解決出来なかった問題を、バタバタッと片附けてしまわれたんですからね。

さて、愈々次回の公判が、やって来たんです。むろんこの公判では証拠調べもむし返されるんですから、「つぼ半」の女将も出廷しました……それで、まず青山さんは、あらかじめ菱沼さんへ、「どんな成行になっても構わないから、兎に角判決だけは少しでも遅らすようにネバって呉れ」と頼んで置いて、御自身は傍聴人のようなふりをして傍聴席へおさまると、そこから一応裁判を監視？　というと変ですが、ま、すまし込んで見物されたんです。……その前方《まえ》の弁護士席では、被告や女将なぞと並んで菱沼さんが、わけは判らぬながらもそれでも一生懸命に、裁判官達を向うに廻して、そのネバリ戦術を始めたんです。いや、先生、確かに緊張してましたよ……

ところが、二時間ばかりして、ひとまず昼の休憩時間に這入ると、退廷した青山さんは傍聴人の休憩室で一服すると、直ぐにどこかへ飛び出して行ったんです。私は、昼飯でも食べに行かれたんかと思ってるとやがて写真機みたいなものを持って帰って来られたんですが……どうです、それから菱沼さんを通じて、この私へ、大変なことを頼んで来られたんですよ……なんでも、菱沼さんの云われるには、

「他でもないが、午後の公判が始ったら、判検事席の後ろの扉《ドア》を一寸開けて、この写真機で、人に知

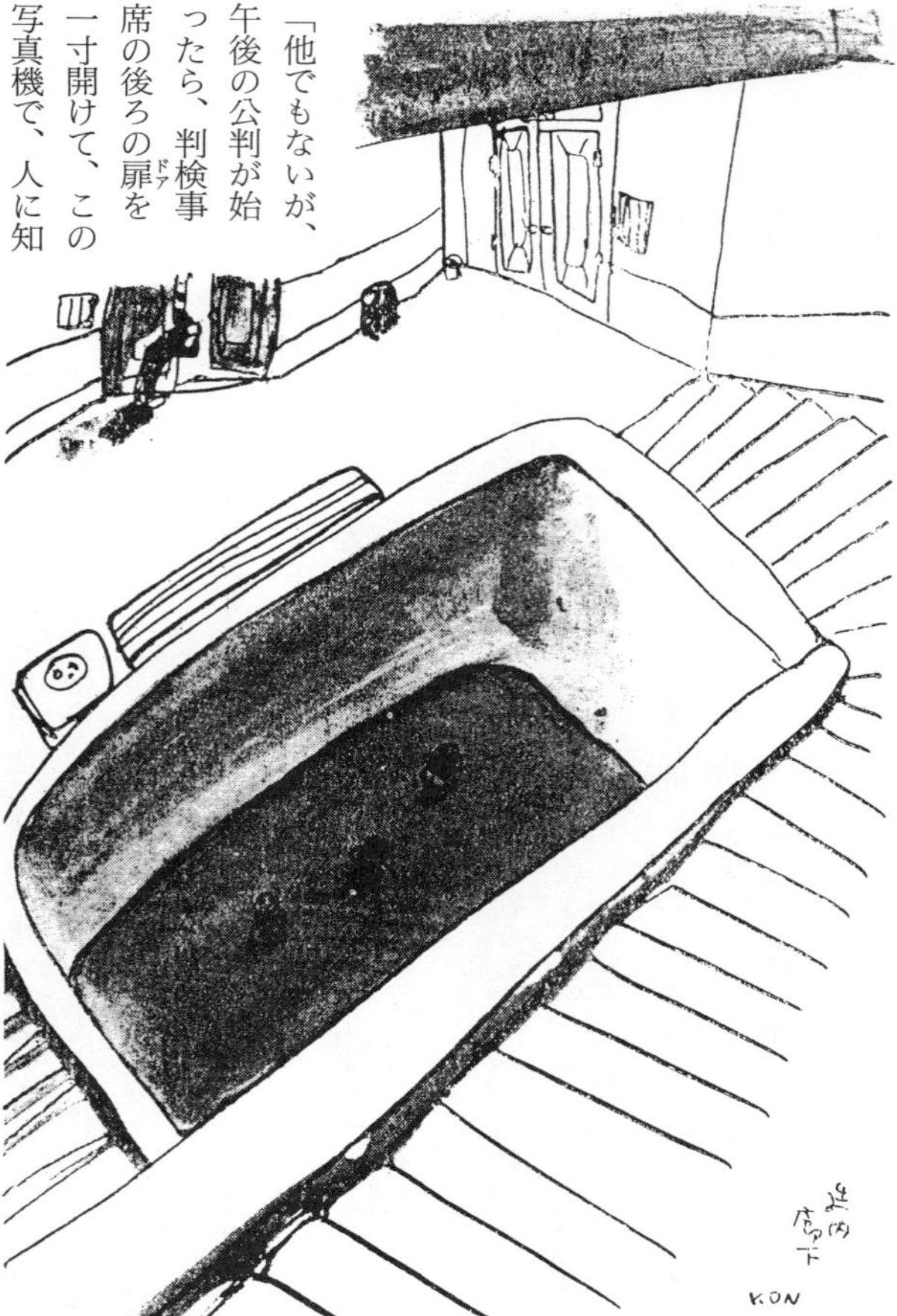

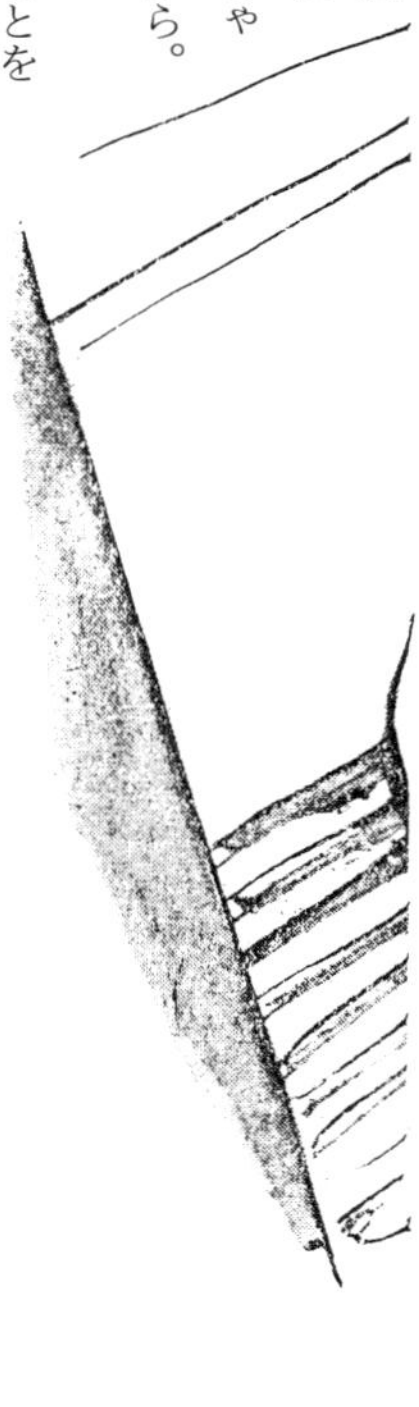

れないようにパチッと公判廷を撮《うつ》してくれ。なに訳なく出来るよ。もうちゃんと仕掛けてあるんだから。是非頼む……」

いや、どうも大変なことを頼まれたもんです。第一こちとらア、写真を撮《うつ》したことなぞないんですからね……それに、だいたい公判廷なぞ写真にとって、一体どうしようってんでしょう？　全く妙ですよ。いやしかし、そう云う菱沼さんも、なんのことやらろくに判りもしないで頼んでるんですから、気の毒みたいなもんで……それに、こう見えたって私も江戸ッ子でさア、虫のいどころによっちゃアどんなことでも引受けかねない気性ですから、

「よござんす」思い切って引受けましたよ。

さアそれから愈々午後の公判です。ところが……全く、運がいいと云うもんですよ。裁判長が眼鏡を忘れて入廷したんです。で早速そいつを届けに判検事席へ上ったんですが、引ッ返す戸口のところで、こう向うの低いところにいる菱沼さんの方へ向けて、例のものを抜《ぬか》らずパチッとやらかし、そしてそのパチッて音をまぎらすようにバタンと扉《ドア》を締めたんですが、なんだかパチッて音のほうがひどく耳に残って、思わず冷汗をかきましたよ……しかし大丈夫でした。

向うの傍聴人の中には、写真機をみつけた人があったかも知れませんが、大体うまくいきましたよ……なんしろあれが、あとにもさきにも、私の始めての写真撮りなんでして。

さて、ところで一方、公判廷なんですが……いやこれが実は、その日の公判のうちに、判決を済してしまいたいって検事さんの予定だったんだそうですが、先刻《さっき》も申上げたようになるべく判決を遅くらして呉れって青山さんの註文で、菱沼さん、ムキになってネバり続けた甲斐あって、大分てまどり、結局判決は翌日に廻されることになったんです。

そして閉廷になると、早速青山さんは……なかなか元気のいい人でしたよ……私のとこへ来て、叮寧に礼まで云われながら、例の写真機を持って帰って行かれましたが、いやしかし、それに引きかえて菱沼さんは、少なからずいらいらしてみえましたよ。そしてこの菱沼さんの「いらいら」は翌る日まで持越されていたんです……尤も無理もないんで、その問題の翌る日になって、愈々開廷時間が迫るまで、どうしてしまったのか肝心要の青山さんが、とんと姿を見せなかったんですからね……

さて、いよいよその当日のことです。

青山さんは姿を見せない。時間は追々迫ります。有罪か？　無罪か？　どのみち今日は判決が下されます。このままで行けば、とても有罪は免れまい——菱沼さんは気が気ではありません。しかし時間のほうは待って呉れません。やがてまず、傍聴人達がドヤドヤと入廷します。続いて書記さんが、書類を持って登壇する。その後から検事さん、裁判長。一方前の平場《ひらば》へは、被告人、菱沼さん、と云った風に、ま、昨日の公判廷と同じような顔触れが揃ったんです……尤も菱沼さんはひどくそわそわして辺りを見廻してばかりいましたがね……

ところが、そうして皆んなの顔触れが揃うと、まるで皆んなが入廷してしまうのを待ってでもいたように……どうです、ひょっこり青山さんが、入口に現れたんです。そして、少なからず周章《あわ》ててしまった菱沼さんには、物も云わず、壇上の裁判長に、ちょっと、こう眼で会釈したんです。するともう、予《かね》て打合せでもしてあったと見えて、裁判長が、黙って頷いたんです……いや、驚きましたよ……ところがどうです。すると青山さんは、戸外《そと》の後ろを振返って、チラッと誰かに眼配《めくばせ》したんですが、その合図を待ってたように、多勢の警官達がドヤドヤッと法廷へ雪崩《なだ》れ込んで来たんですよ……驚きましたね……

いったい、警官達は誰を捕えに来たと思います……え？ 飛んでもない……はいって来た警官達は、すぐにバラバラと散り拡がると、どうです、キチンと着席して、これから始まろうと云う公判を固唾を飲んで待ちかまえていた傍聴人を――そうですね、十四人でしたかね。尤も被告の関係者は別ですがね……兎に角その、なんのとがも関係もなさそうなアカの他人の傍聴人達を、グルッと取巻いちまったんです。一網打尽った形ですよ……いや全く、面喰いましたよ……すると、真ッ先にその傍聴群の真中へんにいた、こうゴルフ・パンツとかって奴をはいた男が、鳥打帽子をひッつかんでバタバタと逃げだしたんです。むろん、直ぐに押えられましたよ。すると青山さんが、その男の前へ行って、

「あんたが、福田きぬさんの御亭主でしょう？　ちょっと身体検査をさして貰います」

とすぐに警官の手によって上着をムキ取られてしまったんですが、するとどうです、チョッキのかくしから、茶色の封筒が一枚抜き出されて来たんですが、開けてみると、中から小さな紙片《かみきれ》が、なんでも十二三枚出て来ましたよ……それでその紙片《かみきれ》には「無罪　片岡八郎」だとか、「無罪　小田清二」だとか、「有罪　峰野義明」だとか、まるでなんかの入れ札みたいな調子で、てんでに勝手な判決文みたいな、無罪だとか有罪だとかって文字が、名前と一緒に書いてあるんです……尤も七分通りは無罪が多かったんですがね……いや、むろんそうしている間にも、捕えられた傍聴人達は、あっちこっちで各々抵抗したり、格闘したりしておりましたが、やがて主だった警官の命令で、全部引立てられ、いつの間にか裁判所の前に止まって待っていたトラックに積まれて、警察へ運ばれて行きました。……

一方、間の抜けた法廷では、やがて裁判長が立上ると、あとに残った少しばかりの人々に向って、

「都合により、判決は、明日に延期します」

ってやったんです。――静かなもんでしたよ……

いや、もうお判りになったでしょう……その連中は、妙な博奕《ばくち》を打ってたんですよ。なんでも、あとから詳しく青山さんの御説明を聞いたんですが、むろんこの首謀者は、「つぼ半」の

女将の亭主なんですがね、これがまた、あとで泥を吐いたところによると、実に不敵な悪党でしてね、もうずっと以前《まえ》から法廷で博奕をやってたってんですよ。……つまり、常連の傍聴人になり済まして、傍聴しつつある窃盗事件や詐欺事件や、その他いろいろの事件に就いて、有罪か？　無罪か？　と云うことに金を賭けて勝負を決するんです。なんでもゴルフ・パンツの云うことにゃ、こいつあ、どんな博奕よりも、なんかこう、ぞくぞくするような別の魅力があって、とても面白いんだそうですよ……飛んでもないことですが、まったく、一人の人間が罪になるかならぬかで決るんですから、そりゃアただの博奕なんかよりは性《しょう》が悪いだけに、それだけまた面白いんでしょう……いや、競馬どころの騒ぎじゃアありませんよ……それで、最初は、二三人の仲間同志でやってたんだそうですが、もともと玄人同志がやってたんでは互損《たがいぞん》ですから、やがて素人を引入れ始めたんです……つまり、休憩で退廷した時なぞに、休憩室で遊び半分の傍聴者を誘って、今度の事件はどうなるでしょう、なんてことを引ッ懸りにして、それじゃアひとつ賭をやろうじゃアありませんか、とまア、そんな風に仲間に引入れるんです。むろん勝敗の結果は、やっぱり玄人側の方がいつも出掛けて裁判の成行きと云うようなものになれて来てますので、多少ともずぶの素人よりは、先見の明ったようなものが出来てますので、勝が多い——図に乗って、だんだん病が深入りし、とうとう今度のように、証拠不充分で皆目見当のつかないような裁判に、女房なんか使ってトテツもない大それた事をしはじめたんです……

いやまったく、呆れ果ててものが云えませんよ……しかし、それにしてもその青山さんの電光石火ぶりには、ほとほと感心しましたよ……なんでも青山さんは、最初菱沼さんから詳しく話を聞いた時に、どうも「つぼ半」の女将が、どっちへ転ぶか判らんような事件にばっかり登場することや、どの被告人とも全然無関係で、被告や検事から呼び出したのでなく自分の方から話を持ちかけて出頭していることや、証拠物件はなく、ただ見たとか見なかったとかの証言ばかりだ、なぞと云うようないろいろの点を考え合せて、どうもこれは女将が法廷の事情に明るいところから見て、きっと法廷内に誰れか相棒がいるに違いないと狙いをつけて、まず傍聴人の仲間入りをしたわけなんです。それで傍聴席や休憩室で早くも妙な気配を感ずると、早速私に命じて例の写真をとらしたんです。その写真を、直ぐに現像すると青山さんは、「つぼ半」へ遊びに上ったんだそうですが、そこで何気なく女中にその写真を見せてカマをかけると「おやこの中に、うちの旦那さんがいる」ってことが判って、それで、愈々、あの一網打尽の大捕物ってことになったんです……え？　ええそりゃアもう、女将は、亭主同様重罪でしたよ。

（〈新青年〉昭和十一年九月号）

雪解

雪解
大阪圭吉

一

木戸黄太郎《きどこうたろう》が何故このような大それた決心をしたのか、その動機もさることながら、もともと黄太郎はこの頃少しあせり気味で、なんとかしなければならないと考え始めていた。それが片倉紋平《かたくらもんぺい》に逢ってから、ハッキリした目標をつかんだ決心となって現われて来たのだ。

北海道へ渡ってからもうまると三年、そのあいだ黄太郎は、青硝子のはまった光線よけの金縁眼鏡をかけ、リュク・サックと護身具に身をかためてひたむきに山から山へ、金鉱脈を探しもとめて淋しいながらも力強い一人旅を続けて来た。来る日も来る日も、山の石を砕いたり川底の砂を掬《すく》いあげては「椀ガケ」をして含金の有無を調べつづけた。が、目指す金は、なかなかに出て来なかった。時折出て来てもそれは極めて品位の低いもので、到底稼行の見込は立たなかった。けれども始めのうちは黄太郎も決してひるまなかった。燃上るような黄金への執拗な情熱は、ともすると絶望的な探鉱の結果に負かされそうな弱い気持を無理にも追いたてていった。そして鉱脈の発見を予想する時の昂奮は、黄太郎の心を激しく鞭《むち》打ち、あらゆる困難とたたかうことが出来るように黄太郎の力を励ましてくれた。一年たち、二年たった。が、相変らず金らしい金は発見《みつ》からない。そして三年目の冬が空しく深まるにつれて、そうした立場から受ける隠すことの出来ない当然の疲労が、追々に黄太郎の心を慌だしい焦燥の淵におとしいれるようになって来た。

　そうした気持を抱いた黄太郎が、新しい金鉱《やま》としてかなり有名な片倉砂金池《しゃきんち》に程近いこの小さな温泉部落へ辿りついたのは、もう三月も末近く、内地ならばそろそろ蒲公英《たんぽぽ》や紫雲英《げんげ》の花が咲き、暖い風も吹き始めようと云う頃に、ここ北海道の山奥では、まだ深い冬が牛のように眠り続け、土も岩も灌木も、それから有るか無しかの山道も、小さな渓流も、一面の雪にむっちりと覆いつくされていた。

　温泉部落と云っても、この山奥にしてはわりに設備のととのった鳳鳴館《ほうめいかん》と云う旅館が一軒と、それから四五軒の土民の住居《すまい》とからなる極めて小さな聚落村《しゅうらくそん》である。曲りくねってはいるが片倉砂金池から二十町たらずの谷伝いで、村の周囲の嶮《けわ》しい山々には、白樺の原始林が、すくすくと伸びあがったまま深い雪にとざされていた。黄太郎は、兎も角もこの土地を当分の探鉱根拠地として、温泉旅館に滞在することになった。

　鳳鳴館には黄太郎のほかに男女一組の同宿者があった。男は、もう六十に近い裕福そうな老紳士で、女は、その娘らしく若い見るからにヤンキー染みたフラッパーである。が、二三日するうちに黄太郎はその二人の同宿者が、砂金池の所有者片倉紋平とその娘のキエであることを宿の女中から聞かされた。なんでも一月程前東京からやって来て、温泉にひたりながら砂金池の雪が解けるのを待っているとのことだ。

黄太郎の心の底には、この頃からぼつぼつと大それた野心が芽生え始めて来た。

初めのうちは単純に、この附近の山には屹度《きっと》いい鉱脈があるに違いないと考えた黄太郎は、狂おしい程の嫉妬と羨望に馳られながら、毎日池の附近の山へはいっては金鉱を探し求めた。が、黄太郎の努力は、徒《いたずら》に彼の心を掻乱すに過ぎなかった。朝晩宿で片倉親娘《おやこ》と顔を合す度毎に、心の底に燃上る強い嫉妬を、黄太郎はどうすることも出来なかった。けれどもこうした内部的な黄太郎の気持は別として、この淋しい山の宿のたった三人の同宿者は、七日八日とするうちに段々近附きになっていった。キエと黄太郎は湯殿で識合《しりあい》になった。黄太郎と紋平は庭の生垣越しに挨拶を交した。キエは黄太郎の激しい金鉱《やま》探しの情熱に、少からぬ興味を覚え始め、そして黄太郎は片倉紋平と云う砂金師が、並々ならぬ偏屈者の因業親爺であることに気がついて来た。

「あれであの池はなかなか広いですよ」

或る晩黄太郎をお茶に招いた片倉紋平が、包みきれぬ誇らしさを満面に浮べながら、自分の富について語り出した。

「……左様。七十万坪は大丈夫ありますな。それでその、七十万坪の池底には、大体の見積《みつもり》が三百万円乃至《ないし》五百万円の素晴しい含金率を持った砂礫《されき》鉱床が横《よこた》わっているのです。ご存知でしようが、まだあの池に氷の張らない前、つまり去年の十月に発見されたような訳で、発見者は犬塚八郎《いぬづかはちろう》と云う東大出の理学士でしてな、なかなか実直ないい男ですわい。でわしは、恰度一月半程前に、わしの殆ど全財産を犬塚理学士に与えて、あの砂金池の鉱業権と、事業に必要な土地とを買い取らした訳です。これが、その発見の際の塊金《ナゲット》を細工して、犬塚から贈られた記念品なんですがな……」

　そう云って紋平は、右手の指にはまった立派な指環と、左手首の輝く金時計とを代る代る黄太郎に見せつけた。

「それで……尤もこれは、犬塚理学士の進言にもよることだが、何分にも広い面積の池で採金《しごと》をするのだから、日本ではまだ余り試みられてない浚渫船《ドレッジャー》による採金法を稼行するつもりでしてな、既にカナダのセントラル・マシーン会社へ特別小型のバケット式浚渫船《ドレッジャー》を註文して置きましたよ。もう貨物船の中にいるから、四月の末か、五月初めに着く。そして恰度その頃には池の氷も解けるから、機械の着き次第採金《しごと》に取掛るつもりです。……ま、そんな訳で、東京にじっとしている気になれず、二月に取引が済むと直ぐにこちらへやって来て……いや、所有地の区割はもう済みましたが、機械を池へ運び込む道路や、池のほとりのわし達の臨時住宅などを作る準備に、これでも忙殺されとる訳です」紋平は茲《ここ》で一息つくと、茶を啜りながらこうつけ加えた。「……わしは、この娘のキエを除けば、なんの身寄とてない一人ぽっちでしてな。それだけに、こうなんとなく、自由に力一杯働くことが出来る訳です。兎に角この事業は、わしの一生を賭した事業、左様、一大事業なんですよ。……なんならどうです。ひとつあんたも、わしの浚渫船《ドレッジャー》で働いてみる気はないですかな?……」

そう云って紋平は、金歯をキラキラ光らせながら、蔑むように笑って見せた。そして娘のキエはそれから熊の話やピストルの話を持出して、夜の更けるまで黄太郎を手古摺《てこず》らした。

そんなことがあってから、黄太郎の嫉妬は見る見る色を換えて来た。片倉紋平の圧倒的な地位は黄太郎の野性を——永い間北海道の山奥をごろつき廻るうちに我知らず培われて来たいっぱしの山師根性を、いやがうえにも叩き起し、黄太郎の腹の底には、恐ろしい考えが陰険な頭角を現わして来た。

ところが茲《ここ》に、黄太郎にとってなにより都合のいいことには、娘のキエが段々彼に深い好意を示し始めて来た。黄太郎の激しい意志の力に、燃立つような金への情熱に、初め彼女の抱いていた少からぬ興味は、軈《やが》て黄太郎その人に対する同情と好意に変って来た。そして黄太郎は、キエのそうした好意が、ともすると好意以上のものに移って行くのを意識して、思わず北叟笑《ほくそ》みながらも燃上る野心を執拗な冷たい気持で育てていった。——全く、いつになっても発見《みつ》けられない金などを涯《はて》しもなく探し続けるよりは、いっそのことこの身寄のない父娘《おやこ》の池の莫大な砂金を、その幾分の一でも……そう思ってその意味で、キエの好意が日毎に深くなって来るのを、自ら進んで導くようにさえなって来た。

だが、そうした黄太郎の野心は、とうとう恐ろしい形で最初の槌を打下ろす時がやって来た。

それは恰度、四月にはいって間もない頃の或る朝のことであった。

朝食を摂り終った黄太郎の部屋へ、不意に旅装をした紋平が訪ねて来た。そして、娘のキエが、二三日前から五里程奥の北の温泉へ出掛けたままだ帰らないが、これから自分は所用で札幌まで出掛けなければならないから、と、二三の伝言《ことづけ》を頼んで、こうつけ加えた。

「木戸さんは、まだわしの砂金池へはいられたことがなかったね。なんなら一緒に行って見ませんか？……少し廻り道だが、序《ついで》にわしも、一寸調べて行きたいことがある……」

そこで黄太郎は、咄嗟《とっさ》に一日金鉱《やま》探しを休むことにして、如才なく紋平のスーツ・ケースを持ってやりながら、二人揃って鳳鳴館を後にした。

四月にはいってから降る雪も流石《さすが》に少くなったが、それでもまだ辺りは一面の雪に包まれて、陰気な曇天の下に疼くような静寂《しじま》を拡げていた。白い冷たいとげとげした、そしてどことなく新鮮で日本離れのした北海道特有の針葉樹の山が、見馴れたものとは云えいつになく黄太郎には目新しく思われた。山も木も谷も白々とラフなタッチで塗りこめられた、謂わば処女地ともいうべき初々しい景色の中を、ラッコの眼出帽子《スキーハット》を眼深《まぶか》に冠《かぶ》り、同じ毛皮の雪外套を着こんで、黒檀のステッキを振り立てながらノシノシと大股に歩いて行く片倉紋平の剛腹らしい横顔——新しい金鉱《やま》と幸福な砂金師！　こうした素晴しい調和の前に、貧弱な黄太郎は、今更ながら蛇のような嫉妬と、堪えがたい腹立たしさを覚えながら、紋平の後から盗人猫のように歩いて行った。若《も》しも紋平の脊中《せなか》に、たったひとつでも眼があったとしたなら、青眼鏡の下で黄太郎の眼玉が、いつになく貪婪《どんらん》な光に輝いていたことを見逃さなかったに違いない。

軈《やが》て激しい山の角を折れ曲った二人は、滅入るように静かな池の岸に辿りついた。氷の張りつめた大きな白い湖のようなその池の周囲には、激しい山の起伏を縫って厳しい条柵が張り繞《めぐ》らされ、前方にひときわ高い丸木の標札には、「片倉砂金鉱床池」の七文字が黒々と威嚇的に浮きあがっていた。辺《あたり》はシンとして虫の気配さえない。紋平は条柵の門の前までやって来ると、胸のかくしから立派な鍵を取出して扉をひらき、満足そうに氷の張りつめた池の上へ歩き出した。黄太郎もひきずられるようにその後に従った。

「どうもなんですよ。なかなか手間がとれましてな」歩きながら紋平が云った。「だいたい砂金なんて奴は、あんたも知っての通り、『椀ガケ』や探鉱機《エンパイヤ・ドリル》で含金の調査さえしてしまえば、あとは木樋《きとゆ》や金簸箕《かなはみ》の仕度をしてネコナガシを始めるだけなんだが、それが普通の場合なんだが、どうもこう鉱床の所在が厖大で特種な場合になって来ると、いやはや、なかなか手数がかかるんでな……」

そう云って紋平は、厚い氷の上を二度三度殊更に強く踏みつけた。

「だが、それほどの経費と時間を費しても、まだまだ飽き足らぬ程わしを富まして呉れる莫大な砂金脈が、この氷の下約三四米《メートル》の池底に広々と横《よこた》わっているんですわい」

紋平は、話しながらどんどん氷の上を池の真中へ向って歩いて行った。俯向いたまま黙ってついて行く黄太郎の顔色は、妙に蒼褪めて、鼻頭には大粒な汗がいつの間にか浮び出ていた。紋平の話は黄太郎を煽《あお》り立てる。黄太郎の心は激しい嫉妬に燃爛《もえただ》れる。そしてその熔鉱炉のどん底から鋭い野心が火の玉のように突きあがる。三年越の自分の労苦に比してこ奴はなんと云うアツカマシイ棚ボタ野郎だ！　この身寄のない因業親爺と五百万円の砂金鉱床！　淋しい山の池の誰も見ていない氷の上の二人！　たった二人！――こうした数々の煽情的なタイトルの群が物凄い勢で渦巻き始める。雪。山。氷。紋平。それらのものがごっちゃになって無数の蛍が飛び廻る。息づまるような殺人のモンタージュだ。

不意に黄太郎は辺《あたり》をギロッと見廻した。そして素早く紋平の後に寄りそうと、のしかかるようにその体にとびついた。鈍い、毛皮を突破るようなひどく小さな音がしたかと思うと声もたてずに体をふたつに折り曲げて大きな口を開いたまま振返った紋平は、倒れながら恐ろしい力で黄太郎の顔をなぐりつけた。光線よけの金縁眼鏡が微塵に砕けてすっ飛んだ。同時に黄太郎も足を滑らして氷の上へ尻餅をついた。が白い氷の肌に真赤なものを鮮かに見ながら夢中で起きあがると、倒れた紋平の上に馬乗りになって、二三度つづけざまに白い刃物をキラリキラリと振りあげた。

二

雪が降り始めた。

季節には少し遅れた珍らしい大雪だ。その雪のなかをどこからやって来たのか鴉《からす》が一羽、なんとなく不吉な声で鳴きながら大きく円を描いて低空飛行をしはじめる。

　黄太郎は紋平の手から鍵を取上げてたちあがった。肌着の下で全身が、グッショリ汗をかいている。心臓がどくどく鳴り続ける。なにくそッ！　こんなことで。もっと冷静にならなければならない。これからがほんとうの仕事なんだ！　この雪は、まもなく紋平の屍体をすっぽりと包んでしまう――そうだ。黄太郎は素晴しい結果に気がついた。しかも厳重な砂金池の氷の中へは、いまはもう自分以外には誰だって一歩も立入ることは出来ない。この場合なにをなすべきか？　まずなによりも先に、娘のキエや宿の者達へ紋平が札幌へ出かけたに違いないと思わせるための偽りの証拠を作らねばならない。時間のかかる仕事だ。急がねばならない――そう考えがきまると、紋平のスーツ・ケースを提げ、砂金池の門に錠を下ろし、案外確かな足取で雪の山道を麓のN村へ向けて歩き出した。

　歩きながらも黄太郎の心臓は、まるで小さな一匹の野獣のように、わくわくと高鳴りつづけた。黄太郎は時計を出して見た。まだ朝の十時だ。気を落着けるために何本かの巻煙草を無暗《むやみ》に吹かしながら、人通りのない山道を駈けるように下っていった。軈《やが》て麓の村につくとそこで黄太郎は定期の馬鉄に乗って、十二時頃には更に二里程下《しも》の小さなS駅にやって来た。そして札幌行の二等切符を買い込むと、その私設鉄道の貧弱な淋しい客車に乗り込んだ。けれども直ぐ次の小さな駅で降りてしまうと、間道伝いに温泉部落の方角へ向けて深い山道に分け入った。勿論この仕事は後日のための周到な用意に過ぎなかったので、紋平のスーツ・ケースと不要になった切符を底知れぬ谷底へ焼き捨てることを忘れなかった。

S駅を鈍角頂点とする三角形の長い底辺にあたるその間道は、思ったよりも嶮《けわ》しかったし、殆ど人通《ひとどお》りのないために雪が深くて、だから黄太郎が温泉部落に帰りついた時には、もう灰色の暮色が其処彼処《そこかしこ》の谷蔭にひたひたと逼《は》いよっていた。割に易々と始末がついて行くのに黄太郎は寧《むし》ろ妙な快感をさえ覚え始めた。これからひと風呂浴びて、それから池の上の紋平の屍体を、人知れず埋葬してやろう——そんな風に考えながら鳳鳴館へ帰って来た黄太郎は、だがそこで、はからずも、北の温泉から一足先に帰っていたキエにぶつかると、思わずギクッとなって、自分ながら可笑《おか》しなほどにあわて始めた。

けれどもこのハイカラな失踪砂金師の一人娘は、相も変らず明朗で、活潑で、黄太郎のしたことなど雀の涙ほども知ってはいなかった。ただ、女中から父が札幌へ出発《たっ》たことを聞かされていた彼女は、早速黄太郎の部屋を訪れた。

「……相変らず偏屈屋だわ。もう一日待てば、私が帰って来たのに……」

そう云ってキエは、派手なガウンの袖口から白い二の腕を殊更に見せつけて、セミ・ボッブの髪の毛を耳の後へ撫上げ撫上げした。

黄太郎はゴクリと唾を飲込みながら、

「ああ、お父さんから、貴女《あなた》へ伝言《ことづけ》がありましたよ。——急に出掛けるが留守中に人夫が来たなら、直ぐにも工事に取掛らせるようにってね。それから、ひょっとすると、少し永くかかるかも知れないって云われましたよ」

「ふん。ご自由に……父のことだから、そんなことを云っていくようでは、いつ帰って来るか判りゃしないわ。札幌に、犬塚理学士が来てるのよ。多分、そこへ出掛けて行ったんだわ……でも私少しも困らない。私だって、いっぱし砂金師ですもの、必要な事務をテキパキ片附けるくらいの能力は、こう見えたって持ってるつもりなの……」

そう云ってキエは悪気なく肩を反らした。

ところが困ったことに、それからも彼女は夜が更けるまで黄太郎の座敷に座りこんで、つまらぬ軽口を叩き続けた。黄太郎は池の上の紋平の屍体が気にかかってならなかった。

けれども翌朝、一層困ったことが持上った。片倉紋平に雇われた数名の道路工夫が、温泉部落へやって来たのだ。そして人相のよくない監督の指図に従って、部落から砂金池へ通ずる細い一本道の入口へ、粗末なバラックの工夫部屋を作り始めた。紋平のお転婆娘は黄太郎の処へやって来て、女独りと見られてナメられたくないから二三日側《そば》についていて呉れないかと、内内で飛んだお手伝いを申込んで来た。そして革のパンツをはきこんで、誰を叩くつもりなのかクロチクの鞭などをぶらさげながら、現場へ立会に出ていった。――これでは砂金池へこっそり出掛けることなど、とても出来ない。黄太郎は思わず舌打ちをした。

そしてとうとういらだたしい焦燥のうちに二三日が過去った。そのあいだ黄太郎は、絶えずキエの隙をうかがった。けれども父親が留守になったり、わけの判らぬ荒くれ男がやって来たりしてからのキエは、なんと云っても女だけに眼に見えて黄太郎に親しく寄添うようになってきた。考えてみれば紋平の屍体は雪に包まれているのだし、砂金池の鍵は自分が持っているのだから、なにも心配するほどのことはないのだが、それでも余り執拗につきまとうて果ては眼鏡の縁の変ったのにまで気をくばり「ロイドのほうが線が太くて好き」などと云われるととうとう黄太郎はやりきれなくなって、或る日わずかの隙を盗んでリュク・サックから双眼鏡をとり出すと、いつか金鉱《やま》探しでふと気紛れ半分に登ったことのある鳳鳴館の直ぐ裏の高い崖の上へかけ登っていった。そこからは山と山の織りなす鋭い間隙を通してあの池をひそかに覗き見ることが出来るのだ。

軈《やが》て嶮《けわ》しい崖の頂につくと、激しい息使いに肩を波打たせながら双眼鏡を覗き込んだ。と、ギョッとして黄太郎は思わず息を飲み込んだ。——遠い池の真ッ白であるべき氷の上には、これはまた悪魔のように真ッ黒な無数の小動物がしかも紋平の屍体の置かれた附近を中心にして、こんがらかったりもつれたり、或は集団を離れて追駈け合ったり陰気な空へバラバラと舞いあがったり——黄太郎はわなわなと顫えながら、身じろぎもせずに覗き続けた。

けれども軈《やが》てそれがどこからどうして集って来たのか、なん百とも知れない夥しい鴉の群が紋平の腐肉を啄《ついば》んでいる姿であることに気のついた黄太郎は、ほっとして眼を伏せた。そして躍る心を抑えながら、いったいこのことは自分のために悪いことであるか良いことであるかを静《しず》かに考えてみた。そして間もなく、鴉の群が屍体の処分を肉の分だけ手伝って呉れた、つまり自分にとって却って都合の良いことであるのに気づいた黄太郎は、軈《やが》て安心したように崖をおりていった。けれども、流石《さすが》にもうこれ以上じっとしていることは出来なかった。

翌朝、黄太郎は誰よりも早く跫音《あしおと》を忍ばせながら起きぬけると、探鉱用の小型の鶴嘴《つるはし》を持ってこっそりと片倉砂金池へやって来た。

氷の上の紋平の屍体には、今朝はもう十羽足らずの鴉しか寄っていなかった。けれども黄太郎が近づいて行くと、大きな鼓翼《はばたき》をしながら、舞いあがって近くの山の白樺の梢に止まり、飽食しきったような声で鳴き喚いていた。紋平の屍体は殆ど骨だけになっていたので割にさっぱりしていたが、それでも屍体のすぐ近くに寄添った時、合せ先をボロボロにつつき破られた服の下の恰度胸に当るあたりからバサバサ音を立ててチョッキの上へ踠《もが》き出た逃げ遅れの鴉の一羽が、小さな肉のついた骨片を啣《くわ》えて、キョトキョトしながら飛びあがって行ったのにはゾッとするような寒さを覚えて、思わず黄太郎も身を引いた。

だが、愚図愚図してはいられない。気を取直した黄太郎は、腰を屈めてはだけられた紋平の外套の襟先を合せ持ち、骸骨を包むようにして攫み上げた。けれども骨だけになっているのでゴソリと足から抜け落ちたボロボロの靴や、それからラッコの眼出帽子《スキーハット》やステッキを再び腰を屈めて拾い上げると、それ等のものをしっかと持って池の岸の山の中へ運んで行った。そこで黄太郎は深い穴を掘り片倉紋平の埋葬を済ますと、その上に大きな岩を砕き落して再び池の上へ引返して来た。もうそこには紋平の屍体はない。ただ、ほんの小さな食い散らされた肉片や骨や鴉の糞や、それから氷の中へ染み込んで黄色く漂《さら》されかかった微《かすか》な血痕などが、薄穢《うすぎたな》く散らばっているだけだった。けれども凡《すべ》てこれ等のものは、軈《やが》て池の氷が解けると同時に後形《あとかた》もなく消え去ってしまうものである事に気がつくと、ニッコリ笑いながら黄太郎は、池の岸に戻って条柵の門に固く錠を下ろした。

久し振りの上天気で、急に春めいた朝日が東の谷間から登り始めると、あたりはいきいきとした光に輝き出した。黄太郎は太陽に向って心から深い呼吸をくり返した。——ああ、これで気が清々した。もう俺のしたことは、影も形もなくなってしまったのだ！

三

四月も半ば過ぎて、北海道の山奥にも、やがて輝かしい春がやって来た。

まず、南に面した山の傾斜の雪が解け始めると、その下からアカエゾやグイマツの密林が、いきいきとした緑の肌を天鵞絨《ビロード》のように繰り拡げる。そしてそのむっちりした原始林の下では、急に賑やかな雫《しずく》の音が聞え始める。雪の雫は寄り集って小さな臨時の渓流《たにがわ》をつくり、暖かな太陽の光にキラキラと輝きながら池の中へ流れ込む。池では、氷が解け始める。初め岸に沿って湧き出した瑠璃色の水は、春めいた漣《さざなみ》を立てながら池の中心に向って追々に厚い氷を蝕んで行く――。

山に、部落に、砂金池に、待ちに待った春が訪れる、恰度それと同じように、黄太郎の胸の底にも押えきれぬ活気が萌生《めば》え始めた。もうどこを見ても、あの忌わしい出来事に対する暗い影は見当らない。そしてそれと同時に莫大な砂金が、自分のものに、殆ど自分のものになり始めたという強烈な事業への意識が、ヒシヒシと胸に逼《は》い寄って来た。一方なにも知らないキエは、父のところからまだ一度も便りのないのを少しずつは訝《いぶか》りながらも、相変らずの元気で益益黄太郎に食い入って来た。毒を喰らわばなんとやらで、この際黄太郎としても決して悪い気持はしなかった。そしてその度に心の底でひそやかな凱歌が湧き起った。

――シユンセツセンオタルニツイタスグ　ハコブ　シタクハヨイカ――

受信者は片倉紋平。発信者はカナダ・セントラル・マシーン会社代理店技師とある。

或る朝そんな電報を受取ったキエは、あたふたと黄太郎の部屋を訪れた。

「いよいよ時態切迫よ。でも、父は、いったいどうしちまったんでしょう？　私もう先《せん》、札幌の犬塚さんの宿へ宛てて、手紙を出しておいたの。でも、まだ返事が来ないのよ。……いくら偏屈屋だって……ね、黄太郎さん。あんた、どう思う？」

「さあ、ねえ？」

黄太郎は鹿爪らしく腕を組んで、六ケ敷《むつかし》そうな顔をして見せた。

「……それとも、札幌位の街で迷い子になったんでしょうか……いやだわ。おとなの迷い子なんて……でも、父に限ってそんな女《ひと》のありそうな筈はなし……それに、もう、機械を運び込む道路のほうの仕事は、始まってるじゃあない。明日あたりは、家を建てる大工も来る筈なんだし……ね。黄太郎さん。あんたもう、ありもしない金鉱《やま》など探すのはよして、もっと現実的にならない？　ね、私達と一緒に働かない？　どう。いいでしょう？」

キエはそう云って、黄太郎の顔をまじまじと見詰めた。勿論こうしたことはいまの黄太郎の待ちかまえていたところだった。で、なるべく自然に、出来るだけ円滑な返事をと思って、

「……そうですねえ。お父さんのお帰りが遅いようですから……じゃあひとつ、お留守の間だけでも手伝いましょうか」

と、やってのけた。

二三日すると、氷の解けかかった池のほとりで快いノミの音が、急に色づいた山々のあいだに威勢よく木霊《こだま》し始めた。部落から砂金池までの小さな一本道は、臨時雇《エキストラ》の道路工夫達に依って荒々しく改修されて行った。黄太郎とキエは、各自に部署を分けて人々の仕事を監督した。工事は見る見る捗《はかど》って数日のうちに池の岸のバラックは骨組を終り、雪の解けかかった山の肌には、粗末ながらもなまなましい道路が切り開かれて来た。が、片倉紋平は依然として帰らない。手紙一本やって来ない。流石《さすが》のキエも焦り始めた。

「……どこかで、熊にでも喰われてしまったんでしょうか？」

「まさか――」

黄太郎は笑って見せた。

「本当に札幌へ行ったんでしょうか？」

「ま、そう見るのが至当でしょうな」と、茲《ここ》で黄太郎はもっともらしく、「……でも、心配ですから、念のためにS駅まで行って調べてみてもいいですがね。山の中の小さな駅のことですから、あの雪降りの日に札幌行の二等切符が、一枚出たかどうか位のことは、直ぐ判る筈ですよ」

「そうね……私、いってみるわ」

そこでキエは、山をおりて行った。が、夕方になって帰って来た彼女は、割に元気で、

「やっぱり札幌だわ。今月になって始めての、そしてたった一枚の札幌行の二等が、恰度あの日に売れているの。……でもね、帰り途で、私いいことを思出したの。浚渫船《ドレッジャー》が着いて採金《しごと》が始まったなら、是非とも手伝わしてもらいに出掛けるからって、あの発見者の犬塚さんが、東京で父と取引を済ました時に、私達へ約束したのよ。だからね、父はひょっとすると採金《しごと》が始まる頃になって、犬塚理学士と一緒にやって来るつもりなのかも知れないわ。でも、そうとすると、随分横着ね。……これから私、犬塚さんへ手紙を出そう。——もう近日中に機械もつくし、当方の仕度も万端整ったから、すぐに出て来て下さいってね。それから、キエと黄太郎は、今日婚約したって伝言《ことづけ》て、父を驚かしてやるわ」

そう云ってキエは、肩をすぼめて笑いこけた。

軈《やが》て山の部落に、うららかな五月がやって来た。氷の解け終った群青色の池のほとりには、新鮮な木の香りを漂わしてささやかなバラックの家が出来上った。山の喬木は切り倒されて速製の電柱となり、バラックには電気がひかれて来た。石炭も運ばれ、簡単な家具も整った。キエと黄太郎は鳳鳴館を引き挙げ、新しい家に移った。そしてそこで、活潑な共同生活が始められる。

突然、砂金池への広い道路が完成されてから二日目の朝、麓の村の方角から、激しい力強い爆音が、静かな山の空気を震わせながら聞え始めた。爆音は追々に高く、強く、鋭く響いて、間もなく大きな荷物を牽《ひ》きずッた逞しい一台のトラクターが、新しい道路の上を駈け登って来た。機械が着いたのだ。トラクターに牽かれた銀色の機械、採金用のバケット式小型浚渫船《ドレッジャー》が片倉砂金池に到着した。

機械には、会社から廻された代理店附の技師が一人、小さなトランクを携《さ》げてついて来た。元気のいい挨拶や、送券の受渡しが終った。素朴な暖かい池の景色の中へは、鋼鉄製浚渫船《ドレッジャー》のメカニカルな姿態が、急に鋭い調和を描き出し、山の中には、新鮮な活気が波紋のように拡り始めた。――だが、犬塚理学士も片倉紋平も、まだやって来ない。キエは、理学士へ宛てて至《ウ》急《ナ》電報を打った。

鍵のない砂金池の門は、手斧で打破られた。浚渫船《ドレッジャー》は小さな力学的な計算と準備にまる二日間を費して、漸《ようや》く池へ浮び出た。雪も氷もすっかり解けた砂金池の面へ、美しい緑色の漣《さざなみ》を立てて浚渫船《ドレッジャー》の進水が終ると、技師は、機械の要部とその精能に関して詳細な説明をした。動力のための石炭も、そしてその他の細かな附属品も完全に積込みを終って、もう採金《しごと》は直ぐにも始められる手配がととのった。――が、依然として紋平も理学士もやって来ない。二日前に理学士へ宛てた電報の返事すら届かない。キエの顳顬《こめかみ》のあたりには神経質な青筋が突ッ走った。そして到頭拳を振《ふる》っていらだたしげに叫んだ。

「もう我慢が出来ない！　いつまで待ってもきりがない。さあ、直ぐに採金《しごと》を始めましょう」

そこで黄太郎は皮肉な微笑を漏らしながら、事業家然として悠々浚渫船《ドレッジャー》に乗り込んだ。技師もキエも、そして数人の職工も続いて乗り込んだ。間もなく黄色い真鍮の美しい煙突からは真黒な煙がムクムクと吐き出され、軈《やが》てその輝く銀色の舷側からは快いエンジンの律動が聞え始める。そして船は、静かな池の面へ夢のように鮮かな波紋を残しながら、力強く動き出した。

船が、池の岸から全く遠去かった頃、舷側の起重機に支えられて幾つものバケットを結びつけた大きな鉄の鎖《チエーン》が、ザブンと音を立てて水の中へ投げ込まれると、ガガガッと物凄く廻転し始める。

採金が始まるのだ。鎖《チエーン》に従って次々に水の中へ躍り込んだバケットの列は、軈《やが》て白ッぽい美しい砂礫を掬《すく》い上げて、ギクギクと軋《きし》みながら浚渫船《ドレッジャー》の屋根へ登って行く。其処で回転反覆するバケットから回転円筒篩《トロムメル》に移された含金砂礫は、撒水管から飛び出す水に洗われて、粗礫と重い含金砂とに分たれる。金を含まない軽い粗礫は、船尾から十米《メートル》も突出した太い長い排《はい》棄樋《きひ》によって、もと来た道へ投げ捨てられる。含金砂は幾つかの条板《テーブル》の上を流され、金はその桟の間の水銀と混汞《こんこう》しながら他の重い鉱物と共にその凹部にたまり、ひとつになって小さな水銀タンクの中へ落ち集まる——。

だが、どうしたことか、タンクの前で最初の金の一粒をみつけようとしてガンバッていた黄太郎の眼にも、キエの眼にも、まだ金はみつからない。

船はだんだん位置を換えて、池の中へ進んで行った。

こんな筈はない⁉　と云わんばかりに小首を傾げながら、黄太郎もキエも、蚤取眼でタンクの前に力んでいた。一時間。二時間。三時間。——が、まだ金は出て来ない。黄太郎の呼吸ははずみ出し、眼はだんだん血走って来た。そしてとうとう息づまるような労働が、殆ど終日空《むな》しく続けられた。

「君ッ。この機械は、狂ってはいないだろうね⁉」

突然、鼻先に汗をにじませながら、震える声で黄太郎が叫んだ。船を操縦していた技師は、驚いて機械室に駈け込んで来た。

「絶対に左様なことはございません。ご承知の通りカナダの本社は、国際的にも多大の信用を博しています。このバケット式浚渫船《ドレッジャー》の篩選《しせん》装置と云い、水銀汞化《こうか》装置と云い、その他一切の部分の精能の優秀性に関しましては、カナダ・セントラル・マシーン会社の名に於て絶対の保証をいたします」

「生意気を云うなッ」

黄太郎は気色ばんで怒鳴った。そして引き止めるキエを押し退け、気狂い染みた手つきで、タンクの中の沈澱物を引っ掻き廻しながら、「君ッ。これを見給え。こんな穢《きたな》いガラクタばかりじゃないかッ！」

そこで技師は、顔色を緊張させながら、黄太郎に代って沈澱物の鑑定を始めた。が、暫くすると顔を顰《しか》めて、

「……どうもこれは、鉱床が疑わしいですな。御覧下さい。これは黄鉄鉱です。これは磁鉄鉱です。凡《すべ》てこれ等の沈澱物は、黄鉄鉱、磁鉄鉱、イルメナイト、ルチール、ジルコン等々の、金に次いで比重の高い鉱片ばかりで、金そのものは少しもありません。もういちど、鉱床を鑑定なさって、含金の品位をお調べになっては如何でしょうか？」

「な、なんだって？」黄太郎が喰ってかかった。「この池が贋物《にせもの》だって⁉　君は犬塚理学士を、詐欺師だとでも云うのか！　いやさ、この吾々の大事業が、イカサマに引っ掛ったとでも云うのか！　ああ、飛んでもない。……妄念だ。根もない猜疑だ！　君の操縦が悪い。わしが船を動かして見せるッ！」

そう叫んで、眼をキロキロさせながら半狂乱の黄太郎は、昇降口《ハッチ》のタラップを登って操縦室に飛び込んだ。

軈《やが》て黄太郎の操縦で、火のついたようなエンジンは前よりも一層激しく唸り始め、鎖《チエーン》のバ

ケットは、砕けるような悲鳴を挙げ出した。船は中風患者のように顫え続け、バケットから振り飛ばされる飛沫は、黒い煙に吸い込まれて、堪えがたい機械の雑音と一緒に五月の青空へグルグルと渦巻き上る。

「金だ！　金だ！　金が出るぞウ！」

黄太郎の極度の昂奮は、到頭突発的な狂躁状態を示し始めた。急に血の気の引いた顔を妙に歪ませて、あらぬ叫びを口走る。技師はと云えば、これもまた腰の抜けたような足取りで、機械室と操縦室との間を、行ったり来たり飛び廻っていた。が、キエは、まるで凍えたように蝦《しゃ》蛄《こ》張って、襲いかかる恐ろしい疑惑と戦いながら、タンクに齧《かじ》りついて沈澱物を見据えていた。

——其の中では、無数のガラクタ鉱物が、うじゃうじゃと、組みつ、ほぐれつ、絵になったり字になったり、犬塚理学士の顔が浮かび出たかと思うと、それが歯をむき出してニタリニタリと笑い始める——彼女は、打ちのめされたように、よろよろと立上った。

と、この時、不意に、キラッと光ったものがある。

「金だ‼」

思わずキエは叫んで、タンクの中から、大きな塊金《ナゲット》をつまみあげた。が、急にキッとなると、

「おや、これは、お父さんの指環だ⁉」

そう叫んでアングリ口を開いたまま、暫くは呆然自失の体《てい》——。すると、又してもこの時、前よりも一層大きな塊金《ナゲット》が、キラッと光った。が、すかさずそれを拾いあげたキエは益々呆れ

た口調で、

「まあ、これは、お父さんの腕時計だ⁉」

――全く、顫えるキエの掌に乗せられた二つの品物は、あの氷の上でボロボロの紋平の骸骨から、すっぽり抜け落ち、氷が解けた時から池の底へ沈んでいたに違いない指環と、そして腕時計であった。

突然、今度は、前よりも小さな奴が光った。キエはつまみあげると、今度こそは本物らしいその塊金《ナゲット》をしげしげと覗き込んだ。が、やがて不意にそ奴《いつ》を取り落すと、ギョッとしてその場に立竦《たちすく》んだ。

――ああ、歯！　確かお父さんの下顎の、臼歯に植っていた金歯だ！――

船は、いつのまにか池の真ン中へやって来ていた。操縦室の方からは、「金が出るぞ！　金が出るぞ！」と、吼《ほ》えるような黄太郎の喚き声が、しどろもどろな技師の足音に混じって、烈しい機械と水の雑音の中から聞えて来る。採金だ。活躍だ。大事業だ！

けれども片倉紋平のハイカラ娘は、いまにも泣き出しそうな顔つきで、塑像のようにつッ立っていた。そして彼女の夢見るような空虚《うつろ》な眸《ひとみ》は、もういちど、タンクの中の金色の光を、いやでも見なければならなかった。キエは思い切ってその黄金《こがね》を拾い上げた。

だが――ああ、ナンと云うことだ。第四の塊金《ナゲット》は、割れかかった青硝子のはまった、光線よけの金縁眼鏡ではないか！

瞬間。キエは、父がいなくなった時から、黄太郎の眼鏡の縁の変ったことをふと思い出した。そして恐ろしい意識と思索の群が、嵐のように彼女の頭を叩きつける。間もなく彼女は、この池の氷の上で行われた恐ろしい出来事を、虹のようにハッキリと識《し》り始めた――。

四つの金を出したタンクからは、それから何時間か過ぎてももうなにも出て来なかった。そしてセントラル・マシーン会社のバケット式浚渫船《ドレッジャー》は、気の狂った黄太郎と立迷える技師と眼を瞋《いか》らしたキエを乗せて、広い広い湖のような贋砂金池の中を、癲癇患者《てんかんやみ》のように顫える波紋をひろげながら、千鳥足で、あてどもなく彷徨《さまよ》っていった。

（〈ぷろふいる〉昭和十年三月号）

坑鬼

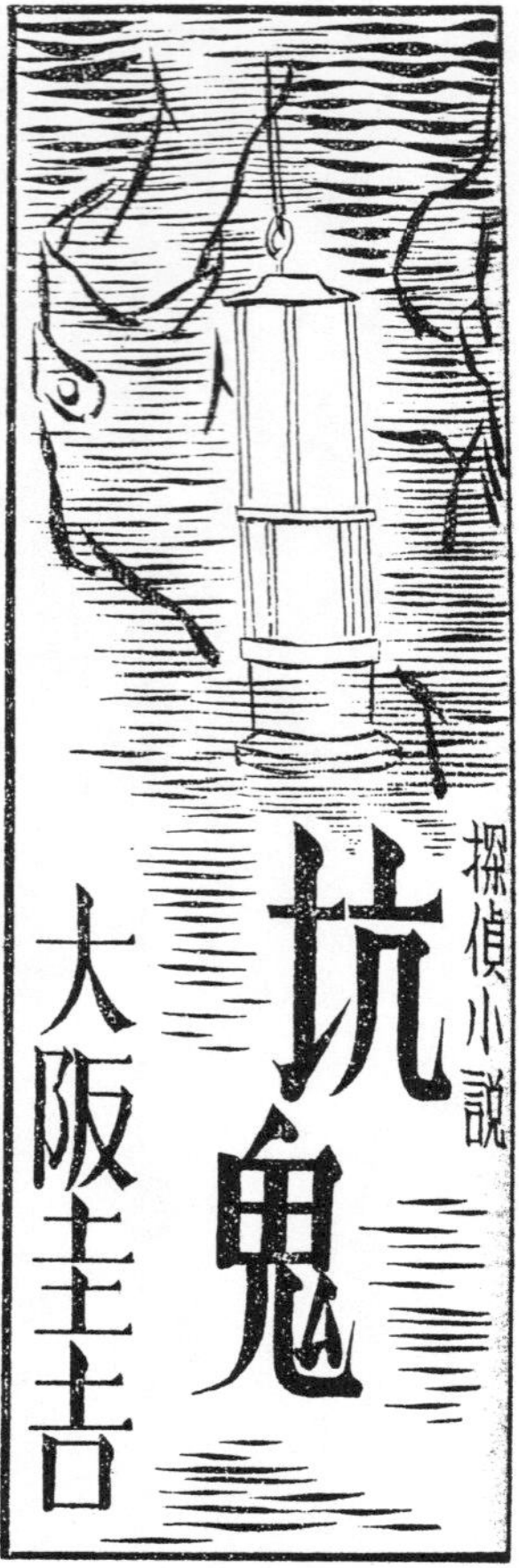

一

室生岬の尖端、荒れ果てた灰色の山の中に、かなり前から稼行を続けていた中越《ちゅうえつ》炭礦会社の滝口坑は、茲《ここ》二三年来めきめき活況を見せて、五百尺の地底に繰り拡ろげられた黒い触手の先端は、もう海の底半哩《マイル》の沖にまで達していた。埋蔵量六百万噸《トン》——会社の事業の大半はこの炭坑《やま》一本に賭けられて、人も機械も一緒くたに緊張の中に叩ッ込まれ、きびしい仮借のない活動が夜ひるなしに続けられていた。しかし、海の底の炭坑は、いかなる危険に先んじて一歩地獄に近かった。事業が繁栄すればする程地底の空虚は拡大し、危険率は無類の確実さを以って高まりつつあった。人々は地獄を隔てたその薄い命の地殻を一枚二枚と剝がして行った。

こうした殆んど狂気に近い世界でのみ、初めて頷かれるような狂暴奇怪な形をとって、異変が滝口坑を見舞ったのは、まだ四月にはいったばかりの寒い頃のことであった。地上には季節の名残りが山々の襞《ひだ》に深い雪をとどめて、身を切るような北国の海風が、終日陰気に吹きまくっていようと云うに、五百尺の地底は、激しい地熱で暑さに蒸せ返っていた。そこには、一糸も纏《まと》わぬ裸の世界があった。闇の中から、臍《へそ》まで泥だらけにして鶴嘴《つるはし》を肩にした男が、ギロッと眼だけ光らして通ったかと思うと、炭車《トロ》を押して腰に絣《かすり》の小切れを巻いた裸の女が、魚のようにに身をくねらして、いきなり飛び出したりした。

お品《しな》と峯吉《みねきち》は、こうした荒々しい闇の世界が生んだ出来たての夫婦であった。どの採炭場《キリハ》でもそうであるように、二人は組になって男は採炭夫《さやま》を、女は運搬夫《あとむき》を受持った。若い二人は二人だけの採炭場《キリハ》を持っていた。そこでは又、小頭の眼のとどかぬ闇が、いつでも二人を蜜のようにに押し包んだ。けれども例外ということの認められないこの世界では、二人の幸福も永くは続かなかった。

それは流れ落ちる地下水の霧を含んだ冷い風が、いやに竪坑の底まで吹き降ろして来る朝のことであった。

二枚目の伝票を受取ったお品は、捲立《まきたて》の底で空《から》になって降ろされて来た炭車《トロ》を取ると、そのまま長い坑道を峯吉の採炭場《キリハ》へ帰って行った。炭坑は、謂わば黒い息づく地下都市である。二本の竪坑で地上と結ばれた明るい煉瓦巻の広場にはポンプや通風器の絶え間ない唸《うな》りに、技師のT型定規や監督の哄笑が絡まって黒い都市の心臓がのさばり、そこから走り出した太い一本の水平坑は謂わば都市計画の大通りだ。左右に幾つも口を開いた片盤坑は東西何丁通りに当り、更にまた各片盤坑に設けられた櫛の歯のような採炭坑は、南北何丁目の支線道路だ。幹線から支線道路へ、いくつものポイントを切って峯吉の採炭場《キリハ》へ近づくにつれ、お品の足は軽くなるのであった。

片盤坑の途中で、巡視に出たらしい監督や技師に逢ったきり、会社の男にぶつからなかったお品は、最後のポイントを渡ると急カーブを切って峯吉の採炭場《キリハ》へ駈け込んで行った。

闇の坑道には、いつものように峯吉が待ち構えていた。走り込んで行った炭車《トロ》を飛び退くようにして、立ちはだかった男の腕の中へ、お品は炭車《トロ》の尻を蹴るようにして水々しいからだを投げかけて行った。投げかけて抱かれながら、お品は夢見心地で、闇の中を独りで遠去かって行く空の炭車《トロ》を、その枠の尻にブラ下げた仄暗い、揺れ続ける安全燈《ランプ》を見たのであった。

全くそれは夢見心地であった。あとになってその時のことは何度も調べられたし、又女自身でも何度も考えたことであるが、その時の有様はハッキリ頭の中へ焼きつけられていながら、尚且《かつ》それは夢の中の記憶のようにそらぞらしい出来事であった。

お品の安全燈《ランプ》は、その暗闇の中に抱き合った二人を残して、わずかに炭車《トロ》の裾を淡く照らしながら遠慮でもするかのように揺れながら遠退いていったのであるが、みるみる奥の採炭場《キリハ》の近くまで遠退いていったその炭車《トロ》は、そこのレールの上に鶴嘴でも転っていてかチャリーンと鋭い音を立ててひときわ激しく揺れはじめ、揺れはじめたかと思うとアッという間に安全燈《ランプ》は釘を外れてレールの上へ転落して行った。

滝口坑で坑夫達に配給していた安全燈《ランプ》は、どこの炭坑とも同じようにやはりウォルフ安全燈《ランプ》であった。ウォルフ安全燈《ランプ》というのは、みだりに裸火にされる危険を避けるために、竪坑の入口の見張所の番人の持っている磁石《マグネット》に依らなければ、開閉することの出来ない装置になっていた。けれども、取扱いに注意を欠いて斜に置いたり、破損するようなことがあっては安全を期することは出来ない。

悪い時には仕方のないもので、お品の安全燈《ランプ》は炭車《トロ》の尻にブラ下げてあり、そして空の炭車《トロ》はそのまま走っていたのであるから炭車《トロ》の尻には複雑な気流が起り、いままで地面に沈積していた微細な可燃性の炭塵は、当然烈しく捲き立てられていたのであった。全くそれはふとしたことであったがその瞬間に凡《すべ》ての悪い条件は整ってしまい、いままで二人の幸福の象徴でもあった安全燈《ランプ》は、ここで突然予期しない大事を惹き起してしまったのだ。

瞬間、女は眼の前で百のマグネシウムが焚かれたと思った。音よりも先に激しい気圧が耳を、顔を、体をハタッと撃って、なにか無数の泥飛礫《どろつぶて》みたいなものがバラバラッと顔中に打当るのをボンヤリ意識しながら、思わずよろめいた。よろめきながら早くも四壁に燃えうつった焔を採炭場《キリハ》の奥に覚えると、夢中で向き直って片盤口へ馳け出したが、直ぐに「峯吉は」と気づいて振返ると男も真赤な焔を背にして影のようにあとから馳け出して来る。炭塊に燃移った焔は、捲き起された炭塵の群に次々に引火して火勢はみるみる急となった。お品は背後に続く男の乱れた跫音《あしおと》と、目の前の地上に明々《あかあか》と照らし出された二人の影法師に僅かな安堵を覚えながらそれでも夢中で駈けつづけた。レールの枕木にでもつまずいてか突然後ろの影がぶッ倒れた。眼の前に片盤坑の電気が見えた。

しかしお品がその電気の下に転げ出た時、ここで最初の悲劇が持上った。片盤坑に抜け出たお品がそこの複雑なレールのポイントにつまずいて思わず投げ出されながら後ろを振返った時に、早くも爆音を聞いて駈けつけた監督が、いまお品の転げ出たばかりの採炭坑の入口で、そこにしつらえられた頑丈な鉄の防火扉をみるみる締めはじめた。一足違いで密閉を免れたお品は、ホッとして無意識であたりを見廻わしたが、この時はじめて恐ろしい事態が呑みこめた。大事な男が、峯吉がまだ出ていない。お品は矢のように起上ると防火扉の閂《かんぬき》にかかった監督の腕に獅嚙《しが》みついた。激しい平手打が、お品の頰を灼けつくように痺《しび》らした。

「間抜け！　火が移ったらどうすんだ！」

監督が呶鳴《どな》った。お品は自分とひと足違いで密閉された峯吉が頑丈な鉄扉の向うでのたうち廻る姿を、咄嗟《とっさ》に稲妻のように覚えながら、再びものも云わずに狂いついて行った。

が、直ぐにあとから駈けつけた技師の手で坑道の上へ叩きつけられた。続いて工手が駈けつけると、監督は防火扉の隙間に塗りこめる粘土をとりに駈けだして行った。こんな場合一人や二人の人間の命よりも、他坑への引火が恐れられた。それは今も昔も変らぬ炭坑での習わしであった。

発火坑の前には、坑夫や坑女達が詰めかけはじめていた。皆んな誰もかも裸でひしめき合っていた。技師だけがコールテンのズボンをはいていた。狂気のようになって技師と工手に押しとめられているお品を見、その場にどこを探しても峯吉の姿のないのを知ると、人びとはすぐに事態を呑み込んで蒼くなった。

年嵩の男と女が飛び出した。それは直ぐ隣りの採炭場《キリハ》にいる峯吉の両親《ふたおや》であった。父親は技師に思いきり一つ張り飛ばされると、そのまま黙ってその場へ坐ってしまった。母親は急に気が変になってゲラゲラと笑いはじめた。レールの上へ叩きつけられて喪心してしまったお品を、進み出て抱え上げた坑夫があった。父母の亡くなったお品にとって、たった一人の肉親である兄の岩太郎であった。

女を抱きあげながら岩太郎は、憎しみをこめた視線を技師達のほうへ投掛けると、やがて騒ぎ廻る人びとの中へ迎え込まれて行った。

監督が竹簣へ粘土を入れて持って来た。続いて二人の坑夫が同じように重い竹簣を抱えて来た。工手がすぐにコテを取って鉄扉の隙間を塗込めはじめた。

ほかの持場の小頭達が、急を知った坑内係長と一緒にその場へ駈けつけて来ると、技師と監督は、工手の塗込作業を指揮しながら騒ぎ立てる人びとを追い散らした。

「採炭場《キリハ》へ帰れ！　採炭《しごと》を始めるんだ！」

呶鳴られた人びとは、運びかけの炭車《トロ》を押したり、鶴嘴を持直したり、不承不承引上げて行った。興奮が追い散らされて行くにつれて、鉄扉の前に居残った人々の顔には、やがてホッとした安堵の色が浮び上った。

犠牲は一坑だけにとどまった。しかもこうして密閉してしまえば、その一坑の焔さえも、やがて酸素を絶たれて鎮火してしまう。採炭坑は、謂わば炭層の中に横にクリあけられた井戸のようなもので、鉄扉を締められた入口の外には蟻一匹這出る穴さえないのであった。

間もなく塗込め作業が完了した。この時が恰度午前十時三十分であったから、発火の時間は恐らく十時頃であったろう。けれども塗込作業の終った時には、もう発火坑内にはすっかり火が廻ったと見えて、熱の伝導に敏感な鉄扉は音もなく焼けて、人びとに不気味な火照《ほてり》を覚えさせ、隙間に塗りたくった粘土は、薄いところから段々乾燥して色が変り、小さな無数の不規則な亀裂が守宮《やもり》のように裂けあがって行った。

技師も工手も監督も、一様に不気味な思いに駆られて妙に苦り切ってしまった。やがて急を聞いて駈けつけた請願巡査が、事務員に案内されてやって来ると、坑内係長は不機嫌に唾を吐き散らしながら、巡査を連れて広場の事務所のほうへ引上げていった。小頭達も、それまでその場に坐り込んだまま動こうともしない峯吉の父親を引立てて、同じように引きあげて行った。

監督は、工手を指揮してその場の跡片附をしはじめた。もうこれで鎮火してしまうまで発火坑には用はない。いや何よりも、第一手のつけようがないのであった。

鎮火の進行状態は、技師の検定に委ねられた。採炭坑には、どこでも通風用の太い鉄管が一本ずつ注がれていた。一人だけあとに残った技師は、鉄扉の上の隙間から、塗込められた粘土を抜け出して片盤坑の一層太い鉄管へ合流している発火坑の通風管を、その合目から切断してしまうと、その鉄管の切口から烈しい圧力で排出されて来る熱瓦斯《ガス》の分析検査にとりかかった。

時どき炭車《トロ》を押した運搬夫達《あとむき》の行列が、レールの上を思い出したようにゴロゴロ通って行った。騒ぎの反動を受けて急に静かになった片盤坑の空気を顫わして、闇の向うから、気の狂った峯吉の母の笑い声が、ケタケタと水瓦斯《ガス》のように湧きあがって来た。

黒い地下都市の玄関である坑内広場は、もう平常の静けさに立返っていた。滝口坑はこの夏までに十万噸《トン》の出炭をしなければならない。僅かの変災のために、全盤の機能が遅滞することは一分間と雖《いえど》も許されなかった。闇の中から小頭達の眼が光り、炭車《トロ》もケージも、ポンプも扇風器も、一層不気味に静まり返って動きつづけていった。しかし事務所の中では、係長がひどく不機嫌に当り散らした。

発火後のごてごてした二十分間に、何台の炭車《トロ》が片盤坑に停まり、何人の坑夫が鶴嘴を手から放したか、係長は真ッ先にそれを計算した。続いて発火坑の内部で、何噸《トン》の石炭が焼失してしまったか、しかしこれは未知数だ。現場の検査にまたない限り、恐らく概算も摑めない。そこで事務員の一人が鎮火状態を調べに向かわされた。ところで次に、この損害の直接の責任が誰の上にかかって行くか、発火の原因を調べなければならない。係長はもう一人の事務員に、助かった女を連れて来るよう命ずると、それから向直って、まるで鉱山局の監督官みたいに、勿体ぶって傍らに立っていた請願巡査へ、始めて口を切った。

「いやなに、大した事でもないんですよ」

全く一人の坑夫が塗込められた位のことは、或は大した事でなかったかも知れない。しかし大した事は、この時になって始めて持上った。それは鎮火状態を問合せに行った先程の事務員が、間もなく戻って来て、丸山と呼ぶその技師が、何者かに殺害されたことを報告したのであった。

二

技師の屍体は、防火扉から少し離れた片盤坑の隅に転っていた。熱瓦斯《ガス》の検査中に被害を受けたものと見えて、直ぐ前の坑壁には切り離された発火坑の排気管が、針金で天盤の坑木に吊し止められ、踏台の上には分析用の器具が乱雑に置かれたままになっていた。

屍体は俯向きに倒れ、頭のところから流れ出た黒い液体が土の上をギラギラと光らしていた。

大きな傷が後頭部の濡れた髪の毛を栗の毬《いが》のように掻き乱して、口を開いていた。兇器はすぐにみつかった。屍体の足元から少し離れて、漬物石程の大きな角の丸くなった炭塊が、血に濡れて黒く光りながら転っていた。係長はそれを見ると直ぐに黙ったまま天盤へ眼をやった。落盤ではない。しかし落盤でなくても、結構これだけの傷は作られる。

いったい五百尺の地の底では、気圧もかなり高かった。地上では、例えば一千尺の高度から人間が飛び降りたとしても屍体は殆んど原形を保っている場合が多い。しかし竪坑から五百尺の地底に落ちると、それはもう目も当てられないほど粉砕されて了う。落盤の恐るべき理由も又そこにあるのであって、僅かの間を落ちて来る小片でも、どうかすると人間の指など卵のようにひしゃいでしまう。その事を知っていた人びとはこの場合、炭塊一つが充分な兇器になり得ることに不審を抱かなかった。係長は持上げた兇器を直ぐに投げ出して、監督のほうへ蒼い顔を見せた。

いままで固くなって立っていた工手が、始めて口を切った。

「あれからひときりついて、浅川さんが見巡りに出られますと、私は器具置場までコテを置きに行きましたが、その間にこんなことになったんです」

浅川と云うのは監督の名前であった。工手は古井と呼んだ。二人とも発火直後のまだ興奮のさめきらぬうちに、このような事件にぶつかった為めかひどくうろたえて落着を失っていた。しかし落着を失ったのは、二人ばかりではなかった。平常から太ッ腹で通した係長自身が、内心少なからず周章《あわ》ててしまった。

発火坑は一坑にとどまった。とは云えその問題の一坑の損害の程度もまだ判りもしないうちに、貴重な技師が何者にとも知れず殺害されて了った。切った張ったの炭坑で永い間飯を食って来た係長は、人が殺された、と云うよりも技師が殺されたという意味で、恐らく誰よりも先に周章《あわ》てていたのに違いない。

しかしやがて係長には、厳しい決断の色が見えて来た。

「いったい、誰が殺《や》ったんでしょう。こちらで目星はつきませんかな？」

請願巡査が呑気なことを云うと、

「目星？　そんなものならもうついてます」

と係長は向直って、苛々しながら云った。

「この発火事件ですよ……一人の坑夫が、逃げ遅くれてこの発火坑へとじこめられたんです。気の毒ですが、むろん助けるわけにはいきません。ところが、その塗込作業に率先して働いたのが丸山技師です。その丸山技師がこの通り殺されたと云うんですから、目星もつくわけでしょう。いやハッキリ目星がつかなくたって、大体嫌疑の範囲が限定されて来る」

「そうだ。それに違いない」

監督が乗り出して云った。

会社直属の特務機関であり、最も忠実な利潤の走狗である監督は、表面現場の親玉である係長の次について働いてはいるが、しかしその点、技師上りの係長にも劣らぬ陰然たる勢力を持っているのであった。巡査は大きく頷いた。監督は続けた。

「それに、アカの他人でいまどきこんなおせっかいをする奴はないんだから……峯吉と云ったな？　この採炭場《キリハ》の坑夫は」

事務員が頷くと、今度は係長が引取って云った。

「そいつの両親《ふたおや》と、生き残った女を、事務所へ引張って来て置いてくれ。ああ、まだ女の兄と云うのがあったな？　そいつも連れて来て置け」

「兎に角、峯吉の身内を全部調べるんだ」

監督が云った。

巡査と事務員が、おっとり刀で闇の中へ消えてしまうと、係長は閉された発火坑の鉄扉の前まで行って、寄添うようにして立止った。

密閉法が功を奏して、もう坑内の鎮火はよほど進んだと見え、鉄扉の前には殆んど火照《ほてり》がなくなっていた。けれどもいま急いで開放でもしようものなら、恐らく新らしい酸素の供給を受けて、消えくすぶった火熱も再び力づくに違いない。係長は舌打ちしながら監督へ云った。

「立山坑の菊池技師を、呼び出して呉れませんか。それから貴方《あなた》も、一通り見巡りがすんだら、事務所の方へ来て下さるね」

立山坑というのは、山一つ隔てて室生岬の中端にある同じ会社の姉妹坑だった。そこには専属の技師のほかに、滝口立山の両坑を随時一手に引受ける、謂わば技師長格の菊池技師が、数日前から行っている筈であった。折からやって来た炭車《トロ》の一つに飛びついて監督は闇の中へ消えて行った。

人びとが散り去ると、再び静寂がやって来た。闇の向うの水平坑道の方から、峯吉の母の笑い声が聞えたかと思うと、なにかがやがやと騒がしく引立てられて行くらしい気配が、炭車《トロ》の軋《きし》りの絶え間から聞えて来た。左片盤の小頭が、アンペラを持って来て、係長の指図を受けながら、技師の屍体の上へかぶせて行った。工手は切取られた排気管の前に立って、殺された技師の残した仕事をあれこれと弄り廻していたが、急に身を起すと、

「係長。どうやら悪い瓦斯《ガス》が出たようです」

「君に判るのか？」係長が微笑を見せた。

「六ケ敷《むつかし》いことは判りませんが、出て来る匂いで判りますよ。もう火は殆んど消えたらしいですが、くすぶったお蔭で悪い瓦斯《ガス》が出たらしいです」

係長は鉄管の側に寄ったが、直ぐに顔をしかめて、

「うむ、こりゃアもう、片盤鉄管へ連結して、この瓦斯《ガス》をどしどし流してしまわねばいかん。そうだ。匂いで判るな。じゃア君は、時どき調べてみて、瓦斯《ガス》の排出工合を見守って呉れ。わしはこれから坑夫を調べに行くが、その内には菊池技師も来て呉れるだろう」

工手は鉄管の連結にとりかかった。係長は工手を残して歩き出した。

広場の事務所には、もう四人の嫌疑者達が、巡査と三人の小頭に見張られて坐り込んでいた。お品はいつの間にか寝巻を着て、髪を乱し、顔を隠すようにして羽目板へ寄りかかりながら、ぜいぜい肩で息をしていた。兄の岩太郎は、顔や胸を泥に穢《よご》したまま鳩尾《みぞおち》をフイゴのように脹《ふく》らしたり凹《へこ》めたりしながら、係長がはいって行くから睨みつづけていた。

峯吉の父親は、死んだ魚のそれのような眼で動きもせずに一つところを見詰めつづけ、母は小頭の腕に捕えられながら、時どき歪んだ笑いを浮べてはゴソゴソと落着がなかった。

係長は四人の真ン中につッ立つと、黙ってグルリと嫌疑者達を見廻した。

「これで峯吉の身内は全部だな」

「はい。あとはアカの他人ばかりで」

小頭の一人が言った。

事務所は幾部屋かに別れていた。係長は小頭へ四人の嫌疑者を一人ずつ連れ込むように命じて、巡査と二人で隣の部屋へ引帰ると、そこのガタ椅子へ腰を降ろして陣取った。

最初に岩太郎が呼び込まれた。

係長は一寸巡査に眼くばせすると、乗出して岩太郎へ向き直った。そしてなにか大きな声で呶鳴りつけようとでも思ってか、息を呑みこむようにしたが、直ぐに気持を変えて、割に優しく口を切った。

「お前は、さっきあれから、妹を抱えて何処へ行った」

しかし岩太郎は、係長と向合って腰掛けたまま、脹《ふく》れ面をして牡蠣《かき》のように黙っていた。

「何処へ行ったか？」

「……」

巡査がまごついて横から口を出した。

「尤も、何ですよ、この男とあの女は納屋から連れて来たんですがね……」

納屋と云うのは、竪坑を登った坑外の坑夫部落の納屋のことであった。係長は巡査へは答えずに、岩太郎へ云った。

「わしの訊いとるのは、あれからお前が、真ッ直ぐに納屋へ行ったかどうか、と云うことなんだ」

するとと岩太郎が、やっと顔をあげた。

「真ッ直ぐに行った」

ぶっきら棒な返事だった。

「間違いないな？」

係長の声が引締った。岩太郎は、黙ったまま小さく頷いた。

「よし」係長は傍らの小頭の方へ向直って云った。「ひとまずこの男は、そちらの部屋へ待たして置け、それから、お前は直ぐに竪坑の見張へ行って、この男が何時に女を抱えて出て行ったかシッカリ訊いて来るんだ」

小頭は、すぐに岩太郎を連れて出て行った。

続いて今度はお品が呼び出された。女が椅子につくと、巡査が係長へ云った。

「この女には、発火の原因に就いても調べるんでしたね」

係長は黙って頷くと、女へ向った。

「安全燈《ランプ》から発火したんだろうな？」

「……」

「火元は安全燈《ランプ》だろう？」

お品は力なく頷いた。

「お前の安全燈《ランプ》か、亭主の安全燈《ランプ》か、どちらだ？」

「わたくしのほうです」

「じゃアいったい、どうして発火したのか。その時の様子を詳しく云ってみろ」

お品はこの問にはなかなか答えなかった。が、やがてポロッと涙をこぼすと、小声でボソボソと俯向いたまま喋りだして行った。お品がその時のことをどんな風に述べていったか、しかしそれは、ここでは云う必要がない。お品の陳述、既に物語の冒頭に記したところと寸分違わなかった。

さて女の告白が終ると、係長は姿勢を改めて口を切った。

「いずれその時のことは、またあとから発火坑の現場について、お前の云ったことに間違いないか調べ直すとして……これは別のことだが、お前はあの時、兄に抱かれて納屋へ帰ったと云うが、確かにそれに間違いないか？」

しかしこれは、訊ねる方に無理があった。お品はあの時、恐怖の余り顚倒して岩太郎に抱えられた筈であるから、それから岩太郎と共に真ッ直ぐに納屋へ連れ帰されたかどうか、女自身にも覚えのない筈であった。しかし係長にして見れば、この場合お品も岩太郎も、共に怪しまないわけにはいかなかった。そこで係長は重ねて追求しようとした。

が、この時事務所の扉があいて、さっきの小頭が見張所の番人を連れて戻って来た。

カラーのダブついた詰襟の服を着て、ゴマ塩頭の番人は、扉口でジロッと岩太郎とお品を見較べると、係長の前へ来て云った。

「この二人でございますね？　ハイ、確かに、十時二十分頃から十時半までの間に、ケージから坑外《そと》へ出て行きました」

「なに、十時半より前に出て行った？」

「ハイ、それはもう確かで、そんな時分に坑夫で坑外《そと》に出たのは、この二人だけでござんすから、よく覚えとります」

「そうか。では、それから今しがたここへ連れ込まれるまでに、一度も坑内へ降りはしなかったな？」

「ハイ、それは間違いございません。ほかの番人も、よく知っとります」

「そうか。よし」

番人が帰って行くと、係長は巡査と顔を見合せた。

十時半前と云えば、発火坑の塗り込めの完了したのが恰度十時半であり、その時にはまだ丸山技師はピチピチしていたのであるから、十時半前に出坑した岩太郎とお品がどうして技師を殺害することが出来よう。これで四人の嫌疑者のうち二人までが同時に嫌疑の圏内から抜け出てしまった。残りは二人だ。

係長は、ひとまず岩太郎とお品を控室にとどめて置いて、次に峯吉の父親を呼び込んだ。

「お前は、あの時、左片盤の小頭に連れられて、何処かへ行って了ったな。いったい何処へ行っていた？」

すると死んだ魚のような目をした老坑夫は、声を出すたびに腹の皮へ大きな横皺を寄せながら、

「それは、小頭さんに、訊いて下さい」

と云った。

左片盤の小頭は、食堂で昼飯を食べていたが、係長の命令で直ぐに呼び出された。

「君はあの時、発火坑の前からこの男を連れ出して来ただろう。それからどこへ連れて行ったんだい？」

「この親爺」と小頭は笑いながら答えた。「あの時腰が抜けてたんです。それで、救護室へ連

れて行ったんですが……、さっき私がその救護室へアンペラをとりに行った時に、やっと起きあがりはじめた程で……看護夫も手を焼いとりましたよ」

「成る程」と巡査が口を挟んだ。「それで、起きれるようになってから、何処へ行ったかは判らんですね」

と係長へ向直って、

「こいつは臭いですよ。なんしろ私は、片盤坑の入口で、気の狂った女房と一緒にうろうろしてるのを捕えて、ここへ連れて来たんですからね。救護室を出てから、いままで何処でなにをしていたか……」

「いや、あんたは勘違いしとるよ」

いま迄黙っていた係長が、不意にいった。

「成る程。歩けるようになってから、捕えられるまで、どこにいたかは判らん。が、しかし……」と小頭の方へ向って、

「君がアンペラを取りに行く頃までは起《た》てなかったんだね。それで、君はそのアンペラを丸山技師の屍体へかぶせるつもりで取りに行ったんだろう？」

「そうです」

すると係長は巡査へ向直って、

「丸山技師は、この男がまだ救護室で腰の抜けている最中に殺されたんですよ。この男が発火

坑の前で腰が抜けて、救護室へ連れ込まれる。それから後で技師が殺され、小頭が屍体へかぶせるアンペラを取りに行った。その時始めてこの男が救護室で起てるようになっていた。つまり丸山技師が殺された時には、この男はまだ腰が抜けて看護夫の厄介になってたんです。腰が抜けていたんでは、片盤坑まで出掛けて人殺しなど出来っこない。判りますね。さアもう、これで犯人は判ったでしょう。あの気狂い婆をフン縛って下さい」

請願巡査はギクンとなって立ちあがると、バタバタと隣室へ駈けこんで行って、岩太郎やお品の見ている前で、有無を云わさず峯吉の母を縛りあげようとした。

ところが、この時、ここで全く異様なことが持上った。それは、いままで自信を以って推進められた係長の推断を、根底から覆してしまうような出来事であった。

断って置くが、殺された丸山技師は平素から仕事に対して非常に厳格であった。それでその為めに坑夫達からは恐れられ、幹部連中からは敬遠され勝であった。が、しかし殺されるなぞと云うような変に個人的な、切羽詰った恨みを受けるような人では決してなかった。今度の坑夫塗込事件だけが、始めてそうした恨みを受けそうな唯一の場合であった。そこで係長は、峯吉の塗込めに関して丸山技師を恨んでいそうな人間を全部捕えて、片っ端から調べた揚句、やっといま目的が達せられるかに見えて来ているのであった。しかも工手や監督と一緒に峯吉の塗込めをした丸山技師に対して、烈しい恨みを抱いている筈の四人の嫌疑者達は、この場合嫌疑が晴れたと晴れないとにかかわらず事務所へ押し込まれて、巡査や小頭の見張りの元に調査を進められ、その間からいまここで異様な出来事にぶつかるまで、誰一人抜け出た者はなかったのである。

さて、その出来事と云うのは——峯吉の母親が息子に代って復讐した犯人と定められて、請願巡査に捕えられようとしたその時であった。事務所の表のほうから、落着のない人の気配がしたかと思うと、硝子扉をサッとあけて浅川監督が飛び込んで来た。そして室内の有様などには目もくれず、息をはずませながら係長へ云った。

「工手の古井が、殺されとる」

三

いったい船乗りとか坑夫とかのように、ズバ抜けて荒っぽい仕事をしている人びとの気持の中には、どうかすると常人ではとても想像も出来ない位に小心で、臆病で、取越苦労な一面があるもので、恰度船乗りたちが海に対して変テコな迷信を抱いたり、可笑《おか》しな位に海を神秘したりすると同じように、坑夫達もまた、坑内で口笛を吹くと必らず山神の怒にふれて落盤の厄に合うとか、坑内で死んだ人間の魂は、いつまでもその場に居残っていて後々へ禍を及ぼすとか、妙なことが云い触らされていた。そしてそうした坑夫達の執拗な恐怖心を和《やわら》げる道具として、坑内が血に穢《けが》されたような場合には、その場に締縄《しめなわ》を張って清めのしるしにされるなぞ、そうした奇怪な事実のあるとなしとに不拘《かかわらず》、もう一般化したならわしにさえなっているのであった。

滝口坑の片盤には、今日その締縄が白々と張り出されたのだ。そしてその締縄に清められた笘の防火扉の前で、皮肉にも新らしい血が、一度ならず二度までも流されてしまった。片盤の坑夫や坑女たちは、網をかぶった薄暗い電気の光に照らされながら、閉された採炭場《キリハ》の防火扉の前に、意味ありげに二つも並んだ屍体を遠巻きにして、前とは違って妙にシーンとしていた。

工手の屍体は、アンペラで覆われた丸山技師の屍体の側に、くの字形に曲って投げ出されていた。伸びあがって瓦斯《ガス》の排出工合を検査している隙に、後ろから突き倒されたものとみえて、踏台が投げ倒され、その側に技師の時よりも、もっと大きな炭塊が血にまみれて転っていた。俯伏せに倒れた上へ折重って、力まかせにその大きな炭塊をガッと喰らわしたものであろう。後頭部から頸筋へかけて大きな傷がクシャクシャに崩れ、左の耳が殆んど形のないまでに潰されていた。殺害は、係長が工手を発火坑の前に一人残して、広場の事務所へ引上げてから、立山坑の菊池技師に電話を掛けに行った監督が、序《ついで》に昼飯を済ましてやりかけの見巡りに出掛けるまでの間に行われたものであって、犯人は前の丸山技師の時と同じように、現場に炭車《トロ》の通っていないような隙を狙って、闇伝いに寄り迫ったものに違いなかった。

係長は紙のように蒼ざめながら、あたりを見廻わして、苛立たしげに坑夫達を追い散らした。

――工手の殺害は、技師の殺害と同じ種類の兇器を用いて行われた。しかも符合はこれだけにとどまらない。工手も又技師と同じように、殺害されるかも知れない同じ一つの理由を持っていた。発火坑の塗り込めに当って、丸山技師や監督の指図を受けながらも、直接その手にコテを摑んで粘土を鉄扉に塗りたくった峯吉生埋めの実行者は、外ならぬ古井工手ではなかったか。犯人は云うまでもなく同一人であり、しかも坑殺された峯吉の燃え沸《たぎ》る坩《る》堝《つぼ》のような怨みを継いだ冷酷無比の復讐者だ。

しかし、ここで係長は、鉄扉のような思索の闇にぶつかった。

最初係長は、技師の殺害に当って、早くも事の真相を呑み込むと、峯吉の復讐者となり得る人びとの全部を捕えて片ッ端から調査にとりかかったのであるが、しかしその四人の嫌疑者の調査の進行の途中に於て、技師と同じ意味で古井工手が殺害されてしまったのだ。しかも四人の嫌疑者達は、工手の殺害が行われる間中確実に事務所へとじこめられて、一歩も外へは出ていない。それでは犯人は、その四人以外の他人の中にあるか？　しかしいまどきの魯《ろ》鈍《どん》な坑夫の中に、他人のために怨みを継いで会社の男を次々に殺していくような、芝居染みた気狂いはいる筈がない。

係長は、いままで鼻の先であしらっていたこの事が、意外な難関に行き当ってしまうと、もうまるで糸の切れた凧《たこ》のようにアテもなくうろたえてしまった。

ところが、ここで係長の暗中模索に、やがてひとつの光が与えられた。けれどもその光たるや、なんともえたいの知れぬ燐のような光で、却って係長を青白い恐怖の底に叩き落してしまうのだった。

滝口坑では、いつでも死傷者に対して炭坑独特の荒っぽい検屍を、救護室で行うことになっていた。それは坑道が、電気が処々についているとは云っても、炭塵にまみれた暗い電気であったからでもあり、また坑道は炭車《トロ》の通行に必要な程度にしか設計されていず、なにかと手狭で、そうした支障のために少しでも出炭率の低下するのを恐れたからでもあった。

医員の仕度が出来て救護室へ下って来た知らせを受けると、係長は、とりあえず二つの屍体を救護室に移すことにして、来合せた炭車《トロ》へアンペラを敷いて屍体を積み込んだ。そして自分も監督や巡査と一緒に後の一台へ乗ろうとした時であった。

一人の若い坑夫が、己れの安全燈《ランプ》のほかに火の消えた安全燈《ランプ》を一つ持って、片盤坑の奥から駈け出して来た。坑夫は係長を見ると、立止って固くなりながら云った。

「水呑場で、安全燈《ランプ》を一つ拾いました」

「なに、安全燈《ランプ》を拾った？」

係長は険しい顔で振り返った。

炭坑では、安全燈《ランプ》は、坑夫の肌身を離すことの出来ない生命であった。それはただ暗い足元を照すと云うばかりではなく、その焔の変化によって爆発瓦斯《ガス》の有無を調べる最も貴重な道具でもあった。しかし先にも述べたように扱い方によっては甚だ危険なものであるから、炭坑はこれに専用者の番号をつけて、坑口の見張所でいちいち入坑の時に検査をさしていた。その安全燈《ランプ》の一つが所属不明で転っていたと云うのであるから係長の顔は瞬間固くなった。

「何番だ？」

「**は**の百二十一です」

「**は**の百二十一？」

監督が首を傾げた。係長は炭車《トロ》から飛び降りると、運搬夫《あとむき》へ顎をしゃくっていった。

「見張所へ行って、**は**の百二十一の坑夫は誰だか、直ぐに聞いて来てくれ」

「こういうゴテゴテした際に」監督が乗り出して云った。「こんなだらしのないマネをする奴がいるから困る」と坑夫へ向って、

「いったい、何処で拾ったんだ」

「水呑場の直ぐ横に、置き忘れたように転っていました」

水呑場――とは云っても、自然に湧き出す地下水を水甕《みずがめ》に受けているに過ぎなかった。それはこの片盤では、突当りの坑道にあった。そこは片盤坑道の終点になっていて、そこには穴倉や一寸した広場もあった。広場には野蛮な便所もあった。坑夫達は口が渇くと、勝手にそこへ出掛けては水を飲んだ。

「置き忘れただって？　よし、その坑夫が判ったら処罰するんだ」

監督は苛立たしく呶鳴りつけた。係長は、そこらにうろうろしている運搬夫《あとむき》たちが、皆んな

安全燈《ランプ》を持っているかどうかと見廻わした。むろん誰れも闇の世界で光を忘れているものはなかった。この場合、忘れると云うことは絶対にあり得ない。それは恐らく、忘れたのではなくて、故意に置いて行ったとよりとりようがない。故意に置いて行ったということになると、恐らくその坑夫は、光が不要であったか、それとも有っては却って邪魔になったか——しかしそんなことを詮索しているうちに、さっきの運搬夫《あとむき》の女が、炭車《トロ》を持たずに蒼くなって駈け戻って来た。

「はの百二十一は、死んだ峯吉の……」

「なに？」

「ハイ、その峯吉ッつァんの安全燈《ランプ》だそうです」

「なんだって？　峯吉の安全燈《ランプ》……」

係長は瞬間変テコな顔をした。

「待てよ。峯吉の安全燈《ランプ》……？」

——まさか、峯吉の安全燈《ランプ》が出て来ようとは思わなかった。峯吉では、いまはもう処罰のしようもない。いや、処罰の処罰でないのと云うよりも、どうして又坑内で働いていて死んだ筈の峯吉の安全燈《ランプ》が、いま頃こんなところから出て来たのであろうか？

係長はなに思ってか急にいやアな顔をすると、その安全燈《ランプ》を取り上げて、これも又同じように様子の変ってしまった浅川監督へ、顫え声で云った。

「兎に角、引挙げましょう。その上、ひとつよく考えてみるんですね。どうも、サッパリわけが判らなくなって了った」

四

立山坑の菊池技師というのは、まだ四十に手の届かぬ働き盛りの若さで、東大工学部出身の秀才であったが、その癖蒼くなって机に嚙《かじ》りついているのが大嫌いで、暇さえあれば鉄砲を持って熊の足跡をつけ廻していようと云う——日焼のした赧《あか》ら顔で、慓悍《ひょうかん》な肩をゆすって笑ったりすると、机の上の図面が舞って仕舞いそうな声を出す人であった。

さて、報らせを受けてその菊池技師が、滝口坑へやって来た時には、請願巡査は管区の警察へ求援に出掛け、峯吉の安全燈《ランプ》を発見した係長は、検屍も瓦斯《ガス》検査もひとまず投げ出して事務所へとじこもり、不安気な様子で頭痛あたまを抱えていた。

係長は、しかし菊池技師の顔を見ると、幾分元気をとり戻した。そして直ちに発火坑の様子について説明しはじめたのであるが、いつの間にか話して行くうちに知らず知らず横道にそれて、発火事件が殺人事件に変ってしまうのだった。菊池技師もまた、始め単なる発火事件の処置を予期してやって来たのであるが、係長の訴えるような話を聞くうちに、段々その話のほうへ引き込まれて行った。係長は、丸山技師の殺害と四人の嫌疑者のことから、工手の殺害に峯吉の安全燈《ランプ》の不思議な出現に至るまで逐一詳細に物語ると、最後にぶつかって了った大きな矛盾と、その矛盾からシミジミと湧き出して来る異様な一つの疑惑を、疑い深くそれとは云わずにそのままそっくり技師の耳へ畳みこんでいった。

「こいつアどうも、熊狩りみたいに面白くなりましたね」

菊池技師は、ひと通り係長の話を聴き終ると、そう云って事もなく笑ったが、内心ではかなり理解に苦しむと見えて、そのままふッと黙り込むと、困った風に考え込んでしまった。

「どうも、だし抜けにこんな変テコな殺人事件を聞かされたんじゃァ勝手が違って戸惑いますよ」

軈《やが》て技師が口を切った。

「しかし係長。あなたも人が悪いですね。なぜもっと、御自身の考えていられることを、アケスケに云ってしまわないんですか。いまあなたがどんな疑惑にぶつかっているか。むろん私にもそれは判る。そしてその疑惑が、どんなに子供っぽく、馬鹿気ているか、いや全く、論理をテンから無視したバカ話で、とてもまともに口に出せるような代物でないことも判ります。しかしその癖あなたは、その疑惑を頭から笑殺してしまうだけの勇気もないんでしょう。怒らないで下さいよ、係長。……そこで、そのあなたの頭痛の種を一掃してしまう手段が、ここに一つあります。なんでもないんですよ。発火坑を開放して見るんです。そうですね。発火当時にどれだけの熱が出たかは知れませんが、人間の骨まで燃えてなくなってしまうようなことは絶対にありませんからね」

「そりゃそうだ」と係長が云った。「鎮火も早かったんだからな。しかし、瓦斯《ガス》が出ている」

「でも排気してるんでしょう？　だったら、そんなにいつまでも瓦斯《ガス》のある筈はないでしょうし、それに防毒面《マスク》だってあるんです。——あ、しかし、その前に係長」

と技師はここで、なにか新らしい着想を得たと見えて、急に眼を輝し、辺りを見廻しながら云った。

「浅川さんは、どうしました？」

「浅川君か？……」

と係長が後ろへ向き直ると、傍らにいた事務員が口を入れた。

「札幌の本社から電話で、出て行かれましたが……」

けれどもその浅川監督は、待つほどもなく帰って来た。技師は簡単な挨拶や前置きをすますと、直ぐに調子を改めて切り出した。

「実は浅川さん。変なことを云うようですが、その坑夫の塗り込めには、少くとも三人の人が手を下していた筈ですね？　そして、あなたも、その一人でしたね？」

監督の顔色がサッと悪くなった。技師は、うわ眼を使いながら、静かにあとを続けた。

「まだ、この殺人事件は、終りをつけていませんよ。どうやら今度は、あなたの番ですね。ああ、しかし」と技師は顔をあげて、急《せ》わしく云いだした。「御心配には及びませんよ。いいですか、丸山君も古井君も、炭塊でやられていますが、あれは犯人が、武器を持っていない証拠ですよ。だが、あなたは、これから武器を持つことが出来ます。場合によっては、犯人を捕えることも出来ます。そうだ。出来るどころではない。犯人に狙われているんだから、この場合、あなただけが、犯人捕縛の最も有利な立場にあるんです。我々の前には隠れている犯人も、あなたの前には屹度《きっと》姿を見せますよ」

「成る程」係長が云った。「流石《さすが》熊狩りの先生だけあって、うまいことを云う」

しかし菊池技師は、真面目で続けた。

「それで私は、茲《ここ》でひとつお二人の前へ提案したいんですがね。つまり浅川さんに武器を持って頂いて、犯行の現場附近へ単身で出掛けて貰うんです。むろん私達は、あとから殿軍《しんがり》を承わる。武器さえ持って行けば、決して心配ないと思います。如何でしょう？　こいつは、手ッ取早くていいと思うんですが」

係長は直ぐに賛成した。

監督は、一寸考えてから立上った。そして何処からかストライキ全盛時代に買入れたドスを一本持出して来ると、そいつの鐺《こじり》でドンと床を突きながら、

「じゃ、殿軍《しんがり》を頼みますよ」

云い残して、ひどく悲壮な調子で出掛けて行った。

係長と菊池技師は、少しばかり時間を置いて、監督の後に続いた。が、水平坑を通って発火坑のある片盤坑の前まで来ると、技師は立止って、係長へ云った。

「一時間この片盤坑の出入りを禁止したら、どれ位出炭が遅滞しますか?」

「なんだって、片盤を止める?」

係長が眼を瞠《みは》った。

「そうです」

「冗談じゃアないよ。仕事を罷《や》めるなんて……」

「だって、我々と行違に、犯人がこちらへ逃げ出して来たらどうします」技師が云った。「どうです。この片盤だけでしたら、三十噸《トン》位のものでしょう? 係長。それ位の犠牲でしたら、ひとつ思い切って止めて下さい。危急を要する場合ですよ」

「どうも君は、算盤《そろばん》よりも狩猟のほうが好きらしいね」

係長が仕方なく苦笑すると、技師は直ぐに片盤坑の入口の大きな防火扉を引寄せて、水平坑道でうろたえ始めた坑夫や小頭に事情を含め、係長と一緒に片盤坑へ飛び込むと、外側から防火扉を閉めて、小頭に閂をかけさした。折から来合せた左片盤の炭車《トロ》の行列は、直ぐにこの異常な通行禁止にぶつかると、峯吉の塗込めがあったばかりなので、夢中になって騒ぎはじめた。が、人びとは自分達と同じように密閉された係長や技師を見ると、直ぐにこれが悪性の密閉ではなく、なにか事情があっての通行禁止であることに気がつき、やがて起きはじめた騒ぎも、追々静まって行った。

ところが、そうして出合う運搬夫《あとむき》たちへ因果を含めながら、片盤坑を奥へと進んで行った係長と菊池技師は、しかしとうとう密閉された峯吉の採炭場《キリハ》の入口の近くで、全く予期しない出来事にぶつかって了った。

囮《おとり》になった浅川監督は、人一倍優れた膂力《りよりよく》を持っていたし、その上武器も持っていれば、張り切った警戒力も備えていた筈であった。おまけに相手は武器も持たずに隠れているのだ。それで危険はない筈であったのであるが、しかしそれにも不拘《かかわらず》、係長と技師が目的場所に着いた時には、もう監督は路面の上で全くこと切れていたのであった。

仰向きになって大の字なりに倒れた屍体の上には、殆んど上半身を覆うようにして、前より一層大きな、飛石ほどもあろうと思われる平たい炭塊がのしかかっていた。その炭塊は他所《よそ》から運ばれたものではないと見えて、すぐ傍らの炭壁の不規則な凹凸面には、いかにも落盤のように、炭塊を叩き落したらしい新らしい切口があり、路面には大小様々の炭塊が、屍体を取り巻くようにしてバラバラと崩落ちていた。殴り倒された浅川監督の瀕死体の上へ、残忍な殺人者の手によって最后の兇器が叩き落されたのだ。

係長は、思わず監督のドスを拾いあげて、辺りを見廻しながら、技師と力を合せて屍体の上の炭塊を取り除けた。屍体は首も胸もクシャクシャに引歪められて、二タ目と見る事も出来ないむごたらしさだった。

ホンの一足遅くれた為めに、貴重な囮は、殺人者の姿をさえも見ることも出来ずに逆に奪われてしまった。予期しなかった危険とは云え、これは余りに大き過ぎる過失であった。二人は烈しい自責に襲われながらも、しかしこの出来事の指し示す心憎きまでに明白な暗示に思わずも心を惹かれて行くのであった。復讐は為し遂げられたのだ。しかも武器も持たずにこのように着々と大事を為し遂げて行く男は、いったい何者であろうか。犯人はこの片盤内にいるただの坑夫か、それとも――係長は、発火坑の鉄扉の上へ視線を投げた。鉄扉の前へ近づいた。手を当てた。が、なんとそれはもうすっかり冷め切っていた。菊池技師は排気管を調査した。瓦斯《ガス》ももう殆んど危険のないまでに稀《うす》められていた。二人は舌打ちしながら力を合せて、鉄扉の隙の乾いた粘土を掻き落しはじめた。

間もなく粘土がすっかり剝ぎ取られると、技師は閂を跳ね上げて、力まかせに鉄扉を引き開いた。異様な生温い風が闇の中から流れて来た。二人は薄暗い安全燈《ランプ》の光を差出すようにしながら、開放された発火坑に最初の足跡をしるして踏み込んだ。踏み込んですぐその場から安全燈《ランプ》を地上へ差しつけるようにしながら、峯吉の骨を探しはじめた。が、みるみる二人は、なんともかとも云いようのない恐怖の底に叩ッ込まれて行った。

峯吉の骨がない!

いくら探してもない。墨をかけられた古綿のように、焼け爛《ただ》れた両側の炭壁は不規則な退却をして、鳥居形に組み支えられていた坑木は、醜く焼け朽ち、地面の上に、炭壁からにじみ出たコールタールまがいの瓦斯《ガス》液が、処々異臭を発して溜っているだけで、歩けども進めども、峯吉の骨はおろか、白い骨粉ひとつさえない。二人はまるでものに憑かれたように、坑道の中をうろたえはじめた。が、やがて曲ったり脹《ふく》れ浮いたりしていたレールが、急に飴《あめ》のようにひねくれ曲って、焼け残った鶴嘴や炭車《トロ》の車輪がはねとばされ、空気がまだ不気味な火照《ほてり》を保っている発火の中心、つまりその採炭場《キリハ》の終点まで来てもそれらしい影がみつからないと、いよいよ事態の容易ならざるに気づいたもののようにそのままその場に立竦《たちすく》んでしまった。

最悪の場合がとうとうやって来たのだ。先にも云ったように、採炭坑は謂わば炭層の中に横にクリあけられた井戸のようなもので、鉄扉を締められた入口のほかには蟻一匹這い出る穴さえないのであった。その坑内に密閉されて火焔に包まれてしまった筈の峯吉の屍体が、屍体は兎も角、骨さえも消えてしまうなぞということは絶対にない筈である。ところが、そのない筈の奇蹟がここに湧き起った。係長は、己れのふとした疑惑が遂に恐るべき実を結んだのはハッキリ意識しながら、思わず固くなるのであった。――

恰度、この時のことである。

不意に、全く不意に、あたりの静かな空気を破って、すぐ頭の上のほうから、遠く、或は近く、傍らの炭壁をゆるがすようにして、

……ズシリ……

……ズシリ……

名状し難い異様な物音が聞えて来たのだ。

瞬間、二人は息を呑んで聞耳を立てた。が唸るとも響くともつかぬその物音は、すぐにやんで、あとは又元の静けさに返って行った。

しかし、永い間炭坑に暮した人びとには、その物音が何であるか、すぐに判る筈であった。それは、すっかり採炭し終った廃坑の、炭柱を崩し取って退却する時なぞに、どうかすると聞くことの出来る恐ろしい物音であった。炭柱を抜くと、両壁にゆるみのある場合なぞ地圧で天盤が沈下する。沈下は必らず徐々に間歇的に行われるが、坑木がむっちり挫折し始め、天盤に割れ目の生ずる際に、その異様な鳴動が聞えるのであった。謂わば崩落の前兆であるその物音を、炭坑の人びとは山鳴りと呼んで恐れていた。

この場合の物音が正しくそれであった。発火坑内の坑木が焼け落ちて了い、発火と同時に俄に膨脹した坑内の気圧が、やがて徐々に収って行くにつれて、両壁がゆるみ、少しずつ天盤の沈下がはじまったのに違いない。

係長は、蒼くなって安全燈《ランプ》を天井へさし向けた。けれどもそこには、一層恐ろしいものが待ち構えていた。

頭の上に押し迫った天盤には、鰐のような黒い大きな亀裂が、いつ頃から出来たのか二つも三つも裂けあがって、しかもその内側まで焼け爛れた裂目の中からは、水滴が、ホタリホタリと落ちていた。水が廻ったのだ。係長はその水滴に気がつくと、直ぐに手を出して滴《しずく》を一つ掌に受け、そいつを不安げに己れの口へ持って行った。が、瞬間ギクッとなって飛び上った。

考えて見れば、天盤も崩落も、火災も地下水も、炭坑にとってはつきものである。滝口坑にしてからが、いつかはそうしたこともあろうかと、最善の防禦と覚悟が用意されていたのであるが、そして又そうした用意の前には、決して恐るるに足りない物なのであるが、しかしいま、係長の舌の上に乗ったこの水一滴こそは、実に滝口坑全山の死命を決するものであった。もはや如何なる手段も絶対に喰止めることの出来ないその水は、地下水でもなければ、瓦斯《ガス》液でもない。それは至極平凡な、ただの塩水であった。

「失敗《しま》った！」

最初の海の訪れを口にした係長は、思わず顫え声で叫んだ。

「こいつは人殺しどころではない。とうとう海がやって来たのだ！」

ところが、こうした大事を目の前にして、その頃から菊池技師の態度に不思議な変化が起って行った。それは放心したような、立ったまま居睡りを始めたような、大胆にも異様に冴え切った思索の落つきであった。

「相手が海では、敵《かな》いませんよ」

やがて技師が、冷然として云い放った。

「さア、諦めなさい、係長。そしてまだ充分時間があるんですから、落付いて避難の仕度にかかりましょう。ところであなたはいま、人殺しどころではないと云いましたね？　成る程、そうかも知れません。しかし、この塩水と人殺しとは、決して無関係ではないんですよ。係長、あの裂目の内側まで焼け爛れた大きな亀裂に、注意して下さい。私にはなんだか、この事件の真相が判りかけたらしいんです」

五

さて、それから数分の後には、密閉された片盤坑を中心にして、黒い地下都市の中に、異常な緊張が漲《みなぎ》りはじめていた。

崩落に瀕した廃坑に、再び重い鉄扉を鎖《とざ》した係長は、慌しく電話室に駈けつけると、立山坑の地上事務所と札幌の本社へ、海水浸入の悲報を齎《もたら》した。続いて狭い竪坑の出口で圧死者などの出ないように、最も統制のとれた避難準備にとりかかった。

一方菊池技師は、熊狩りで鍛えた糞度胸をいよいよムキ出しにして、問題の片盤坑の鉄扉を抜け出ると、再びそいつを鎖し、水平坑の小頭達を呼び寄せて、鎖した入口を厳重に固めさした。残忍な殺人者は、深い片盤坑のどこかにいるのだ。その男の捕えられるまでは、何人《なんぴと》と雖《いえど》も片盤坑から抜け出る事は出来ない。こうして水も洩らさぬ警戒陣が出来上ると、技師は広場の事務所へやって来た。

広場では、竪坑に一番近い片盤の坑夫達が、突然下った罷業の命令に、訳の判らぬ顔つきで、ざわめきながらも引揚げはじめていた。いくつかの片盤の小頭達へ、次々に、何かしきりと指図し終った係長は、技師を見ると馳け寄って云った。

「さア今度は、左片盤の番だよ。出掛けよう」

「待って下さい」技師が遮切った。「その前に、一二三調べたいことがあるんです」

「なんだって」

係長は吃驚《びっくり》して、苛立ちながら云った。

「この際になって、どうして又そんな呑気なことを云い出したんだ。もう犯人は、あの片盤の中に閉籠められているんじゃないか。そいつを叩き出して、少しも早くあの片盤を開放しなくちゃアならん」

しかし、菊池技師は動かなかった。

とうとう係長は、技師が来るまで坑夫を外に出さない条件で、一足先に捜査を申出た。

係長が水平坑の闇の中へ消えてしまうと、菊池技師は、別室であのまま足止めされていたお品を、すぐに事務所へ呼び込んだ。お品は、やがて問われるままに、大分落ついた調子で、もう一度発火当時の模様を、前に係長にしたと同じように繰返しはじめた。が、やがて、女の陳述が終ると、菊池技師は力を入れて訊き返した。

「では、もう一度大事なことを訊くが、お前が発火坑から逃げ出して、監督や技師や工手たちが駈けつけて防火扉を締め切ったその時には、確かにその場に峯吉は出ていなかったのだな?」

「ハイ、それに間違いありません」

お品は、腫れた瞼をあげながら、ハッキリ答えた。

技師は頭の中で何事か考えを整理するように、一寸眼をつぶったが、すぐに立上ると、電話室へ出掛けた。十分間もすると戻って来た。多分長距離電話であったのであろう。しかし戻って来た菊池技師は、抜け上った額に異様な決断を見せながら、お品を連れて、水平坑へはいって行った。

密閉された片盤坑の前には、二三の小頭たちと一緒に、どうしたことか係長が、ドスを持ったまま蒼くなって立っていたが、技師を見ると、進み寄って口を切った。

「菊池君。どうも困った事になった」

「どうしたんです」

「それがその、全く変テコなんだ。実は、この片盤には犯人がいないんだ。坑道はむろんのこと、どの採炭場《キリハ》にも、広場にも、穴倉にも、探して見たがいないんだ」

すると菊池技師は、落着いた調子で、意外なことを云いだした。

「いったいあなたは、誰を捜しに入坑《はい》ったんです?」

「え? 誰を捜しにだって?」係長は思わずうろたえながら、「犯人にきまってるじゃアないか」

「いやそれですよ。あなたはさっきから犯人犯人と云われたが、いったい誰のことを云われるんです？」

「なんだって？」

係長は益々うろたえながら、

「坑夫の峯吉にきまってるじゃアないか」

「峯吉？」

と云いかけて菊池技師は、困ったような顔をしながら黙ってしまった。が間もなく側の炭車《トロ》へ腰かけながら、静かに改まった調子で口を切った。

「いや、実は私も、さっきあなたと一緒にこの片盤にはいった頃には、まだ犯人が誰だか、よく判らなかったんですよ。それで片盤坑に確かに犯人を閉込めてはいながら、いったい誰を捜してよいのか、犯人犯人と抽象ばかりで、誰を捕えたらそれが犯人になるのか、サッパリ判らなかったんです。しかしいま私は、その具体を摑むことが出来た」

菊池技師は炭車《トロ》から腰を降ろすと、係長の前まで歩み寄って、あとを続けた。

「私の摑んだ具体は、どうやら、あなたの摑んだ具体よりも、正しいらしい。――係長。どうもあなたは、この事件に就いて全体に大きな勘違いをしてるらしいですよ。あなたは事件の表面に表われた幾つかの事実と、それ等の事実の合成による或るひとつのもっともらしい形にとらわれ過ぎて、論理を無視しています。――一人の坑夫が塗り込められ、その塗込めに従事した人びとが次々に殺害される。ところが嫌疑を掛けた坑夫の遺族の中には犯人はいない。そしてその代り塗込められて死んだ筈の坑夫の安全燈《ランプ》が、発火坑以外の或る箇所で発見され、発火坑を調べてみるとその坑夫の屍体はおろか骨さえない——とこれだけの事実の組合せから、あなたはその塗込められた坑夫自身が何等かの方法で生き返って坑外へ抜け出し、自分を塗込めた男達へ復讐しはじめた、と云う至極もっともらしい疑惑を抱いたわけでしょう。しかしそのもっともらしさは論理ではなくて、事実への単なる解釈であるに過ぎませんよ。その解釈が如何にもっともらしい暗示に富んでいても、その為めに、絶対に抜け出ることの出来ない坑内から抜け出した、と云う飛んでもない矛盾をそのまま受け入れてしまうことは出来ません」

「それで君は、どう考えたんだ」

係長が苦り切って云った。技師は続けた。

「手ッ取り早く云いましょう。私はあの発火坑で、坑夫の骨さえ見当らなかった時に、その時から新しく考えはじめたんです。——まず坑内には骨さえないのですから、峯吉はどこからか外へ出たに違いない。ところが、いちいち探すまでもなく、防火扉を締めたら間もなく鎮火したと云うのですから、これは消甕《けしがめ》みたいなもので、防火扉のところよりほかにあの坑内には絶対抜け穴はない。それでは峯吉は防火扉のところから出たに違いない。ところが、防火扉の閂は外側にあるし、隙間に塗込めた粘土は塗られたままに乾燥していて開けられた跡はなかった。つまり防火扉は締められてから私達がさっき開けた時までには絶対に開放されていないことになります。すると峯吉は、どうです、そもそも防火扉の締められる前に抜け出ていた、ということになるではありませんか……ところで、ここまで進んだ新らしい目で、ほかの事実を調べてみます。――この可哀想な女は、あの時、男の跫音《あしおと》を後ろに聞きながら発火坑を飛び出したのでしたね。そして飛び出してホッとなって後ろを振返った時には、もう爆音を聞いて駈けつけた浅川監督が、防火扉を締めかけていた。そして締めてしまった。続いて技師が来、工手が駈けつけて、塗込めがはじまる……ここが肝心なところですよ。いいですか、峯吉は防火扉の締められる前に出ていなければならないのですから、その時女のあとから飛び出して来て、そして浅川監督が防火扉を締めるまえに飛び出したことになるのです。つまり飛び出してホッとして振返った女と、防火扉を締めかけた浅川監督との間のなにもなかった空間に、峯吉がいたわけです……」

「待て待て、君の云うことは、どうも判るようで、判らん」

係長が、顔を顰《しか》めながら遮切るようにして云った。技師は構わず続けた。

「いや、判らないのも無理はないですよ。私だって、こうして理詰めで攻め上げたればこそ、やっと少しずつ判りかけて来たのですから……全く、その時そこで、なんとも変テコなことが起ったんですよ。運命の悪戯とでも云う奴なんです」

云いかけて、技師は、傍らに立っていたお品のほうへ向き直った。

「お前にもうひとつ聞き度いことがあるんだ……お前は、あの時炭車《トロ》を押して捲立《まきたて》から帰って来ると、片盤から自分の採炭場《キリハ》へはいって行き、そこの闇の坑道でいつもそこまで迎に出ている峯吉に飛びついて行ったと云うが、その男は確かに峯吉であったか？」

お品は、意外な技師の言葉に、瞬間息を呑んで目を瞠《みは》った。

「お前は、峯吉がいつもそこの闇の中で、抱いて呉れると云ったろう。闇の中でそうしてその時お前を抱いた男は、確かに峯吉に相違なかったか？」

「……はい……」

「それではもうひとつ聞くが、その時峯吉は安全燈《ランプ》を持っていたか？」

「持ってはいませんでした」

「お前の安全燈《ランプ》はどうしていた？」

「炭車《トロ》の尻につけていました」

「するとその安全燈《ランプ》の光りは、枠に遮切られて前のほうを照らさずに、炭車《トロ》の尻の地面ばかりを照らしていたわけだな……お前は、走っている炭車《トロ》をそのまま投げ出して峯吉へ飛びついたと云ったが、それではその峯吉の前へ炭車《トロ》が行くまで、安全燈《ランプ》の光りは峯吉の顔を照らさなかったわけだし、峯吉の前を炭車《トロ》が走り去って炭車《トロ》の尻につけた安全燈《ランプ》の光りが始めて峯吉に当った時には、峯吉の体は光りを脊に受けて影になって浮上るではないか。どうしてお前はそれが峯吉だったと見ることが出来たのだ？」

「……」

お品は訳の分らぬ顔をして、俯向いてしまった。が、その顔には隠し切れぬ不安が漲っていた。技師は係長へ向き直った。

「もう、私の考えていることが、いや、こうよりほかに考えざるを得ないことが、大体お判りになったでしょう……つまり、峯吉は、あの発火の時に、てんから坑内には入っていなかったのですよ」

「待ち給え」係長が遮切った。「すると君は、この女が闇の中で抱きついた男と云うのは、峯吉ではなかったと云うんだな？」

「そうです。峯吉は外にも中にもいなかったのですから、いやでもそう云うことになるではありませんか」

「じゃア、いったいその男は誰なんだ」

「女のあとから飛び出して、しかも坑内には残されなかったのですから、その時女のうしろにいて、防火扉のまえにいた男です」

係長は、意外な結論に驚いて黙ってしまった。が、直ぐに勢いを盛り返して、

「どうも君の云うことに従うと、事件全体がわけの判らぬ変チクリンなものになってしまうぜ。例えば、峯吉は発火の時にその場にいなかったとすると、いったい何処へ行っていたんだ」

「さア、それですよ」と技師はひと息して、「茲《ここ》でもう一つの他の事実を、そこまで進んだ新らしい目で見ます。……つまり、水呑場にあった安全燈《ランプ》ですが、あなたは、その安全燈《ランプ》を、密

閉後抜け出した峯吉が、人殺しの邪魔になるから置いて行ったと解釈されたでしょう。しかしいま私は、その安全燈《ランプ》を、発火当時坑内にいなかった峯吉の所在を示すものと解釈します。峯吉は、水呑場へ行っていたんです」

「成る程。じゃアなんだな。峯吉は全然発火に関係していなかった。つまり決して塗込めに関係していなかったんだな。それでは、何故その塗込められもしない峯吉が、塗込めに関係した恨みもない人々を次々に殺害したのだ」

「どうもあなたは、まだ誤った先入主にとらわれていますね」

菊池技師は苦笑すると、両手を握り合して苛立たしそうに歩き廻りながら云った。

「私がいままで考え進めて来た範囲では、まだ犯人が誰であるかと云う点には、少しも触れていなかった筈ですよ。ところで、ここでもう一つほかの事実を調べて見ましょう。それはこの殺人に就いてなんですが、三つの殺人には、考えて見るとそれぞれバラバラに殺害されているようで、その実面白い幾つかの連絡がみられます。まず兇器ですが、三人が三人とも炭塊で叩き殺されております。炭塊で殺されていると云うことは、なんでもないことのようですが事実は決してそうでない。係長。あなたは統計に現われた坑夫仲間の殺傷事件について、兇器は何が一番多いかご存じでしょう。鉄槌《かなづち》に鶴嘴ですよ。全くこれくらい坑夫にとって、手近で屈強な武器はありませんからね。しかも坑夫たちは安全燈《ランプ》と同じように、大事な仕事道具として必らず一つずつは持っております。ところがこの事件で犯人は、珍らしくもそれぞれの被害者へ対して凡て炭塊を使っております。この事実を、事件全体のなんとなく陰険な遣口なぞと考え合せて、炭塊以外に手頃な兇器の手に入らない人、つまり坑夫でない人の咄嗟《とっさ》にしでかして行った犯行でないか、とまあ考えたわけなんです。ところであなたは、この事件の被害者達が、何故同じように殺されて行ったかという共通した理由を、塗込められた男の恨みによるものと、解釈されたでしょう。ところが、事実は塗込められた男なぞないんですから、その考えは、自から間違ったものになって来ます。むろん三人は、峯吉が塗込められたと勘違いしている、遺族からは、共通な恨みを買っているでしょう。ところが遺族の中には犯人はいないのでしょうからこれも又問題になりません。それではほかに被害者達の殺害される共通の理由はなかったかと云うと、いやそれがあるんです……私は、暫く前からそのことには気づいていましたが、被害者達は、皆一様に少しも早く発火坑を開放するための鎮火や瓦斯《ガス》の排出工合を検査している時に、殺されております。これを別様に考えると、仕事の邪魔をされたわけであり、あなたが発火坑を開放して少しも早く発火真相の調査にかかりたいという、そのあなたの意志の動きを阻害されたわけなんです。もっとハッキリ云えば、犯人は、ある時期まで、あなたに発火坑の内部を見られたくなかったのです。それで少しでも発火坑の開放を遅くらそうとしたのです」

「待ち給え」

再び係長が遮切った。

「いったいその犯人は、なにをそんなにわしに見られたくなかったのだ。さっき君と二人で、あの発火坑を調べた時には、この殺人事件と関係のあるようなものは、なかったではないか」

「ありましたとも。係長。しっかりして下さいよ。我々はあの発火坑で重大な発見をしたではありませんか。密閉された筈の峯吉がいないと云う大発見を、いやそんなことではない。もっと大きな発見、あの天盤の亀裂と塩水です！」

この言葉を聞くと、辺りに立っていた坑夫達の間には、異様な騒ぎが起りはじめた。海水の浸入！　この事実に較ぶればいままでの殺人事件なぞ、坑夫達にとってはなんでもない。技師は、燃上る瞳に火のように気魄をこめて、人々を押えつけながら係長へ云った。

「片盤を開けて下さい。そしてもう、炭車《トロ》を皆出してやって下さい」

やがて幾人かの小頭の、あわておののく手によって、重い鉄扉が左右に引き開かれると、片盤坑の中からワアーンと坑夫達のざわめきが聞えて来た。汗にまみれた運搬夫《あとむき》の女達が、小麦色の裸身をギラギラ光らして炭車《トロ》を押出して来ると、技師は進み出て呶鳴りつけた。

「皆んなここで石炭をブチ撒けて引きあげろ。炭《タン》をあけて行くんだ」

女達は瞬間技師の奇妙な命令に顔を見合せて立止ったが、すぐその側から係長が黙って頷いているのを見ると、わけもなく技師の命令に従って行った。

滝口坑の炭車《トロ》は、凡《すべ》て枠のホゾをはずすと箱のガタンと反転する式のダンプ・カーであった。運搬夫《あとむき》たちは技師の命に従って、次々に出て来ると、その場で箱を反転さして積み込んだ石炭をザラザラとあけていった。みるみるそこには石炭の山が出来あがった。が、十二三台目の炭《ト》車《ロ》が箱を反転さした時に、茲《ここ》でとてつもないことが持上った。

大きな箱の中からザラザラと流れ出た石炭の中から、炭塵に黒々とまみれた素ッ裸の男が、転ろげ出て、跳ね起きて、面喰らってキョトキョトとあたりを見廻わした。係長が叫んだ。

「やや、浅川監督！」

全くそれは、炭塊に潰されて死んだ筈の浅川監督であった。咄嗟に身構えて飛びかかろうとする奴へ、すぐに技師は、係長からひったくったドスで思い切りひたっと峯打ちを喰らわした。

監督がぶっ倒れると菊池技師は、魂消《たまげ》た係長とお品を連れて、立ち騒ぐ坑夫たちを尻目にかけ、炭車《トロ》に乗って開放された片盤坑へはいって行った。間もなく発火坑の前まで着くと、技師は、そこに置かれたままの「浅川監督の屍体」を顎でしゃくりながらお品へ云った。

「この死人をよく見てくれ。都合で監督の猿股などはかされているが、お前には、見覚えのある体だろう」

始め女は、死人におびえて立竦んでいたが、やがて段々死人のほうへ前かがみになると、誰の顔とも判らぬまでに烈しく引歪められたその顔に、灼きつくような視線を注ぎながら、進み寄り、屈みこんで、不意に妙な声をあげて死人の体を抱えあげながら、振返って嗄れ声で云った。

「うちの、峯吉です」

六

その頃、滝口坑では全盤に亘って、技師の洩らした言葉が激しい衝撃を与えていた。始め一番坑から続々出坑して、あと半数ほどに残されていた坑夫達の間には、ひとたび海水浸入の事実が知れ渡ると、もうそこには統制もなにもなかった。人びとは炭車《トロ》を投げ出し、鶴嘴を打捨てて、捲立《まきたて》へ、竪坑へ、潮のように押寄せて行った。広場の事務所では、何処からかかるのか電話のベルがひッきりなしに鳴り続け、滝口立山の両坑を取締る地上事務所から到着した救援隊は、逃げ出ようとする坑夫達と、広場の前で揉合っていた。

どん尻の炭車《トロ》に飛び乗って、竪坑口へ急《いそぎ》ながらも、しかし係長は捨て兼ねたような口調で、技師へ訊ねるのであった。

「つまり丸山技師と工手と、それから峯吉を殺した男は、浅川監督だったんだね?」

技師が黙って頷くと、

「じゃア一番あとから殺された峯吉は、それまで何をしていたんだ」

「峯吉は一番さきにやられたんです」

「一番さき?」

「そうです。恐らくあの水呑場で屠られたんでしょう。そして峯吉の屍体を、ひとまず側の穴倉へでも投げ込んだ監督は、それから、あの採炭場《キリハ》へ火をつけたんです」

「なんだって、火をつけた？」

係長は思わず訊き返した。

「そうですよ。あなたは、あれがただの過失だなんて思ったら大間違いです。レールの上へ峯吉の鶴嘴を転がして置いて、闇の中で女を抱きとめ、夫婦の習慣と女の安全燈《ランプ》を利用して、炭塵に点火したんです。あれは実際陰険きわまるやり口ですよ。ああして置けば、あとで監督局の調査があった時にも、発火の責任は、自分のところへは来ませんからね」

「しかし、何故また、あの採炭場《キリハ》に火をつけたりしたんだ」

「それですよ」と技師は次第に声を高めながら云った。

「さっきも云いましたように、それはあの採炭場《キリハ》の中に、或る時期までは絶対に人に見せてならないものがあったからなんです。だから、ああして発火坑にして人を入れないことにし、そしてまた、あとからその扉を開けようとして熱瓦斯《ガス》の検査にかかった丸山技師と、工手を同じ目的のために片附けて了ったんです。するとあなたは、茲《ここ》で、じゃア何故我々だけは無事にあの扉を開けることが出来たのか、って訊かれるでしょう。それは、もうその時、或る時期が過ぎたからなんです。しかも、あの時私みたいな男がやって来て、それまで皆んなの考えが、折角監督の思う壺にはまって来ているのに、若《も》しもこの殺人が坑殺者への復讐であるなら、監督も今度は殺されなければならないなぞと云い出したものですから、切羽詰って穴倉の峯吉の屍体をずり出し、いかにも自分がやられたように見せかけて、炭車《トロ》に人知れず潜り込んで厳重な警戒線を突破り、もう用もなくなったこの滝口坑から逃げ出そうとしたんです」

「待って呉れたまえ」係長が遮切った。

「君はさっき、その監督が人に見られまいとしたものは、あの天盤の亀裂と海水の浸入だと云ったね。しかしこれは、やっぱりこの殺人事件とは全然別の事変だし、おまけにあの採炭場《キリハ》に火がつけられた時には、まだ天盤に異動はなかったんではないか？」

「冗談じゃあない。海水の浸入とこの殺人事件とは、密接な関係がありますよ。そして係長。あの天盤の異動は、むろん発火によって一層促進されはしたでしょうが、実はもう発火前から動いていたんですよ。多分地殻が予想外に弱かったんだ。それに、この事は係長。もうあの時注意したではないですか。よく思い出して下さい。ほら、あの亀裂は、内側まで焼け爛れていたではありませんか。つまり焼けてから裂けたんではなくて、裂けてから焼けたんです。そうだ。監督は誰よりも先に、あの亀裂と、滴り落る塩水を、みつけていたんですよ」

「成る程。しかし何故監督はこんな危険をそんなに早くから知っていながら、何故我々にまで隠そうとしたんだ。そして又、君の云う、その或る時期までとは何のことだ」

「それが、この事件の動機なんです。監督は、海水浸入の事実を最初に発見すると、そいつを某方面へ報告したんです。そしてこの恐ろしい事実の外に洩れるのを、或る時期まで喰い止めることによって、かなりの報酬にありつけることになってたんでしょう。或る時期とは、ほら、あなたも知ってるでしょう。私が此処へ着いた時に、札幌から監督へ電話が掛って来たでしょう。あれですよ。あれに違いないんです。この考えには、間違いはありませんよ。私は自分の疑惑を確かめるために、さっき思い切って、小樽《おたる》の取引所へ電話を掛けて見たんです。するとどうです。中越炭礦株が、今日の午前の十一時頃から、かなり大きく動き出しているんです。十一時頃からですよ。係長。現場の我々よりも会社の重役のほうが、数時間前に滝口坑の運命を知っていたんです」

技師はそう云って、もう見えはじめた事務所の灯のほうへ、なにかまだ解けきらぬ謎を追い求めるような虚ろな視線を、ボンヤリ投げ掛るのであった。

ところが、それから十分もしないうちに、竪坑口で逃げ惑っている人びとを思わず釘付けにするような、不意にグラグラッと異様な地響きが、滝口坑全盤にゆるぎわたった。そして間もなく、坑側の流水溝には、何処から湧き出ずるのか夥しい濁水が、灼熱した四台の多段式タービン・ポンプを尻目にかけて、一寸二寸とみるみる溢れあがって行くのであった……。

（〈改造〉昭和十二年五月号）

随想鈔録

我もし自殺者なりせば

僕がもし自殺者だったなら——

僕はなんとかいう小説家の教えに従って、世界の果から数哩《マイル》の彼方へ、オルガノンを焼直して呉れる天国の病院とやらを求めて、馬鹿正直な順礼の旅に出てみよう。

この奇妙な空中の死の旅を始めるために、僕はまず、大きな気球をひとつ拵える。

——小さな家ぐらいは楽に持上げて了いそうな大きな気嚢と、充分な水素ガス。そして恰度あの探空気球《サウンディングバルーン》のような真ン丸いゴンドラとその壁面にあいた幾つかの覘《のぞ》き窓、等々。けれども僕の気球のゴンドラは、アルミニウムで密閉する必要もなければ、またドレジャアの呼吸装置とかってヒチ面倒臭い仕掛も無論ない……

気球が出来上ると、お天気のいい晩秋の日の静かな黄昏れ時を期して、僕は、地球玉へ心からのオサラバをする。

小さなゴンドラの覘き窓から、赤ちゃけた地面の上を僕の乗った気球の影が、まるで大きな黒い人魂のようにフーッと消え去るのを見詰めながら、僕は、絶望的な不可抗力をヒシヒシと感じる。

山も川も、町も海も、見る見る一点に絞り込まれて、いままでの細々《こまごま》とした婆婆臭い風景が、一段と大摑みな大自然の景観に変って来る。そして、まるで気球が広々とした大空の真ン中で、ジッと停止しているとしか思われないような焦立たしい錯覚に襲われ始める。

だが——

五千メートル。

六千メートル。

僕の気球は、グングン墓場へ急ぐ。

軈《やが》て、僕の体は妙にウソ寒く、恰度あの山酔いに似たヘンな感覚が虫のように胸倉を逼《は》い廻る。耳の奥の頭のシンの方からはキンキン……キンキン……と、耳鳴りが始まる。

気層が高くなって気圧が下るに従って、たださえ大きな気嚢は、いまにもガスがはち切れそうだ。そこで僕は、少しずつロープを引いてガスの放出を始める。

もっと、もっと、登るのだ。

八千メートル。

一万メートル。

軈《やが》て僕は、恐ろしい寒さに襲われ始める。五体がヘンにタルクなって、眠むけさえも覚え始める。空気が薄くなって来たのだ。

けれども、二十分もしない内に、もう僕は両手をつッ放して、よろめく体を踏みこたえながら、思わず両の眼をカッと見開いて、小さな覘《のぞ》き窓に貪るように飛びついて行く。

ああ……成層圏！

僕はきっと、低い、昂奮に押しつけられた、堪え難い嘆声を洩らすに違いない。とうとう僕は、僕の異様な墓場へやって来たのだ。

辺《あたり》は恐ろしく薄暗く、深い、濃い真ッ青な色をした異常な大気の中に、灰銀色の僕の気球が、塵にも雲にもさえぎられないギラギラしたどぎつい太陽の光線を真ン中に浴びながら、いともクッキリと浮び上っているのだ。

見れば燃え上るような夕陽は、いま正に地平線に沈み始めている。そしてナンとその地平線は、緩やかに、大きな丸みを帯びているのではないか。間もなく太陽は沈み、菫色の西の空には、七色の後光が輝き始める。そしてその後光は、見る見る金白色の、澄み切った、巨大なピラミッド型の黄道光となって、なめらかな地平線上に、鋭角的な太陽の墓標を打ち立てる。

僕は、半病人のような体を、かろうじて後へ捻じ向ける。

すると、黒々とふくらみ上った丸い地平線の、遥かに低く東南の空には、これはまた大きな銀色の球体が、山や谷の黒い影を、その美しいはだえにおぼろげながらも浮べて、デンデ虫のような星雲をちりばめた漆黒の闇空に、まるで僕の気球のようにポッカリと浮び上っているのだ。

だが、その凄艶な月の姿を見詰めながら、僕の視力はガックリと弱り始める。体中の血液の中からどしどしと酸素ガスが蒸発し始めて、内臓機関が飛んでもない変テコなビッコをひき始める。激しい睡魔が襲い掛る。そして間もなく僕は、お伽の国の深い眠りに陥って行く。

僕がもしも自殺者だったなら、僕の墓標は成層圏にして置きたい。

（〈ぷろふいる〉昭和九年十二月号）

探偵小説突撃隊

一、隊ノ名称

本隊ヲ仮ニ探偵小説突撃隊ト称ス。但シ入隊者各自ノ自由ニ基キ之ニ挺身隊、行動隊、決死隊等々其ノ他如何ナル名称ヲ付スルモ可ナリ。又ワザワザ名称ナゾト野暮臭キモノヲ付セザルモ可ナリ。

二、隊ノ編成

（イ）本隊ハ別ニ隊長或ハ委員等ノ所謂《イワユル》機関ヲ設ケズ。隊員ヲ以ッテ隊ノ主体トス。

（ロ）本隊ハ分隊ヲ設ケズ。

（ハ）本隊ハ隊員数ヲ制限セズ。

三、隊員タルノ資格

既成新進其ノ他大小ニ関セズ探偵小説、怪奇小説、神秘小説、冒険小説等々広ク探偵小説ノ作家、翻訳家、評論家、編輯者、出版者、「鬼」、ファン等一般ニ探偵小説ニ関心ヲ有スル者ナレバ老少男女ヲ問ワズ。

四、入隊及ビ脱退
（イ）本隊ヘノ入隊ハ各自ノ自由意志ニ基ク。
（ロ）本隊ヘノ入隊ハ試験、願書、届書、又ハ入隊金、身元保証金等々一切ノ煩雑ナル手続キヲ要セズ。
（ハ）本隊ヘノ入隊ハ時ト所ヲ定メズ。随時随所ニテ入隊志願者各自ノ意志ニヨリテ入隊ヲ認メラルベシ。早イ話ガ、之ノ規約ヲ読ミタル瞬間ソノ場ニ於テ、即チ机上ニ、炬燵ノ上ニ、或ハ寝床ノ中ニ「月刊探偵」正月号ヲ開キタルママノソノ姿勢ニテ既ニ隊員タルコトヲ得ルモノナリ。
（ニ）本隊ヨリノ脱退又（イ）（ロ）（ハ）ニ同ジ。
五、隊ノ所在地
復興日本探偵小説壇
六、隊ノ維持資金
本隊ハ金銭的維持ヲ要セズ。事ヲ隊員各自ノえねるぎっしゅナル努力ニマツモノナリ。
七、隊ノ機関誌
「新青年」「ぷろふいる」「探偵文学」「月刊探偵」「クルー」其ノ他将来刊行サルベキ一切ノ探偵小説誌。
八、本隊隊員ハ各自勝手ニ本隊以外ノ隊、会、又ハぐるーぷヲ持チソノ会員隊員タルヲ妨ゲズ。

九、本隊設立ノ趣旨並ニ目的

近時探偵小説界ノ頓《トミ》ニ活気ヲ呈シ来タルハ我等同好ノ慶ビニ堪エザルトコロナリ。思ウニ今ヲ去ル十年前彼ノ探偵小説黎明期ニ於テ幾多ノ先輩諸大家輩出シ一大探偵小説時代ヲ現出セルモ、未ダソノ機到ラザリシニヤ、先人ノ果敢ナル努力ニモ不拘《カカワラズ》一般読者階級ハ探偵小説ノ如何ニ面白キヲ充分知リ得ズシテ茲《ココ》数年来恰《アタカ》モ火ノ消エタルガ如キ観ヲ呈セリ。而《シカ》ルニ近時再ビソノ復興ノ兆ヲ眼前ニ見ル。宜シク我等ハコノ大波ノ前ニ褌《フンドシ》ヲ締メ、徒《イタズラ》ニじゃありずむノ波ニ乗リテ下ルコトナクソノ大波ノ頂キニ於テ波上ニ群ガル広大ナル読者層ヲ永久的ニきゃっちセザルベカラズ。モトヨリ我等ハ未ダ脱ギ捨ツベキ余分ノぼろ布ヲ多々纏《マト》エリ、同時ニ着スベキ必需ノ品ヲモ多々欠ケリ、曰《イワ》ク、暖クシテ柔カキ水着ハ如何？　軽快ナル浮袋ハ如何？　又口中ニスベキ甘キ氷砂糖ハ如何？　等々ヨロシク我等ハコノトキニ当リ右ノ品々ヲモ忘レズ用意シ、作家ハ作家、評者ハ評者、編者ハ編者、鬼ハ鬼トシテ各自ソノ鼻ノ先キノ向キタル場所ニ縦横無尽思ウサマノ力泳ヲナサザルベカラズ。本隊ノ目的又カカッテココニ存スル所以《ユエン》ナリ。

十、本隊隊員ノ合言葉

「**能率増進！**」

以上

（〈月刊探偵〉昭和十一年一月号）

幻影城の番人

昨年末の東日の文芸欄に江戸川乱歩氏が「**幻影の城主**」という随筆を寄せられて、周囲の人達から新聞の三面記事に出て来る事件に興味を覚えることがあるだろうと訊かれるがそこには現実の苦悩があるだけで私はすこしも面白いと思わぬ空想の血には魅力を覚えるが現実の血には寧《むし》ろ嘔吐をさえ覚える、というようなことから空想的な幻影の城の美しい夢ゆめについて語っていられたが、これはまことに含蓄ある達見でまた氏の以前からの持論でもあるのだが、新聞の三面つまり現実の犯罪世界に対して右のような見解乃至《ないし》感情を抱かれるのは乱歩氏以外の大家の中にもあるようだし、また全体に探偵小説を書いたり見たりするような人々の誰れもが或る程度まで抱いているいつわりのない気持ではないかと思う。かく云う私ごときもどちらかと云えばその組で現実の犯罪よりも寧《むし》ろまことしやかに語られる架空の犯罪のほうが面白く、犯罪実話よりも探偵小説のほうにより深い興味を覚えてお殿様のおゆるしはないが自分ではこれでも幻影城の番人ぐらいにはなったつもりでいる次第だ。

ところがこの番人はまだまだ年が若い。だからお殿様と違ってこれから世の中を渡っていこ

う と云うなにもかもが物めずらしい謂わば春秋に富んだ身空でもあるし、それにまたこの番人と云う役目がお城の奥で夢を見つづけていられるお殿様や御家老を護っていつも外を向いて立っていなければならない立場にあるためか、ときどきお堀りの外を通る小娘に浮気をしたり堤《どて》の苺をつまみ喰いに出かけたりする。ついこの間も莫大な保険金詐取の目的で肉親の母親が形相凄く出刃を逆手にふるって生みの息子を滅多突きにし全身血まみれになった息子が苦しい息の下からお母さん堪忍してくれわるかったいま死ぬから末期《まつご》の水をと嘆願するをひとに聞かせまじと骨肉のいもうとが苦悶の口を押えたとかいうあの地獄絵ばりの殺し場を見せつけられたりするとまったく原則としては新聞の三面による現実の犯罪事件に興味なしときめてはいながらもどうしたことかつい夢中になって読みふけったりしたものだ。こんなことを云っては幻影城の番人たる名誉に疵《きず》がつくかも知れぬがこの蒼白い番人の浮気はまだまだこれにとどまらず併《しか》もそれが皆多かれ少なかれほんとうに気が散るのだからなんともいたしかたがない。

そこでいきおい懺悔ばなしになるのだが、過般神戸地方で起った黒色テロ事件の殉職を装うた警官の変死事件なぞもまずこの番人が興味を覚えたもののひとつではあるまいか。無論黒色テロ事件そのものには思想的な意味以外にはてんで興味はないが面白いのは殉職を装うた安東巡査の他殺説が自殺説に覆えされるあたりで、怪文書の筆跡や唾液型の一致から兇行現場が嶮岨で他人の同行不可能と見られるところなぞもさることながら、頸部や手首を縛られて縊死状態となって発見された安東巡査の右靴が脱ぎ捨てられてあった事実は頸部、手首の麻縄を「トックリ結び」とするために口と手の作業を足の指で助けたものと推定されるあたりなかなか探偵小説的でまんざら悪くもないと考える。これと同じように犯罪の捜査側に興味を覚えるものとしてやはり同じ頃の内閣印刷局に於ける女工の紙幣抜取事件なぞがある。大阪、大連その他の日銀支店で発見された百枚一束の拾円紙幣の束の中の不足紙幣の番号の最後がいい合わせたように「901」となっていたところから最後の一枚を抜きとるに便利な職場にいる女工の中に犯人ありと睨んだあたり少しく陳腐ながらもなかなか探偵小説的だ。これ等の例は凡《すべ》て犯罪の捜査側に探偵小説的な興味を覚えたものであるがこうした例は注意して見ていると最近なかなか多い。

そこで幻影城の番人は考えるのだが、いったい例の有名な浅草喫茶店の青酸加里殺人事件なぞで犯人が探偵小説ファンであったことから探偵小説の現実の犯罪への影響を云々して少くなからずわれわれを憂鬱にすると同じように、ともすると一部の人々は屢々《しばしば》怪奇な犯罪が突発する度にそれと探偵小説とを必要以上に結びつけたがる。けれどもこれはまことに怪《け》しからんことで、現実の犯罪と探偵小説とを結びつけることはひとまず好きにまかせるとしても、いったい人々は犯罪事件そのものに探偵小説的なるものを認めながらなに故に犯罪の捜査面も又前掲の例の如く著しく探偵小説化して来たことを見逃しているのか。

番人は更に考える。いったい世の多くの怪奇な犯罪事件なぞと云うものは探偵小説熱にかられてのみ、つまり探偵小説を地で行き度いためにのみ突発するなぞと云うが如き愚劣極わまるものではなく、それはもっと深刻な社会的の或いは個人的生理のやむにやまれぬ衝動に依るもので仮令《たとえ》探偵小説なぞと云うケチ臭いものが今更出て来なくても晩かれ早かれ早晩突発すべきそれぞれの運命を担っているものであり、たまたまその突発する犯罪の外形がいささか探偵小説的な影響を受けたとしてもその犯罪摘発の捜査機能がまた探偵小説と同様に日に日に進歩する新らしい理智のメスを加えつつあるとすれば少しも恐るるところはないではないか、されば世の探偵小説はいたずらに肩身を狭くしたり女々しい躊躇をするところなく堂々と真ッ向から突進すべきではあるまいか、と。

話が大分横道にそれて妙な啖呵になってしまったが何ぶん前にも云ったように番人は年が若い。だから時々お城の門外《そと》に物欲しげな視線を投げてはこのように勝手なことを考える。きっとこれからお殿様の目を盗んでは三面記事を、現実の犯罪世界を、はっきり云えばその底に流れるなまなましい時代の姿を、ますます物欲しげに眺めまわすに違いない。

寛大なるお殿様よ、鹹にしないでお赦しくだされ。

(〈ぷろふいる〉昭和十一年四月号)

お玉杓子の話

数年前のこと多分あれは千葉亀雄氏と思ったが、一般の小説は読むほどに追々情緒の高揚を来し最後に臨んでクライマックスがやって来るのが普通だが、探偵小説はこれと反対で物語の冒頭から大事件が突発する、と云うようなことを何かに書いていられたように覚えているがどうもこれは飽くまで形式上の問題であるらしく、成る程探偵小説は形式つまり文字に現わされた物語の進行の上から見ると多く冒頭に大事件が突発しているようだが、けれどもそうした形式を通じて読者の頭の中へ注ぎこまれる一聯《いちれん》の感情山脈はやはり一般の小説と同じように読み進むほどに高まりやがて大きく激しく終って行くものであって、このようにアタマでっかち尻つぼみのお玉杓子のお化けみたいな代物ではなさそうだ。少くともそうしたものを書き上げると読者はきまって失望する。読みごたえがないとか、こくがないとか、或は尻切れトンボだとかいうあれは多くの場合そうした作品に与えられる言葉ではあるまいか。

探偵小説も一般の小説と同じことで、それが優秀な作品になればなるほどたとえ一般の小説のクライマックスにとり上げられそうな事件を冒頭に持って来たとしても読み進むほどに読者の情緒は一層昂騰し最初の事件から受けた印象以上のその上も行くていの強烈な感情の爆発がなければならない筈である。茲《ここ》で強烈な感情の爆発と言ったがなにもそれは血みどろな惨劇を意味するわけではなく、意外な、胸のすくような解決でもいいし、作品全体のすっきりした締めくくりから始めてじわじわと湧き出して来る息詰るようなもろもろの情緒的昂騰でもいい。これをひとくちに云えばやまであるが、こうしたやまの扱い方は一般に小説の本格的な行き方であって、テーマなり情緒なりに印象的な生命を吹き込み、作品全体にガッチリしたすわりのよさを覚えさせるものではあるまいか。むろん探偵小説も落葉を集めて焚火をしながら垢抜けのした爺さんが話しきかせてくれるような随筆文学ではなく飽くまで読者の感情と思索に意識的に訴えるところの一つの溌溂たるロマンであるからにはここの処のなんと云うか文学的力学或いは感情の設計、を忽《ゆる》がせにすることは出来ない筈である。

　そこで探偵作家も作品に重々しい結末をつけるために構成上の苦心も一入《ひとしお》でわけても長篇のやまとなると並々ならぬ努力をするのだが、そうした苦心の目標としてまず今までのところ最も重要なエレメントとされているのは云うまでもなく「意外な犯人」とか「奇抜な殺人方法」だ。作者は犯人の意外感や殺人の奇抜感による読者の情緒の爆発を意識して筆を進める。読者又その気配を感じて期待をその一点へもってゆく。そこで勢い「探偵即犯人」「記述者即犯人」「被害者即犯人」或は「嫌疑者全部犯人」又は色々な様式に於ける「密室の殺人」等々その他ずいぶん際どいトリックが弄せられあらゆる「意外であり得る場合」が漁り尽されるわけであるが、こうした場合作者が「意外な犯人」をやまとしてそこに純粋な力点を置いて掛れば掛るほどそれが成功すればその効果は大きいが一旦失敗したとなると読者の失望も又純粋で作品はそれこそお玉杓子か尻切れトンボになってしまう。

そこでこの「意外であり得る場合」であるが打見たところいまはもう殆んど漁りつくされた形でこの上はその「場合」の上に先人と違った新らしい粉飾を施すとか例のトリックのコンビネーションをするより途がないのだが、けれども茲《ここ》で考えなければならないことは、読者を驚ろかすような作者の意図が成功するとかしないとか云うことは前の作品のすわりやこくの問題と同じことで、それは文字の上に現われたものだけを以って数学的に推測されるものではなく謂わば飽くまでかんの問題であって、例えば犯人が意外でなく作品がお玉杓子になってしまったと云うような失敗も、作者が始めから「意外な犯人」をお土産げのやまとしてそこに純粋な力点を置いていればこそであって、若《も》しも作者が「意外な犯人」のカラクリに自信のない場合もっとほかのエレメントを有機的に織り込んでそこに力点を注いで行ったならば仮令《たとえ》犯人が少しばかりお馴染みであったとしても物語のこくは充分であって読者も又お玉杓子の失望を繰返さないで済もうと云うものだ。そしてそうしたエレメントは地球玉がミステリーに包まれている限りまだまだ無限にとりいれることが出来るのであって、これからの探偵小説は「新らしい殺人の方法」や「犯人が意外であり得る場合」をほじくると云うよりは（むろんそれも結構だが）それらの「場合」の上に先人と違った新らしい粉飾を施すとか、コンバインするとか、或はいま云った地球玉のエレメンツをどしどし取りいれるとかすれば前途洋々少しも悲観することはないのであって、今度の木々氏海野氏の長篇にしても、或はまだ予告を見ただけだが小栗氏の長篇にしても、どうやらあれはみな地球玉のエレメントらしい。そこでここに問題となるのは、結局そのエレメントの「有機的な取り入れ方」とかトリックの「新らしい粉飾の仕方」とかであって、どの途こうした問題をお玉杓子やバラバラ事件にならないように円滑に片附けて行くためにはいまのわれわれは単なる発見よりもまず一層文学的な技術の必要に迫られているのだ。文学的技術の獲得！　これこそわれわれに与えられた最大の課題ではあるまいか。

なんだか書き流しでこの小文もどうやらお玉杓子になってしまった。

（〈探偵文学〉昭和十一年四月号）

頭のスイッチ——近頃読んだもの——

キザなことを云うようだが、さき頃退屈まぎれにドストエフスキーの「悪霊」を読んでみた。むろん、かなり辛棒して読みかけたのだが、読みかけてみて成る程面白いと思った。スタヴローギンと云う教養の高い富裕な青年紳士が、突然美しい自分の周囲の社会に背を向けて、奇怪極わまる異常な、意想外な、数々の醜行をブチまけて行く——例えば、ゴロツキと賭けをして、跛足で狂気の乞食女と結婚してしまったり、町の社交会の紳士淑女の集った改った席上で、もったいぶった一老紳士の前へ突然ツカツカと進み出てあろうことかヒョイとその鼻をつまんでアレヨアレヨと云ううちにグルグル室内を引ずり廻したり、そして又友人の細君の側へ寄沿って、不意にアッと云う間もなくキッスを盗んでみたり、決闘して相手を殺したり……結局最後には、冷静に「絹紐の上へ一面にベッとりと石鹸を塗りつけて」縊死して了うんだが、読んでいてなんだかひどくナマ臭いものでも見せつけられたような気がして思わずゾッとした。むろんこれはスタヴローギンの核心を貫く深刻な感情思想の冴え切った動きが底をなしていることは確かだが、そんなことは判っても判らなくても面白い。ただ少し退屈を覚えたのには参った。

いったいにロシアの小説に出て来る人物はどれもこれも必要以上に喋り過ぎる。

＊

古い本だが森田思軒訳ユーゴーの「死刑前の六時間」と云うの、先日人に借りて読んでみたが、時代めいた訳文で読みにくかったが面白いものだった。題名で想像できようと思うがこんなモチーフも探偵小説へとり入れたら鷗外の「高瀬舟」をもっと突込んだような面白いものが出来やせんかと思った。

＊

尚これは近頃読んだものであり、只今読んでるものであり、又これからも読むものではあるが、私はいま冨山房の百科辞典の第一冊目を気の向いた時なぞ少しずつ読むことにしている。断って置くがなにも私は百科辞典式の智識を得たいなんてそんなヨクの深い気持で読んどるワケではない。ドイルの「赤毛聯盟《れんめい》」に出て来る、あの大英百科辞典の複写仕事を頼まれた間の抜けた男の味を思い出して貰い度い。誰れかも云っていたようだが、これは実にいい。例えば「ケ」の行で「ケヌキ」を読んでいたとする。と次に「ケネー」とあって重農派の経済学者の記事があり、「ゲネツザイ」の解説が次に現れ、そのあとへ「ケハエグスリ」と来る、「脱毛《ぬけげ》」を見よ、とある、「ヌ行」の「ヌケゲ」を見る、横の頁に妙な絵がある、なんだろうと思って見ると「ヌリカベ」の説明だ。読んでしまうと「ヌリグスリ」になる。そうこうしてるうちにいつの間にか道にまよって、始め読んでたところが判らなくなる。ウレシキかぎりだ。むろん気に喰わぬところは見出しだけで飛ばして読む。興が乗ればあてどもなく、智識の放浪、アタマの放浪が始まる。タカが百科辞典相手の道楽だからむろん組織立った勉強などは話が違う。いや又それだからこそ面白い。なにかがある。智識の対照の突発的な変化、頭のスイッチの入れかえ、空想の飛躍――なんとでも云える。兎に角なにかチカリと閃めくのだ。この閃めくスパークこそ、私には百科辞典全体の智識よりも貴いのだ。

〈ぷろふいる〉昭和十一年九月号）

弓の先生

これは思い出にならない思い出である。

私の処女作は、海野氏の傑作「爬虫館事件」なぞと一緒に新青年に発表された「デパートの絞刑吏」であるがいまその思い出を書けと云われても、しかしもう数年前のことではあるし、それにどうしたことか私には、当時の細かな記憶が全然ない。

なんでもあの作を新青年へ御推薦下さった甲賀氏から、ポウのモルグ街ともう一つ、失念したがなにか航空機を扱った作品からヒントを得たんだろうと云われた時にこれは図星を指されたわいと思ったことと、それからなんでもあの作の冒頭に、いまから考えるとヒヤヒヤする思いだがポウの探偵小説の真似をして、それとはまた桁違いの悪く気取ったはしがきめいたものをいやに感覚がってくッつけて出したものだ。がそれを水谷氏が枚数の関係もあったろうがまず作者のために気を利かして除けて下さったのであとからそれと知って助った思いで有難かったことなぞを覚えている。

どのように考え、どのようにして書いたかなぞはサッパリ思い出せない。なんでもこの頃探偵小説を書く時に覚えるような或るひとつの意識——そう云ったものを当時は全然持たず、まるでなにかの熱病患者みたいにただふらふらとむしょうに書きたくなってふらふらとむしょうに書いてしまったことだけがこのことについての思い出と云えば云えるだろう。

もう何度も云われたことで古臭いが、こんなことはあながち私に限ったことではないと思う。どの先輩だって、始めからひとつ探偵小説でも書いて読者をよろこばしてやろうなぞとハッキリした目的意識を持って書きはじめた人は割に少く、殆んど多くの人は読者もヘチマも二の次にしてただやたらむしょうに書きたくて書いてみたくて書きはじめた人が多いのであろう。いま思うとその頃の技巧への意識よりも情熱の先走った法悦的な境地が口惜しくもあれば何故かまた懐しさに堪えない。技巧への意識がそろそろ重荷になり始めたいまから思えば、その頃の境地にはなにか向見ずな「安易さ」をすら覚えられてならない。誤解されては困るから断って置くが、これは決してネタが切れたからでもなければ情熱がなくなったからでもさらさらない。

私の家の近所に大弓の先生がいる。その人がかつて初心者の技術についてこんなことを云ったのを思い出す。それは始めて弓を引く人は、技術もなにもないくせに初めのうちは割合によく当てる。が、段々うまくなって行くに従って一時当りが悪くなって来る。と云うのはその人が苦労を知ったからである。ああこれでは本当の姿勢ではない。この時はもっと後ろへ引くのだったな。そうそう右手を利かすんだった。おや下腹の力を入れ忘れたわい——とまアそんなあんばいで腕がのぼるに従って、そうした技術へのこまごまとした意識がひとつの苦労となって襲いかかるからだ。しかしその人がもし情熱を失わず精進を続ける限り、やがてその苦労は苦労ながらも重荷でなくなり、つまり腕が身について技術が本当に自分のものになって、そうなると前のようなまぐれあたりでなく今度は本当の当りがつくようになる、と云うのだった。

私はいまこの話を思い出して何故かほのかな感激をすら覚える。恰度いまの私がそのいろいろな技術を覚えはじめてそれが苦労となりかかった初心者に該当するのではあるまいか。いやこのような人は私だけではなくまだまだほかにも多勢いるかも知れない。しかし私達は少しも気をクサらすまい。要はそのいい意味での苦労を、重荷として脊負ってこそ頼みとなる苦労を、進歩していればこそ始めて覚える苦労を、避けいとわずに進んでその中に突入すべきではあるまいか。

弓の先生は土用中といえども休まない。そしていまでもやっぱりたまには外すとみえて時どき的の音が聞えなくなる。

（〈探偵文学〉昭和十一年十月号）

連続短篇回顧

短い枚数ですから、細々とした感想なぞ抜きにして、おお摑みな気持だけ書かして貰います。

今度の私の連続短篇は、個々の作品には多少のヴァリエテらしきものを持たしながらも、ピンからキリまで本格物一筋槍で押通してしまいました。どなたも、あの苦汁の行列みたいな仕事振りを見られて、苦しかったろうと云ってくれます。

ところで、作品の出来不出来は評者を煩わすまでもなく読者諸氏御覧の通りだし、個々の作品についての作者の打明話なぞ云うのも、私としては云いたいことが山ほどありながらも、いまさら愚痴めいて卑怯であるし、それで結局私は、次のひとことだけ、頻りに告白したい気持に馳られております。

と云うのは、いま私は、為しおえた小さな仕事を振返って見て、その苦しかったことに、苦しみを覚えたことの中に、始めて、二つの仄かなよろこびを覚えはじめていることです。

その一つは、私の覚えて来た苦しみと云うのを考えて見るに、それが探偵小説そのものの上に投げられた苦難でなくて、私の未だ熟し切らないナマクラな力の中にある事が判ったからです。これは遠慮でもなんでもない。事実私は、頭の中で探偵小説のよき意識がグングン先走りをしながら、なにともハガユイほどに自分の力が思うようついて廻らぬのにどれほど口惜しい思いをしたか判りませぬ。けれどもいまにして思えばこのことは苦しみであると同時に、しかしなによりも大きなよろこびでなければなりませぬ。

もう一つは、単純に、苦しんだと云うことそのことの中に、ひそかに湧き出して来るよろこびであります。苦闘、これこそよろこびでなくてなんでありましょう。私はいま、この二つの喜びを原動力にして、よしんばそれが牛のような歩みであろうと、益々意を強くして明日への途を踏み出しましょう。

（〈ぷろふいる〉昭和十二年五月号）

二度と読まない小説

いちばん多く影響をうけた作品といいますと、自身ではどこまで正確なことが申上げられるかわかりませんが、思いうかぶままに挙げさしてもらいますと、スチヴンソンの「宝島」など、かなり影響的ではなかったかと思います。

なんでも、子供の頃に読んだもので、本も手許になし、記憶もバラバラですが、それでも妙に「宝島」といえば、明るい南国的な空と、濃藍色の海と、その間に峨々としてそそり立つ燃えるような断崖とが、ひどく原色的なドギつい光彩を以て、瞼に焼きついて離れません。そこには又、ほのかなミステリーの霧に包まれて、松葉杖のコジリに仕込んだ槍で子分を突殺してしまうような、陰険獰猛なチンバの海賊シルバーが活躍したり、タラス・ブーリバのコサック会議に出て来る毬栗頭のような、アドミラル・ベンボー屋の老海賊が、ダンビラと真鍮の遠眼鏡とを手に持って、妙に不安げな顔つきでオドオドと出現したり、ラム酒が出たり、棺桶が出たり、等々、そしてそれらのものがゴッチャになって、むせかえるような潮の香に包まれた中から、海賊の歌が聞えて来る。

屍《し》びとの棺の上に十三人
ラムも一本よ……

ともあれ、文品の明るさといい、空想の逞しさといい、恐らくこの小説は、永い間健康を求めて南の海浜をさまよい歩き、晩年をサモア島に送ったと云われるスチヴンソンの健康への憧れのひとつの現れであったのでしょう。

「宝島」が私に与えて呉れる潑剌たる思い出は、同じ作家の探偵小説なぞ、かなりの距離に押しのけてしまいます。それどころか、涙というものの不思議なカラさを味《あじわ》いながら感激にひたったいろいろな小説、それ等は誰でも一度は読んでいるような極印づきの傑作であり、自分でもずっとあとになってから感銘を以って読んだものでありながら、それにもかかわらずそれ等の名作にも劣らぬ鮮やかな印象を、遠い昔の「宝島」が、与えて呉れようとは、われながら不思議に思うくらいであります。恐らくこの理由はただひとつ、それはその小説が必らずしも「宝島」であったからでなくて、その小説を子供の時に読んだからではないかと思います。或る意味では、子供の清新な感受性くらい、優れた名翻訳家はいないと思います。その意味で、この小説は、二度と読まないでおくつもりでおります。

（〈新青年〉昭和十二年初夏特別増刊号）

停車場狂い

妙な打明ばなしで恐縮するが、もうかなりまえから、私はひとつの変なくせを持っている。尤もくせというほど度数の多い、ハッキリしたものではないが、ふッと思い出したように、時たま、それをするのだし、そして又ほかにそんなことをするような男は、あんまり大勢はなさそうなところを見るとやっぱりくせといっても、大した誤りではないかも知れない。

別に人に迷惑のかかることでもなければ、又人目につくような不自然なマネをするのでもなく、ただ多くの旅をする人々と一緒に、停車場で待合室のベンチにボンヤリ腰をおろしていたり、構内をブラブラしてみたりする。いってみればこれだけのことで、敢て妙――というほどでもないのであるが、しかし常態でないのは、そうして旅をする人々と同じようにして停車場へやって来ていながら、その癖旅をしないことである。出札口には用がない。尤も時とすると、白地に赤線のはいった入場券を買うことはある。けれども、そうしてホームの人波の中に立って、発着する列車を前にしながらも、しかしその時の私の心の中には送る人もなければ迎える人もない。ただ汽車を見るのである。

切りつめていってしまえば、停車場では人々は、誰れも彼も、切符と時計と汽車と行く先き先きの旅そのものに没入しきっていようというのに、そんな時の私は、全然それらのものとは無関係で行動する。少くとも行動するところの結果はそんな風になる。けれども私は、スリでもカッパライでもなければ、落付きどころのない宿無しというわけでもない。為すところは旅をする人々と全く別で、汽車も時計も切符もてんで関係ないかに思われる。けれども私の心は、その時、旅をする人の誰れにも劣らぬほどの、旅人になり切っている。悲しく、楽しく、慌しく――謂わば、停車場だけの旅――

こんな旅もあるものかと、だから私は、時々苦笑するのである。

いったい私は、子供の頃から旅への憧れは強かった。いきおい、汽車とか停車場とかが好きになる。探偵小説を書いても「とむらい機関車」なぞというのが出来上ったりする。尤も子供の時に汽車や停車場の好きだった気持の中には、鉄道の持つメカニカルな美への単純な理解が、かなり含まれていた。それが追々長ずるにつれて、あの鉄だらけの世界の中に、漸時、人間的な生なましい情感を覚えるようになって来た。全く汽車くらい、停車場くらい、哀楽に満ちた人の世の臭気の、深々と染み込んだものはない。

尤もこんな風に云ったからとて、私も、全然旅をしたことがないわけではない。少しばかりの貧しい旅の思い出はある。そしてその旅の思い出の貧しさは、必ずしも旅への愛の貧しさとはならないのであるが、その貧しい旅の思い出の中でも、いつも最も旅の旅らしさを覚えるのは、行った先の山でも海でも宿でもなくて、停車場なのである。

冬の夜の汽車の旅で、疲れ切った浅いまどろみが、コトンと止った名も知らぬ停車場の静けさにふと眼のさめた時の、あのいいようのない淋しさ、窓ガラスの内側にしっとり掛った水蒸汽の曇り、それをボンヤリ透して見える赤や青の信号燈と同じ色を光らした冷たいレールの堪えがたい静けさ、しかもきまってこんな時には、向うの方で休憩中の機関車が吐き出す廃汽《エキゾースト》の音が、手にとるように聞えて来るのだ。いつでもそんな時私は、たとえそれが悲しい旅をしている時でなくても、堪えかねて、窓にかかった蒸汽の曇りに、指先で、意味もない線をクネクネと描いて了う。そういえば、一度私は、そんな風な状態で、そんな風な落書のされた車窓を透して、直江津《なおえつ》――なんて書かれた駅名の立札を眺めて見たい。それもその駅で降りるのではなくて、そこを通り過ぎて行ってみたい。

直江津といえば、それで思い出したが、停車場の構内なぞで、ゴロゴロと通り過ぎて行く長い黒い貨物列車の貨車のうちに、何処からやって来たのか屋根に雪を積んだ奴が、時折屈託なさそうに引ッ張られて行くのを見るが、あれはたまらない。あれなぞは、私の「停車場だけの旅」のうちでも、かなり豊かなもののひとつになるであろう。

ところで、正常な旅行者から見れば恐らく外道にも見えよう私の「停車場だけの旅」も、思いついてはブラリと出掛け、退屈してはフラフラと通いして、病いも既に膏肓に入って来ると段々眼が高くなって来て、それぞれの停車場の持っている空気なり表情なりへの評価が辛くなり、選り好みをして、「停車場での旅」のよしあしをすら覚えるようになって来る。

この事は、いつだったか一日つぶして東京市内のいくつかの停車場をフラフラ歩き廻った時に、ツクヅクそう思った。

旅といえば、まず東京の人は、一番多く東京駅を思いもし、利用もするであろう。日本での代表的な名勝地を沿線に持った東海道線――しかし、私の「停車場だけの旅情」は、この駅に幾度立ってもトンと涌きあがらない。これは私の田舎が、生国が、東海道線の沿線にあるからであろうかと始めのうちは思った。が、何度もあの駅に立つうちに、これは全く、東京駅の持つ表情そのものによるのであることが段々判って来た。人も建物も、「旅」を覚えさせない。あそこにいる人々は、誰れも彼もハリ切って忙しそうに見える。その人々の顔には、旅そのものよりも、目的地ばかりが生き生きと輝いている。全くやり切れない。それに乗車口と降車口が別になっていて、他所から持って来て呉れた旅の匂いというものがまるでない。そしてこれから乗ろうという汽車も見えない。見えないだけならばまだしもいいのであるが、地下道の向うのホームに止っている列車というのが汽車でなくて電気機関車である。成る程、電車は新らしくて軽快でサバサバしているかも知れない。しかし落付いた旅をしみじみと匂わして呉れるのは、やっぱり汽車だと思う。

電車といえば、中央線の新宿がある。

新宿――しかし此処は、どう無理してもピクニック以上の気分が出て来ない。こんな停車場を見るよりは、寧《むし》ろ田端の操車場《ハンプ・ヤード》でも見ているほうが旅に近い。

そこへいくと、総武線の両国駅はまだいい。本屋《ほんおく》もホームも単純すぎて貫禄はないが、ガードの上を、煙突の林を背景にして、三等車の多い短い汽車が白い煙をポッポッと吐きながら動いているのが、妙にもの悲しくていい。しかしこの停車場は、残念なことに、どういうものかあの本所の真ン中になにかの間違いであんな汽車がやって来たのだという気がして、妙に、旅の行く手を感じることが出来ない。旅の出発を覚えるだけで、あの駅の向うにずーッと旅があるのだというように感じられないのがなにより残念だ。

ところで、三つ停車場を並べて了ったが、そしてそのいずれにも失望を覚えたが、しかしこの三つの失望不満を完全以上におぎなって呉れる停車場が、ひとつある。それは、上野駅である。

上野、上野こそは、汲めどもつきぬ私の旅への思いの泉である。私はいつでも、この駅の雑沓の中に意味もなく立ちとどまって揉みくちゃにされる度毎に、骨の髄まで旅を覚える。

東北、常磐、信越等と、上野はまずなによりもその背景が広くて深い。上野のよさは、第一にここにあると思う。そしてこうした幾つかの幹線の相集った堂々たる終端駅としての貫禄が、到るところにあふれている。

構内の配置が、断然優れて東京駅なぞ及びもつかない味を見せる。あの間の抜けたようなガランとした広い本屋の屋根の下で、雑沓する人々の波を越して向うに、港の桟橋のように突き出した幾つものホームの間へ、こちら向きに到着したばかりの列車が、機関車から煙りと蒸汽を吐き出しながら休息している姿を見る時、いかにも終端駅らしい、妙に雑然とした落付きを覚えさせられるのだ。いつだったか、そんな風にしてこちら向きに休息している煤まみれの疲れた列車の屋根の上に、例の季節はずれの雪を見つけた時なぞ、私はひどく亢奮してしまったものである。

上野では又、旅客の表情が東京駅とはまるで違う。バスケットや信玄袋を提げた何処となく素朴な人々の姿には（気の精か、東北弁で語り合うそういう人達が殊に多く目につくのであるが）よしその人々の心の中はどうあろうとも、少くとも顔なり姿なりには、目的地や仕事の代りに、旅そのものの疲れがにじみ、ハリキッた忙わしさの代りに、果ない旅愁が、しみじみと漂っているのである。

私は、私のこの因果な「停車場狂い」がはじまった時から、一度この上野駅を小説に書いて見たいとひそかに考えだした。が、いまだに書けない。恐らくこれから先いつまでたっても、書けっこないと思う。

（〈旅行サロン〉昭和十二年七月号）

好意ある督戦隊

去年の晩春から、冬の声を聞きはじめるまで、約半歳あまりというもの、私はなにも書かずに過してしまった。

なんだか頭の中にもやもやしたものが出来て、正直なところ仕事が恐ろしかった。それが七月にはいって事変が始まると、今度は頭の中のもやもやだけではなくて、身辺的にも時間的にも出来なくなってしまった。毎晩疲れ切って、仕事をしたいというよりも、寧《むし》ろ物を読みたい衝動に馳られつづけた。もっとも、このことは、六月に木々氏の祝賀会に出席した折、渡辺啓助氏と野上徹夫氏が、石坂洋次郎の「若い人」について感想を交されているのを聞いた時から(私はその時まだその小説を読んでいなかったので用心深く黙っていたが)その頃から、始まったことで、それからいままで、とうとう素直な読者の一人になり切って過してしまった。

毎日読むといっても、時間のあるのは晩だけであるから、量からいけば多くもないが、東西、新旧とりまぜて、いろいろなものを読んでみた。しかしどちらかというと新らしいものよりも古典が多く、いまごろそんなものを読んだかと、恥かしくてここへは名前も書けないようなものが多かった。

始めのうちは、仕事もせずに、小説読みに時間を潰すのが、ひどく勿体なく焦立たしかったが、しまいには、読まないでいるのが焦立たしくなったから妙だ。そしてそれどころか暫く読むのをやめて仕事でもしようとすると、何だか全身が変テコな虚脱状態に陥っていて、前に感じていた頭の中のもやもやが、消えているどころか一層もやもやっとしていてテンからペンなぞ持つ気になれない。むろんいままでにだって、本を読んだあとなぞこうしたことがないではなかった。が、このたびの奴は少々いままでより病が重い。不安になって、真剣に誰かに相談してみたいと思ったことも何度かあった。しかしいままでは、これが、自分の中に漸時に少しずつ起きあがりつつある革命ででもあって呉れればと、祈る気持のほうが大きくなって来た。

せんだって、シュピオの十月号で、木々氏が、「(前略) 僕の主張と大阪氏の主張とは全く対蹠的なものであり、大阪氏は探偵小説非芸術論の作者?・であるのに (後略)」と書いていられたのを見たときに、私はいささかクサった。むろん私は今までに木々氏と全く同じ主張を持った事はなかった。が、木々氏と全く対蹠的な主張をしたこともなければ、非芸術論を主張したこともなかった。それどころかシュピオの前身である探偵文学の、明けて一昨年の四月号に、妙な小文を書かされたあの中で、探偵小説も文学的にならねばダメだろうというようなことを、曲りなりにも認めていた。そこで私は、これは木々氏は誤解していられるのであろうと思い、すぐにシュピオ誌上を借りてなにか云わして貰おうと思った。思ったが、ふと或る悲しいことに気がついてやめてしまった。それは、作家の行動は作品であり、作品は作家の思想なり主張なりの直接の反映でなければならないという厳とした事実に気づいたからであった。それまでの過去を振返ってみて、己れの信ずる主張に少しでも近づいた作品が殆んど皆無であるという覆うべくもない悲しみに気づいたからであった。

それから又三ケ月近く、私はこのことを時々思い出しながら相変らず怠け続けてしまった。頭の中のもくもくはいよいよ激しい。そのもくもくの中で、しかし私は、素直に木々氏に感謝することが出来るようになった。何故なら、私のなめた苦しみは、私の過去の作品よりはもう少し真面目なものであったし、こうした苦しみこそ作家のいのちであるからだ。そして自分の脊後に鞭を持って立つ人――それはあながち木々氏一人に限らないが、謂わば好意ある督戦隊であるその人々に対して、どうして感謝を捧げずにいられよう。

私はいま、もくもくが早く晴れて呉れればいいと思っている。その中からなにが出て来るか判らないが、いままでの自分よりは、少しずつでも面白いものでありたいと切に望んでいる。

（〈シュピオ〉昭和十三年一月号）

解説

巽昌章

おそらく、戦前の探偵作家で、大阪圭吉ほど愛されているひとはいないだろう。江戸川乱歩、横溝正史といった大家ではなく、小栗虫太郎や夢野久作のような異形の巨人でもないが、なぜかしらこのひとの残した小説は懐かしい。それは、彼の作品群が、技術的によくできているといった域を超えて、独特の肌ざわりをもった唯一無二の小世界を作り上げているからだ。

大阪圭吉について語るとき、だれもがその謎解き小説としての純粋さと先駆性を口にする。たしかに、このたび『とむらい機関車』『銀座幽霊』の二冊にあつめられたその代表作は、ほとんどすべてが戦前にはまれな「ガチガチの本格」の名に値するものだが、真におどろくべきことは、純粋が無味乾燥に陥らず、先駆性がなお古びていないという事実ではないだろうか。圭吉の個性は今も生きている。かえって、現代の推理小説の中に置いてみてこそ、その姿は新鮮な輝きを放つようにさえ思われる。

ところが、同時代の評価は彼を論理的だがどちらかといえば地味な作家とみなしていたらしく、江戸川乱歩も『死の快走船』に寄せた序文で、大阪圭吉をドイルの流れに位置づけるとともに、ドイルのような怪奇性と意外性が薄く論理性の強いところに新しさがあると述べている。なるほど、初期の作品、特に本書に収められた「白鮫号の殺人事件」あたりは、そうした見方に相応するものでもあろう。「白鮫号の殺人事件」は昭和八年七月「新青年」に発表され、その後「死の快走船」と改題、改稿されて、単行本『死の快走船』の表題作となった。国書刊行会版『とむらい機関車』には改稿後の「死の快走船」が収められていたが、本書では雑誌掲載時のものが読めるわけだ。

一目見てわかる違いは、「死の快走船」が水産試験所長の東屋氏を探偵役に据えたのに対し、「白鮫号」では「デパートの絞刑吏」以来の名探偵青山喬介が活躍している点だろう。東屋所長はその職掌柄ヨットや海に詳しくて当然だし、彼が事件にかかわったきっかけも、被害者の家族が呼んだ医師に友人として同行したという自然なものだった。一方、「白鮫号」では、殺人事件のニュースを聞いた青山喬介がいきなり馬で殺人現場に駆けつけ、何のあいさつもなしに警官たちをさしおいて探索を始めてしまう。青山探偵、名刺にホームズ二世とでも刷り込んでありそうな貫禄である。小栗虫太郎だって、このへんはもう少し遠慮がちに書いていたろう。もしかすると紙数の都合で削ったのかもしれないが、彼がどんな事情で事件に介入するのかも、なぜ警察の協力を得られたのかも、いまひとつよくわからないのである。

要するに、「死の快走船」の方が探偵役の設定や状況の説明がより詳しく自然になっているわけだが、「白鮫号」の割りきった名探偵ぶりにも短距離全力疾走の爽快さがあって、また別種の魅力をかもしだしている。謎解きの構成もこれに相応していて、基本的な骨格は変わっていないものの、「白鮫号」が青山名探偵にふさわしく物証と論理中心のストレートな構成で押しまくるのに対し、「死の快走船」ではミスディレクションが手厚くなっていて、読者をまどわせることに力点が移りつつあると感じさせる。

そんなふうに、「白鮫号」や「カンカン虫殺人事件」に限っていえば、たしかにシャーロック・ホームズ物語をより理屈っぽくしたような作風だから、乱歩の受けた論理中心という印象は当たっていなくもないのだが、その短い生涯から生まれた諸短篇を鳥瞰したときみえてくる作者の肖像は、決して地味なドイルなどというものではない。今回この二冊につどった作品たちが、どれほど多彩で刺激的な着想にあふれていることか。

狂気の世界を切れのいい本格ものに仕立てた「三狂人」、赤いグニャグニャの怪物が燈台を襲撃するという島田荘司ばりの「燈台鬼」など、派手やかな惨劇にも事欠きはしないが、それ以上に注目すべきは、構成の柔軟さではないだろうか。たとえば、豚の連続轢死事故で幕を開ける「とむらい機関車」、裁判所でみかけた奇妙な証人の振る舞いがとんでもない真相につながる「あやつり裁判」などは、まず殺人事件、次に捜査といった紋切型を外れながら見事な謎解き小説に仕上がっている例だし、最高傑作「坑鬼」でも、サスペンスに満ちた炭坑事故の描写から殺人事件の突発へとつなげ、徐々に不可能性を演出してゆく有機的な流れの作り方が際立っている。

型にはまらない発想は、意外な真相の演出法にもあらわれている。どうやら、大阪圭吉の作品はもともと、極めて愚直に「本格」の骨法を実践していながら、実は、犯人捜しや密室、アリバイといった問題を設定して律儀にそれを解くという構えとは異なる原理によって組み立てられているらしい。彼の短篇の多くは、一種のはぐらかし、読者にとって当面の問題と思われていたものと少々ずれたところに真の事件を潜ませるという仕掛けを含んでいるからだ。そこには、何が「事件」なのかという点を錯覚させ、印象的な情景の裏に隠された予想外の意味を暴露するという、ほとんど連城三紀彦のようなテクニックが芽生えつつある。たとえば、「坑鬼」は不可能犯罪を扱った最も重厚で緻密な作品だが、やはり、眼前のドラマティックな光景に読者の注意をひきつけながらそのドラマの真の意味を誤認させてしまう手法が、謎解きの核心を支えているのだ。もっとも、それは連城のような極度に意識的な技巧の探求ではなく、なかば圭吉の資質が呼び寄せた天然の成果だったのかもしれないが、彼が自分の手法に無自覚でもなかった証拠として、先に触れた「白鮫号」から「死の快走船」への改稿を挙げることができる。「白鮫号」には、被害者が生前何ものかのやってくるのを恐れていたという一節があって、そこでは、

何かに怯えるように「明日の午後だ。明日の午後迄だ」と、独言を言っているのをふと耳

にいたしました。

となっているのだが、「死の快走船」では、

『明日の午后《ひる》だ、明日の午后《ひる》までだ』と、それから低い声で、怯えるように、『きっとここまでやって来る』とそれだけでございますが……

と効果的な一筆が加えられるとともに、その後も、ことあるごとに謎の来襲者は何ものだろうという問いが反復されるのである。とても魅力的な思わせぶり。だが、それは単なる装飾の追加ではない。初々しくも勇ましい「白鮫号」の猪突猛進ぶりから出発して、しだいに、読者の目を事件の核心から逸らすことに自己の小説作法を見出していった男の、自覚の道のりを示すものだと思う。


この作家の先駆性を物語るもう一つの要素は、極端に飛躍した動機や、奇怪だが妙に筋の通った心理など、常識を超えた歪んだ論理の面白さが随所にあらわれていることだ。天才バカボンみたいな狂気の論理をぬけぬけと正面に押したてた「三狂人」を別格としても、「とむらい機関車」に描かれた心理は戦後になって何人もの作家がその変奏をかなでているものだし、この傑作の陰に隠れがちな「気狂い機関車」には、それこそ空前絶後のとてつもない動機が設定されている。また、「燈台鬼」の事件を彩るグニャグニャの怪物がいかにして生み出されたかを知ったとき、読者は驚倒することだろう。小品「幽霊妻」もそうだが、怪物の正体が暴露され、その姿が現実の側の論理によって説明され尽くしたときに残るのは、怪物と現実との極端

な落差がもたらす奇妙な後味なのだ。見なれた現実が化け物の姿に変じ、また反転して現実に戻るという顚末そのものが、笑うしかないほどグロテスクなこの世の戯画となっているのである。

こうしたところから、大阪圭吉の小説はしばしば童話のような読後感を残すことがある。デビュー作「デパートの絞刑吏」以来、大阪圭吉の筆づかいにはのどかで浮世ばなれした趣があったが、作風はしだいに抽象化されて、戯画めいた色彩を濃くしてゆく。こうした一夜の夢のような非現実的な描法によって、そのトリックや論理が説得力と余韻を与えられていることは明らかだろう。面白いのは、彼がその一方で、「坑鬼」の炭坑をはじめ、捕鯨船、造船所、燈台、機関車など、労働の現場へのこだわりを示し続けたことだ。純粋な本格推理小説の書き手でこれほど社会の最前線にこだわり、次々と肉体労働者たちの過酷な世界を描き続けた人は、戦後を含めて考えてもあまり類がない。しかも、リアリズムへの傾きと童話的であることとは、この作家の内部で不思議な調和を見出している。ひとは「とむらい機関車」の死体描写を見て何を思うだろうか。それはおそろしく率直で容赦がないと同時に、あまりに即物的なためかえって生々しさを失った映像である。貪欲に「現場」を凝視し、そこに転がるものの形だけをくっきり描き出すことが、つまり子供のように無邪気で残酷なまなざしが、一種の非現実感をもたらすのだ。

*

私はずいぶん色々なことを述べてきた。しかし、大阪圭吉の作品は決して雑多な要素のパッチワークではない。はじめに書いたとおり、それは渾然とした一個の小宇宙だ。純粋で簡潔な論理小説でありながら、謎解きの顚末自体にかけがえのない個性が宿り、奇抜な論理のまわりを、ここで挙げたような様々な特色が取り巻いて、大阪圭吉ワールドというほかない不思議な世界を形作っているのだ。

だが、謎解きに宿る個性とは一体どういうものだろうか。たとえば、乱歩の初期作品をとらえて、「二銭銅貨」や「D坂の殺人事件」は本格だが「屋根裏の散歩者」はサイコスリラー、「心理試験」は倒叙で、「赤い部屋」は仕掛けのあるサスペンスだろうといったふうに仕切って回ることは可能だし、乱歩自身にもそれぞれ異なった傾向のものを書いてやるという意識は旺盛だったろう。にもかかわらず、これら諸作品には、どれを読んでも紛れもなく初期乱歩の味わいがある。「本格」とそれ以外の間の仕切りは、乱歩という個性を分断してしまうほど高いものではなかったのだ。

その個性は、いわゆる乱歩一流の文体だけでなく、推理小説としての骨格そのものに反映されている。これらの作品をふりかえるとき、いずれも、日常の些細な事物から生まれ出る空想の数々を描こうとしていることに気づくだろう。「二銭銅貨」や「D坂の殺人事件」で語り手が展開する「推理」は、貧しい若者の鬱屈した心が探偵小説という麻薬の作用でみるはかない夢に外ならず、その意味で「屋根裏の散歩者」の「犯罪」と同じものなのだ。探偵小説に触れたものは、退屈な灰色の日常の中に空想の種子を見出す。それが一枚の銅貨であり、ふとみかけた浴衣の模様であり、天井の節穴である。印度魔術のように、種子はたちまち芽を吹き葉を茂らせ、高々と蔓を伸ばして別世界への梯子となるかのように見えるが、クライマックスで魔術師がぱちんと指を鳴らせば、そこに残るのは白茶けた地面にすぎない。「二銭銅貨」や「D坂」の語り手が展開する合理的な推理も屋根裏に魅せられた変態の徘徊も、語り手たちの空想の高まりと「ぱちん」の幻滅という同じ鋳型から生み出されている。

大阪圭吉も同じだ。彼は夢を見る。その夢はトリックや論理の形をしている。これまで触れてきたさまざまな特色は、彼一流の夢の鋳型に流し込まれ、渾然一体となる。

では、その夢の鋳型はどんな形をしているのか。それを語るには、どうしてもいくつかの作品の真相に触れなければならないだろう。ここから先は、本書と、できれば『銀座幽霊』をも味わってから読んでもらいたい。

＊

大阪圭吉の世界を解き明かす鍵、それは、アニミズムである。ひと、もの、動物がそれぞれに魂をはらみ、へだてなく行き交う世界の姿。たとえば、「気狂い機関車」というタイトルの表面的な意味が機関車の暴走を指していることはいうまでもないが、青山探偵が解き明かす真相は、そこに全く読者の予想しない葛藤を浮かび上がらせる。「犯人」はかつてこの機関車の事故で片腕を失った駅長だった。彼は自分の肉を喰った憎い機関車に報復するため、奇抜なトリックで運転士を殺し、敵を破滅的な暴走に追い込んだのだ。これはもしかして、メルヴィルの『白鯨』のパロディ、それとも人間が機械文明によって擂《す》り潰されてゆく時代の哀歌なのだろうか。私がいえるのは、駅長にとって73号機関車が、機械文明の象徴などという観念的な代物でなく、まさに生きて動く「敵」だったろうという一事だ。

「デパートの絞刑吏」では逆に無生物が人間に天誅を加える。絞刑吏が正体をあらわす結末の、ユーモラスでしかも恐ろしい描写をみれば、この暢気なアドバルーンこそ登場人物たちの誰よりも存在感があると感じられるのではないだろうか。むろん、動物や自然現象が「犯人」だったという本格推理小説は決して少なくはないが、大阪圭吉以外に、これほど手を替え品を替えて、無機物たちの活躍する世界を描き続けたひとはいない。本書でいえば「石塀幽霊」もそうだ。彼の世界では、アドバルーンや石塀が、天候が、また様々な光の悪戯が、あたかも水木しげるの描く一反木綿やぬりかべのように人間たちをからかい、ときには一命を奪ってしまう。

「白鮫号の殺人事件」から「死の快走船」への改稿過程で、あの「きっとここまでやって来る」という付け加えが重要なのも、この一言によって赤潮という自然現象が迫り来る殺人鬼に化けてしまうからだ。他方、「坑鬼」の解決間近、炭坑が海水の浸入によって破滅してゆくことを悟った男は叫ぶ。

　とうとう海がやって来たのだ！

　この照応は偶然ではあるまい。自然と人間、機械と人間は、常に隣り合い、ときに互いの領域を侵犯する。「デパートの絞刑吏」や「気狂い機関車」のように殺し合うこともあれば、「石塀幽霊」のように錯覚でひとをまどわすこともあり、「死の快走船」や「坑鬼」のように自然がやって来て人間たちを殺し合いに追い込むこともある。大阪圭吉の推理小説作法にはぐらかしが目立つのも、こうした世界観を反映したものなのだろう。実際、彼の作品には、自然現象や錯覚によってひとびとが事件の性質を誤解し、勝手にややこしくしてしまうというものが多い。それを、人間同士の計画犯罪と思わせるところに、読者へのはぐらかしが成り立つのである。人間界と自然界が交錯していることに気づかないひとびとは、目の前の殺人事件を、もっぱら人間界だけの論理で解こうとしてしくじってしまうのだ。

　逆に、人間たちの姿はどこか戯画化され、抽象化されて、「物」に接近する。「三狂人」の鮮やかな謎解きが、三人の入院患者をそれぞれひとつの性癖だけで描いてしまう思いきった抽象化に依存していることは明らかだろうし、「あやつり裁判」や「大百貨注文者」には、人間たちの営みを遠いところから見下すような視線が感じられる。「気狂い機関車」の駅長は無機物であるはずの機関車に瞋恚《しんい》の炎《ほむら》を燃やし、「とむらい機関車」の女は歪んだ愛の果て、列車に身を投げて、自分が死なせた豚たち同様の物体と化してしまう。彼女の轢断された肉体の描写は、あまりの即物性からかえって人間らしさを感じさせない。あるいは、「幽霊妻」の犯人の姿も、「デパートの絞刑吏」同様にグロテスクでありながら現実感を欠いた筆致で、おとぎばなしのキツネやタヌキめいているではないか。いうまでもなく、「燈台鬼」の怪物を生み出したのも、人間と怪物を変換可能なものとみなす想像力の働きなのである。

大阪圭吉のあたたかさと残酷な好奇心とをないまぜにしたまなざしは、人にも物にも等分に注がれる。彼の作品がどことなく童話的なのも無理はない。童話こそ、こうした二面性の下に、人間とそれ以外の存在とのへだてがない世界を描くものだからだ。謎解き小説としての純度の高さも当然だ。推理小説のまなざしは、まさに、すべてを同じ謎と論理の平面に置いてはばからないものだからだ。他方、リアルな社会の描出とみられるものも、実はこうした人と物を同列に見るまなざしの産物だろう。小さな事物、日々の過酷な労働に励む者たちに向けられる慈しみの目は、すべてを容赦なく同じ拡大鏡の下に置く態度と表裏一体である。

こうして彼の世界では、人も物も動物たちも平等で、互いに騙しあったり入れ替わったりしながら比類ない謎解きの世界を形作ってゆく。その世界は提示された謎が合理的に解かれる世界ではあるけれど、「合理性」のものさしが、大阪圭吉という男の夢の鋳型に合わせて少しばかり歪んでいるだろう。だが、そんな歪んだ世界こそが、現代の読者への最大の贈り物である。論理を武器にした本格推理小説が、いかにしてひとりの人間の夢を盛り込む器となりうるのかが、そこに示されているからだ。

【編集部後記】 本書に収録した作品のうち、「とむらい機関車」「デパートの絞刑吏」「気狂い機関車」「石塀幽霊」「雪解」については『死の快走船』（昭和十一年／ぷろふいる社）を底本とし、初出各誌に当たって校訂した。その他の作品については初出誌を底本とした。各編の挿絵は初出誌に依る。

本文は一部の例外を除いて常用漢字・現代仮名遣いによる表記に改めた。

なお、現在からすれば表現に穏当を欠く部分もあるが、著者が他界している現在、みだりに内容に手を加えることは慎むべきことであり、かつ古典として評価すべき作品であるとの観点から、原文のまま掲載した。

本書使用の挿絵、カットの中で、「とむらい機関車」「雪解」「坑鬼」をお描きになった画家のお名前が不明です。また、内藤賛氏の消息がわかりませんでした。ご存じの方がいらっしゃいましたら、ご教示くだされば幸いでございます。

検 印
廃 止

著者紹介　1912年3月20日愛知県生まれ。本名鈴木福太郎。甲賀三郎の推薦により「デパートの絞刑吏」を〈新青年〉32年10月号に発表し、探偵文壇にデビュー。『死の快走船』『人間燈台』等の著書がある。43年応召、45年7月2日ルソン島にて病歿。

とむらい機関車

2001年10月26日　初版
2020年9月11日　3版

著者　大《おお》阪《さか》圭《けい》吉《きち》

発行所　(株)東京創元社
代表者　渋谷健太郎

162-0814/東京都新宿区新小川町1-5
電話　03・3268・8231-営業部
03・3268・8204-編集部
URL　http://www.tsogen.co.jp
工友会印刷・本間製本

乱丁・落丁本は、ご面倒ですが小社までご送付ください。送料小社負担にてお取替えいたします。

Printed in Japan

ISBN978-4-488-43701-5　C0193

鮎川哲也短編傑作選 I

BEST SHORT STORIES OF TETSUYA AYUKAWA vol.1

五つの時計

鮎川哲也　**北村薫 編**

創元推理文庫

◆

過ぐる昭和の半ば、探偵小説専門誌〈宝石〉の刷新に
乗り出した江戸川乱歩から届いた一通の書状が、
伸び盛りの駿馬に天翔る機縁を与えることとなる。
乱歩編輯の第一号に掲載された「五つの時計」を始め、
三箇月連続作「白い密室」「早春に死す」
「愛に朽ちなん」、花森安治氏が解答を寄せた
名高い犯人当て小説「薔薇荘殺人事件」など、
巨星乱歩が手ずからルーブリックを附した
全短編十編を収録。

◆

収録作品＝五つの時計，白い密室，早春に死す，
愛に朽ちなん，道化師の檻，薔薇荘殺人事件，
二ノ宮心中，悪魔はここに，不完全犯罪，急行出雲

鮎川哲也短編傑作選 II

BEST SHORT STORIES OF TETSUYA AYUKAWA vol.2

下り"はつかり"

鮎川哲也　**北村薫 編**

創元推理文庫

◆

疾風に勁草を知り、厳霜に貞木を識るという。
王道を求めず孤高の砦を築きゆく名匠には、
雪中松柏の趣が似つかわしい。奇を衒わず俗に流れず、
あるいは洒脱に軽みを湛え、あるいは神韻を帯びた
枯淡の境に、読み手の愉悦は広がる。
純真無垢なるものへの哀歌「地虫」を劈頭に、
余りにも有名な朗読犯人当てのテキスト「達也が嗤う」、
フーダニットの逸品「誰の屍体か」など、
多彩な着想と巧みな語りで魅する十一編を収録。

◆

収録作品＝地虫，赤い密室，碑文谷事件，達也が嗤う，
絵のない絵本，誰の屍体か，他殺にしてくれ，金魚の
寝言，暗い河，下り"はつかり"，死が二人を別つまで

永遠の名探偵、第一の事件簿

THE ADVENTURES OF SHERLOCK HOLMES ◆ Sir Arthur Conan Doyle

シャーロック・ホームズの冒険

新訳決定版

アーサー・コナン・ドイル
深町眞理子 訳 創元推理文庫

◆

ミステリ史上最大にして最高の名探偵シャーロック・ホームズの推理と活躍を、忠実なるワトスンが綴るシリーズ第１短編集。ホームズの緻密な計画がひとりの女性に破られる「ボヘミアの醜聞」、赤毛の男を求める奇妙な団体の意図が鮮やかに解明される「赤毛組合」、閉ざされた部屋での怪死事件に秘められたおそるべき真相「まだらの紐」など、いずれも忘れ難き12の名品を収録する。

収録作品＝ボヘミアの醜聞，赤毛組合，花婿の正体，
ボスコム谷の惨劇，五つのオレンジの種，
くちびるのねじれた男，青い柘榴石《ざくろいし》，まだらの紐，
技師の親指，独身の貴族，緑柱石の宝冠，
橅《ぶな》の木屋敷の怪